The Prince of Pleasure
by Nicole Jordan

めぐる愛はロンド

ニコール・ジョーダン
水山葉月［訳］

ライムブックス

めぐる愛はロンド

主要登場人物

ジュリアンヌ・ローレン……女優
ウォルヴァートン侯爵ジェレミー・アデア（デア）・ノース……諜報員
ソランジュ・ブロガール……ジュリアンヌの友人
ウィクリフ伯爵ルシアン・トレメイン……デアの友人
リディンガム子爵……ジュリアンヌの崇拝者
サー・スティーヴン・オームスビー……リディンガムの友人
マーティン・ペリン……リディンガムの友人
アイヴァース伯爵……デアの祖父の隣人
カースルレー卿……外務大臣
キャリバン卿……正体不明のスパイ

プロローグ

一八〇七年八月　イングランド　ケント州

あたり一面に薔薇の香りがたちこめる夏の午後。だがジュリアンヌ・ローレンは、その甘いにおいにも気づかずに恋人の到着を待っていた。どうしてまだ来ないのかしら？

いらだちを募らせながら、ジュリアンヌは小屋のなかを歩きまわった。刻一刻と不安が増していく。今日、デアがわたしとの婚約を祖父に報告することになっている。侯爵である彼の祖父に猛反対されるかもしれないと思うと、不安でたまらなかった。

ついに蹄の音が聞こえてきて、ジュリアンヌは窓に駆け寄った。ふたりが愛の巣にしている小屋は桜の木立のなかにあり、通りからは見えない。しなやかな馬に乗った上品な男性の姿が見えると、彼女は一瞬、不安を忘れた。

デア。彼の姿を見たとたん、心臓が跳ねあがり、下腹部が期待にうずく。自分のなかでデアが動くのまで感じられる気がした。

ジュリアンヌは顔を赤らめ、みだらな想像を振り払おうとした。デアのこととなると、まるでふしだらな女のようになってしまう。彼に誘惑されて、純潔を失った。だが、この世で彼の誘惑に抵抗できる女性などいるだろうか？

しなやかな動きで馬から飛びおり、薔薇の生い茂る庭をしっかりとした足どりで歩いてくるデアを見つめた。磨き抜かれた品のよさとむきだしの男らしさがあいまって、女としての本能をくすぐる。ハンサムな彼の姿に、ジュリアンヌは息がとまりそうになった。引きしまった高貴な顔。太陽の光を受けて金色に輝く髪。デアは生まれながらにして、見る者を釘づけにする美しさを持っていた。

だが、ジュリアンヌの心をとらえたのは、彼の容姿でも爵位でもなく、その内面と鋭い知性だった。デアには人を引きつける力があった。見た目とは違って野性的なところもまた魅力的だ。ミドルネームのアデアを縮めたデアという通称も、彼にぴったりだ。なんにでもあえて挑む《デア》——それが、彼が友人たちからデアと呼ばれる理由だった。

ジュリアンヌに対しても同じだ。デアは執拗に言い寄って、ついに彼女を根負けさせた。不安と罪悪感を覚えながらも、ジュリアンヌはデアに惹かれ、彼の腕のなかで愛を見つけた。

ドアが勢いよく開き、クルーン伯爵ジェレミー・アデア・ノースが戸口に立った。鮮やかなグリーンの目が狭い小屋のなかを見まわす。ジュリアンヌの姿をとらえたその瞳の奥に宿ったのは、まぎれもなく情熱の炎だった。

「会いたかったかい？」ベルベットのようになめらかな低い声が尋ねる。

「ええ、とても」

「よかった」

デアは三歩で部屋を横切り、彼女の前に立った。そのときはじめて、ジュリアンヌは彼の緊張を感じとった。デアの目に、そして彼女に触れる手に、怒りがこもっている。

「デア、いったい――」ジュリアンヌは言いかけたが、彼にさえぎられた。

「話したくないんだ」

次の瞬間、強く抱きしめられていた。デアの手が髪をまさぐり、唇が乱暴に重ねられる。ジュリアンヌはその激しさに不意を突かれた。普段のデアはとてもやさしく、大事に扱ってくれる。だが今は、はやる欲望をあらわにしており、それが彼女の欲望にも火をつけた。ジュリアンヌはめまいを覚えながら、尋ねたかったことも忘れて彼の抱擁に身をまかせた。

熱いキスを終えると、デアの関心はジュリアンヌの体に移った。コルセットをつけていなかったので、モスリンの胴着《ボディス》に閉じこめられていた胸は彼の手によっていとも簡単に解放された。デアは熱い口をその先端に押しあてながら、彼女をドアに押しつけた。

ジュリアンヌは全身を満たす快感にあえいだ。デアがいきなりスカートをまくりあげ、指をさし入れて腿のあいだを探る。そこはすでに、彼を迎える準備ができていた。

デアはうなってから、かすれた声でささやいた。「おれがほしいんだな」

彼がもどかしげにブリーチの前を開ける。奥までひと息に貫かれて、ジュリアンヌの体は衝撃に震えた。デアがここまで性急にことを進めたのははじめてだったが、ジュリアンヌは抵抗しなかった。それどころか、このうえない満足感にうめきながら、耐えがたいほどの興奮を覚えていた。
デアはジュリアンヌをドアに押しつけたまま、欲望にまかせて腰を突き動かした。ジュリアンヌは彼を抱きしめてその欲望の炎を弱めようとしたが、自分も彼の激しい情熱にとりこまれてしまった。あえぎながら、さらに奥深くにデアを迎えようと身をよじる。

デアの絶頂はすぐに訪れた。彼の体を震えが駆け抜けるのを感じたと思った瞬間、ジュリアンヌも同じ衝撃に襲われた。かすれた叫び声をあげながら、彼に身をまかせる。

やがて興奮の波がおさまった。デアはジュリアンヌにもたれるようにして彼女をドアに押しつけていた。息をはずませたまま、ジュリアンヌの喉もとに顔をうずめる。

「おれの宝石《ジュエル》、痛かったかい?」

「いいえ」ジュリアンヌは秘所の痛みを無視して言った。彼の情熱の名残に浸っているだけで満足だった。

だが、デアはやがて彼女から離れた。ジュリアンヌをそっと抱きあげ、隣の部屋のベッドへ連れていくと、いつものようにやさしく服を脱がせる。

そして自分も裸になると、隣に横たわり、ジュリアンヌを抱き寄せてから目を閉じた。しばらくのあいだ、沈黙がその場を支配した。

ジュリアンヌは、何が彼をこんなに陰鬱にさせているのか知りたくてたまらなかったが、祖父と話をしたのかときくのが怖かった。だがついに、不安に耐えられなくなった。

「おじいさまはなんておっしゃったの？」

デアが答えないので、ジュリアンヌの心は沈んだ。ウォルヴァートン侯爵は、ただひとりの孫であり跡継ぎであるデアが、フランスからの亡命者と結婚するのをよしとしないのだろう。ジュリアンヌの家系が、侯爵家に負けず劣らず立派であることも関係ないらしい。四歳からイングランドで暮らしているにもかかわらず、周囲から見れば彼女はいまだに外国人なのだ。

上体を起こし、片肘をついてデアの顔を見つめる。眉間のしわが、何よりも雄弁にジュリアンヌの知りたいことを語っていた。「おじいさまは、わたしを花嫁として迎える気はないとおっしゃったのね？」

「祖父にとやかく言われる筋合いはない」彼がむっつりと答えた。

胸にぽっかりと穴が空いた気がしたが、ジュリアンヌは気持ちを強く持とうと努めた。もとは高貴な生まれで、父はフランス革命でギロチン台に消えたフォルモン伯爵だ。だが現在の自分は帽子店の店主であり、すっかり商売が身について、貴族らしさはみじんも残っていない。今ほど、貴族としての特権を失ったのを悔やんだことはなかった。

「結婚を認めていただけないのね」ジュリアンヌはみじめな声で言った。

デアの引きしまった顎に力がこもる。「祖父が何を望もうと、おれには関係ない」彼女の顔をやさしく両手で包みこむと、グリーンの瞳でじっと見つめた。「駆け落ちしよう」

「駆け落ちですって？」ジュリアンヌは戸惑いながら問い返した。

「そうだ。グレトナ・グリーンへ逃げよう。三日もあれば行けるから、来週には結婚できる」

「デア……」

「おれを愛しているなら、一緒に来てくれるはずだ。どうなんだ？」

愛している——胸が痛くなるほどに。だが自分の存在が、デアのただひとりの血縁である祖父との仲を引き裂くことになると思うと、つらくてたまらなかった。「もちろん愛しているわ。わたしの心はあなたのものよ。でも、駆け落ちなんかしたら……とり返しがつかなくなるわ。かえっておじいさまを怒らせるだけじゃないかしら？」

「間違いなく怒るだろうな」デアが暗い声で言った。

「おじいさまがわたしたちの結婚に賛成してくださるまで待ったほうがいいと思うわ」

彼が、そんなことはありえないと言わんばかりに笑ってからかぶりを振った。「祖父のことはもう気にするな」

「わたしが気にしているのはおじいさまのことじゃないの」ジュリアンヌは慎重に言葉を選びながら言った。「あなたのことよ。早まって駆け落ちなんかしたら、いつかきっと後悔するわ。それだけじゃなくて、わたしを嫌いになるかもしれない」

デアが突き刺すような目で彼女を見つめる。「絶対にそんなことにはならない」ジュリアンヌを抱いたまま寝返りを打ち、彼が上になった。「自分のほしいものはわかっている。きみだよ、ジュリアンヌ。きみを妻にしたいんだ。きみへの気持ちは何があっても変わらない」

デアの言葉には熱がこもっていたが、ジュリアンヌは身震いするほどの寒気を覚えた。幸せがいつまでも続くはずがないという思いをどうしても振り払えない。

それでも、目を閉じて抱擁に身をゆだねながら、彼がこの情熱的な誓いを撤回する日が来ないことを心から祈った。

1

一八一四年三月　ロンドン

ちらちらと揺れる蠟燭の炎が、寝室の暖炉の前に裸で立つデアの体に金色の光を投げかけている。だが、どんな炎も心をあたためてはくれなかった。デアは、ドルリー・レーン劇場で上演される芝居のちらしを見つめた。頭のなかは、それに出演する美しく魅力的な裏切り者のことでいっぱいだった。

ジュリアンヌ・ローレン。

過去を振り返るのに、ちらしの似顔絵は必要なかった。ジュリアンヌのことはすべて記憶に焼きついている。彼女の面影が次から次へとよみがえった。情熱のあまり弓なりにそる美しい体。デアの体に巻きつくしなやかな腕と脚。黒テンのマントのように肩を覆うつややかな髪。磁器のような、しみひとつないまっ白な肌。笑い声。笑顔。鋭い知性。このうえなく官能的な、暗く輝く瞳……。

ジュリアンヌのことは、今もくっきりと脳裏に刻みこまれている。

「なんてばかなんだ、おれは」静かな寝室のなかで、デアはかすれた声で自分を責め、歯を噛みしめた。

ジュリアンヌが突然ロンドンに現れたせいで、とっくに消えたと思っていた感情が目を覚ました。彼女とのことは、はるか昔にのりこえたつもりだった。つらい思い出からも後悔からも、そして自分を苦しめていた孤独からも抜けだしたと思っていた。

だが今、槍で突かれたような痛みを覚えて、ジュリアンヌとの破局から完全にはたち直っていなかったことを思い知った。男は初恋の相手を忘れられないというが、どうやら本当らしい。

最初は彼女に心を奪われるなんて夢にも思わなかった。若くて血気さかんで自信満々だったあのころ、自分には女性を惹きつける力があると信じていた。だが、いつもの調子で誘惑しようとしたひとりの女性に、愛を教わることになった。そしてのちに、同じ女性から裏切りをも教わった。

フランスからの移民である美しいジュリアンヌをはじめて見た瞬間、自分のものにしようとデアは心に決めた。いとこの結婚式に出席するために、六月にケント州の祖父の屋敷であるウォルヴァートン・ホールへ行ったときのことだ。屋敷はホイットスタブルという小さな港町の近くにあり、ジュリアンヌはその町で帽子店を営んでいた。結局デアは、彼女をくどくために夏じゅう滞在することになった。

あれほどジュリアンヌに惹かれるとは自分でも意外だった。魅力的な女性に出会ったことは何度もあったが、心を揺さぶられることはなかったし、激しい焦燥感を覚えることもなかった。それなのに相手がジュリアンヌだとまるで違った。

いつもの軽い遊びとは比べものにならないほど、彼女を求める気持ちは強かった。ジュリアンヌを自分のものにし、そのお返しに、身も心も彼女に捧げたかった。

まさかジュリアンヌが、息をするように簡単に嘘をつくとは知らなかった。

つらい思い出が波のように押し寄せてくる。その中心にあるのは、別れを決定づけた場面だった。別の男の腕のなかでうろたえているジュリアンヌの顔。彼女に欺かれていたことを知ったときの苦しみ。この目で見るまでは、そしてジュリアンヌ自身の口から告白されるまでは信じられなかった。

デアは思わず彼女の似顔絵を指先でなぞった。祖父から、ジュリアンヌがアイヴァース伯爵の恋人だと聞かされたとき、デアは笑いとばした。だが、そのあとジュリアンヌの帽子店へ赴くと、彼女はアイヴァースと一緒にいた。

アイヴァースとは以前から恋人同士だったと明かすあいだ、ジュリアンヌの美しい顔にはほとんど後悔の念は見られなかった。その後そっけなく婚約解消を告げたときにいたっては、まったくの無表情だった。

短い言葉で別れを告げられると、デアは胸が張り裂けそうになった。ジュリアンヌははじめから純粋なふりをしていただけなのだ。愛の言葉はすべて嘘だったのだ。

あとになっていろいろと考えあわせてみてはじめて、自分が完璧にこけにされていたのを悟った。祖父に勘当された場合におれの手もとに残るわずかな財産では、彼女は満足できなかったのだ。もしかしたら、もともと結婚にこぎつけるつもりで近づいたのが、おれが祖父の財産を相続できない恐れが出てきたために考え直したのかもしれない。あるいは、はじめからおれとの結婚で手に入れた財産を恋人と山分けするつもりだったのかも……。

思いだすと息が苦しくなる。

だが、将来を完全に棒に振ってしまう前に真実を知ることができたのはよかった。

〝小賢しいフランス女〟祖父はジュリアンヌをそう呼んだが、デアは耳を貸さなかった。彼女の見せかけの純粋さにだまされ、信頼できると信じこむとは、なんと愚かだったのだろう。おれの母は数えきれないほど多くの愛人を持ち、貞節などかけらもなかった。ジュリアンヌはそんな母とはまったく違うと思っていたが、完全にだまされていた。胸を引き裂かれるような思いをするまで、一度も彼女を疑わなかった。

デアは小さく悪態をついた。ジュリアンヌはおれを愛し、大事にすると誓っておきながら、嘘をつき、おれをだました。

今、彼女は自分の選択を後悔しているだろうか？　結局デアは、ウォルヴァートン侯爵の称号と莫大な財産を受け継いだ。祖父が去年亡くなったためだ。

だが、財産目当ての女にとって、七年という年月は長すぎて、待つことなどできなかっただろう。そのあいだ、ジュリアンヌは女優としてのしあがることに忙しかったようだ。

そして、新たな恋人をつくることにも。今日、ハイド・パークでジュリアンヌを見かけたが、彼女のまわりには大勢の崇拝者たちが集まっていた。

その光景にデアは大きな衝撃を受けた。二日前まではジュリアンヌがロンドンにいることすら知らなかったのだ。ここしばらく、デアはロンドンを離れていた。北で仕事をしたあと、それとは別の用件でアイルランドへ行っていた。帰ってみたら、ジュリアンヌ・ローレンがロンドンじゅうの注目を集め、多くの金持ちや洒落者たちに囲まれていたのだ。〝ロンドンでもっとも光り輝く宝石《ジュエル》〟――それが彼女に与えられた称号だ。噂によれば、ロンドンの男という男がみな、この美しい女優を愛人にしたがっているという。

ジュリアンヌを目にしたデアは思わず胸の痛みを感じたが、それをおくびにも出さず、一緒にいたレディ・ダンリースに注意を向けた。美しい未亡人はその少し前に、ハイド・パークに集まった人々のあいだを馬で抜けようとするデアを見つけて、馬車から手招きしたのだった。

注目の的となっている女優のことを尋ねると、レディ・ダンリースは快く教えてくれた。

〝ミス・ローレン？　たしか、ヨークシャーから来たと聞いたわ。ロンドンは今、彼女の話題でもちきりよ。だって歌を歌わせれば天使のようだし、演技もそれは見事なんですもの。まあ、サラ・シドンズには及ばないけれど。でも彼女のデズデモーナは、オセロ役のエドマンド・キーンが絶賛するほどの出来だったのよ〟

デアは歯を噛みしめた。ジュリアンヌの演技力が見事だというのには同感だ。まだ舞台上では見たことがないが。夢のような夏の日々、愛の誓いを発した彼女の美しい唇が、あれほど完膚なきまでにおれを裏切るとは思いもしなかった。

レディ・ダンリースはデアを見つめて言った。〝彼女に言い寄ろうと思っているのなら、考え直したほうがいいわよ。恋人にするにはずいぶん冷めた人だという話だから〟

嫉妬や悪意から言っているのか、無駄な努力をさせまいという親切心から言っているのか定かではなかったが、その言葉が間違っていることだけは断言できる。ジュリアンヌ・ローレンは、冷めているどころか、まっ赤になった石炭よりも熱い女性だ。

〝いずれにしても……〟レディ・ダンリースはおもしろそうに続けた。〝ミス・ローレンは、パトロンを決めるのはシーズンの終わりだと公言しているの。早くも、誰が彼女を勝ちとるか賭けが行われているわ〟

ジュリアンヌが選ぶのは金持ちに決まっている。女優というのはたいてい、裕福なパトロンを見つけて乏しい収入を補うものだ。金に目のない彼女なら間違いなく、誰よりも裕福な男を選ぶだろう。

デアがもっとも目を引かれたのが、今ジュリアンヌの関心をひとりじめしているらしいリディンガム子爵だった。どうやら彼女を自分の二頭立て二輪馬車に乗せる特権を授かったようだ。子爵の馬車が乗馬用コース《ロットン・ロウ》に乗り入れると、馬にまたがった熱心な崇拝者たちが馬車を囲み……。

「ダーリン?」

眠そうな声がデアの物思いをさえぎった。背後から、レディ・ダンリースがふたたび声をかける。「どうしてベッドに戻らないの？」

物思いを邪魔されたことに辟易しながらふと気づくと、寒さに鳥肌がたっていた。自分が裸でいることを思いだす。かつての恋人の似顔絵がのったちらしをじっくり見るために、あたたかいベッドを出たのだった。それはまるで、虫歯をわざわざ舌でさわって痛みを思いだすようなものだった。

レディ・ダンリースを家まで送り、彼女の欲望を満たしたのも、それと同じことだ。だがそれは、心のこもらない機械的な行為にすぎなかった。ジュリアンヌへの情熱とつらい思い出を忘れるために、無理やり欲望をかきたてたのだ。

ジュリアンヌ・ローレンに胸を引き裂かれてからというもの、ずっとそうやって忘れようとしてきた。彼女との破局のあと、デアはロンドンに帰って放蕩三昧の生活をはじめた。イングランドでも名高い放蕩者の集まる紳士クラブ、業火同盟《ヘルファイア・リーグ》のリーダーになったのもそのひとつだ。

快楽を求めて常軌を逸した行動を繰り返した結果、デアの評判は地に落ち、〝快楽のプリンス〟というあだ名がつくまでになった。

自堕落な生活を送るのは痛みを忘れるためであり、毎日の空虚さを隠すためであることは、たとえ自分にでも認めたくなかった。彼は夜ごと女性のあたたかい体に陶酔し、官能に浸ることで、ジュリアンヌの記憶を追い払おうとした。

だが、女性のなかに身をうずめているときでさえ、デアは孤独だった。さらに始末が悪いのが、そうしていながらもジュリアンヌの姿が脳裏から離れないことだ。

彼女はいまだにおれを魅了し、苦しめる。

まったく、いまいましい。

今日、数年ぶりに顔を見て、ジュリアンヌに負わされた傷が完全に癒えてはいないことを悟った。まだ吹っきれていない。これだけの年月がたっているというのに、おれの心はジュリアンヌへの思いを捨てることをかたくなに拒んでいる。

「デア？」レディ・ダンリースが、今度はいらだたしさをにじませながら言った。

「すまない」デアは謝った。

ちらしを握りつぶしたが、暖炉の火のなかに投げこむのは我慢した。注目の新人女優、ジュリアンヌ・ローレン主演の新しい演目がはじまるのは明日の晩だ。とはいえ、劇場に足を運ぶかどうかはまだ決めかねていた。

ジュリアンヌとはできるだけ距離を置いたほうがいい。そう自分に言い聞かせた。彼女がいかに危険かはいやと言うほどわかっている。二度と痛い目にあわされたくない。もう苦しい思いをするまいとこれまで努めてきた。だがその一方で、頭のなかにはある思いつきが生まれていた……。

不意にいてもたってもいられなくなって、デアは肩越しに振り返った。「申し訳ないが帰るよ、ルイーザ」

「今から？　もう遅いわよ」

「まだ真夜中になっていない」

未亡人がふくれっ面をするのも無視して、デアは静かに服を着た。そして彼女の隣へ行くと、魅力たっぷりに許しを請い、キスをした。

デアが一階におりてみると、使用人たちはみな部屋に退いたあとだった。ハイド・パークでデアが乗った馬は、屋敷の裏にある廏舎に入れられている。使用人を起こすこともあるまいと、彼はメイフェアの暗い通りを徒歩でルシアンの屋敷へ向かった。

親友のウィクリフ伯爵ルシアン・トレメインは、イングランドの諜報組織を率いている。ルシアンに依頼され、デアは正体不明の危険な反逆者の捜査をひそかに手伝っていた。それを世間に悟られないため、ふたりはできるだけ会わないようにしていたが、それでも情報交換は必要だ。

冷たい夜気に身をすくめながら、デアは外套の前をかきあわせた。最近になってようやく寒さがゆるみはじめたものの、今年は記憶にあるかぎりもっとも寒い冬だった。ロンドンではテムズ川までが凍ったし、最近まで数週間にわたって滞在していたヨークシャーでは、積雪が人の背丈を超え、道が遮断されてあらゆる経済活動も交通もとまってしまった。

ルシアンに秘密任務の報告をするのは今夜がはじめてだ。今朝のうちに、彼の家に行くという伝言を送ってある。

壮麗なウィクリフ伯爵邸に着くと、デアはすんなり書斎に通された。ルシアンは机に向かって仕事をしていた。

挨拶を交わしたあと、デアは尋ねた。「美しい奥方の具合はどうだ？」

「順調だ。予定日までまだ二カ月近くもあるというのに、おなかがメロンみたいに大きくなっている」ルシアンがブランデーを注ぎながら答える。

「会えなかったのが残念だ」デアは座り心地のいい椅子に腰をおろした。「先週はロンドンにいたんだろう？」

「ああ。だがぼくがデヴォンシャーまで送っていった。田舎のほうが安全だからな」

出産を控えたルシアンの妻ブリンは、デヴォンシャーにある屋敷に帰った。そちらのほうが、身の安全を確保しやすいためだ。昨秋、ブリンとその兄は、シェークスピアの戯曲『嵐』に登場する怪物の名前にちなんで自らをキャリバン卿と名乗る男に脅された。ルシアンが捜査した結果、キャリバンがナポレオン軍の資金源となる金貨を密輸していたことがわかったものの、まだつかまえることができていない。デアが協力を求められたのもそのためだった。

ルシアンはデアにブランデーの入ったグラスを渡すと、隣の椅子に腰かけた。「ヨークシャーでわかったことを聞かせてくれ」

「たいしたことはわかっていない。リディンガムの屋敷から一〇キロほどのところにある友人宅に滞在したのだが、雪のせいでリディンガムを訪ねるのがまずひと苦労だった。それでも二回、リディンガムとその客人たちと、夕食やカードゲームをともにすることができた。それでなんとも退屈だったよ。リディンガムは例の指輪をつけたままだった。変わったデザインだと水を向けたら、カードゲームで勝って手に入れたものだが、誰からもらったかは覚えていないと言っていたな。嘘かもしれないが」

デアはいったん言葉を切り、ブランデーをひと口飲んだ。「リディンガムは今もまだ指輪をしている。キャリバンかもしれないと疑われているのを知らないにしても、あれほどめだつ指輪をこれ見よがしにつけているのは愚かとしか言いようがない。実をいえば、リディンガムに会うたびに、彼に国を裏切るほどの頭があるのか疑問に思えてくるんだ」

「どちらにしても、はっきりさせなければならない。キャリバンの狡猾さを甘く見るとひどい目にあうぞ。リディンガムが、あの愛想のよさでわれわれをだましている可能性もある。それに、ぼくの部下が殺された一月に彼はロンドンにいたんだ」

二カ月前、外務省の職員が遺体で発見された。証拠はないが、キャリバンのしわざだと考えられている。キャリバンがふたたび攻撃してくることは間違いないだろう。これ以上被害が出ないうちに反逆者の正体を突きとめられることを願うばかりだ。

ルシアンが小さく悪態をつきながら椅子の肘かけに拳を打ちつけた。

「おれも同じ気持ちだよ」デアは暗い気分で言った。

反逆者をつかまえられずにいる友人のいらだちは、痛いほどわかった。これまでのところ、キャリバンの正体を知る手がかりはふたつしか見つかっていない。どちらも、昨年キャリバンを見た目撃者による情報だ。ひとつは、キャリバンが英国人貴族であること。そしてもうひとつは、竜の頭をかたどった珍しい指輪を持っていることだった。

数カ月前、デアはその指輪がリディンガム子爵の指にはめられているのを見た。以来、ひそかに子爵の動向を追って、彼がキャリバンなのかどうかを見きわめようとしている。ヨークシャーで退屈な日々を過ごしたのもそのためだった。

思ったような成果がないのが腹だたしかった。とはいえ、選り抜きの捜査官たちにできなかったことが、デアにそう簡単にできるわけがない。ルシアンがいつも言うように、自由奔放に生きてきたデアが、諜報活動に向いているとも思えなかった。

ルシアンが昨年の秋デアに捜査への協力を求めたのは、その不品行が世間に知れ渡っているためだ。もっとも諜報員らしくない男――それがデアだった。キャリバンも、まさか〝快楽のプリンス〟が自分を捜索しているとは夢にも思わないだろう。

デアは協力することに同意した。上流社会にも下流社会にも通じているうえ、自分の生活に退屈し、あせりを感じはじめていたからだ。狡猾な反逆者との知恵比べに少なからぬ興味を覚えた。

デアはもうひと口ブランデーを飲み、新しい展開が見えてきたことをルシアンに伝えるべきかどうかしばし迷った。

「ドルリー・レーンの新人女優のことを知っているか？」結局、伝えることにした。「ジュエルと呼ばれていて、ロンドンじゅうを騒がせている」

ルシアンが突き刺すような視線を向けてきた。「新しい恋の相手を見つけたのか？」

「まさか。リディンガムが彼女に熱をあげているんだ」

「なるほど」ルシアンが考えこむように椅子の背にもたれた。「先週、ブリンを連れてミス・ローレンの芝居を見に行ったんだ。彼女の演技には感心したよ。おまえはつまり、彼女とリディンガムのあいだに単なる色恋以上の関係があると言いたいのか？」

「あるかもしれない。調べてみてもいいんじゃないか？　彼女はフランス人だ。ナポレオンに雇われている可能性がないとは言えない。女優というのは稼ぎが少ないし倫理観も乏しいから、賄賂になびきやすい」

ルシアンが眉をつりあげるのを見て、デアは自分が他人の倫理観を語るのがいかに皮肉なことかに思いいたった。

だが、ジュリアンヌ・ローレンのイングランドに対する忠誠心が疑われたのはこれがはじめてではない。七年前、デアの祖父は、彼女がナポレオンの支持者たちと結託していると言って、警察に突きだすと脅した。

当時デアは、自分とジュリアンヌの結婚を邪魔するためのつくり話だと一笑に付した。そして、祖父の策略から彼女を守ることだけを考えた。だが今になってみれば、祖父の言ったことは真実だったのかもしれない。

「結論を急ぎすぎているかもしれないが、彼女がリディンガムと手を組んでいるのではないかと思う」

「なぜそう思う？」ルシアンが興味深そうに尋ねた。「リディンガムは先週ロンドンに戻ってきたばかりじゃなかったか？　ふたりが会う時間はほとんどなかったはずだ」

「だが、その前に連絡をとったかもしれない。リディンガムの領地はヨークシャーにある。そしてミス・ローレンは、ここ五、六年、ヨークで舞台に立っていた」

「リディンガムの愛人だったことがあるかもしれないな」

「ああ。今日ハイド・パークでふたりを見たが、ただの知りあいにしては親しげだった」デアは無理に笑顔をつくった。「まだベッドをともにしていないとしても、リディンガムはそうしたくてたまらないようだった。大勢の崇拝者たちにまじって、ミス・ローレンの話に一生懸命耳を傾けていた」

嘲るような口調が、抑えようのない嫉妬心をうまく隠してくれていればいいのだが。

「とにかく、彼女がリディンガムの共犯者だという可能性はある」

「あるいは……」ルシアンが言った。「リディンガムは単に彼女と関係を結びたくて追いかけているだけかもしれない。噂では、ミス・ローレンはパトロンを探しているそうじゃないか」

「そうらしいな。誰にするかはシーズンの終わりに決めると公言しているらしい。賢いやり方だ」デアは皮肉たっぷりに言った。「崇拝者たちを競わせておいたほうが都合がいいからな。とにかく、ミス・ローレンを見張っておいて損はない。彼女を利用してリディンガムに近づくといい」

「ぼくがか？　おまえじゃなくて？」

「おれは適任とは言えない。ミス・ローレンとは……昔、ちょっとした関係があったんだ」

ルシアンがじっとデアを見つめる。その鋭いまなざしに、デアは動揺しないように努めた。ジュリアンヌとのみじめな過去を明かすつもりはない。結婚を約束した相手が、ほかの男の腕のなかにいるのを見たことも、彼女の裏切りによって心もプライドもずたずたに切り裂かれたことも、その記憶に今なお苦しめられていることも。

デアは肩をすくめた。「彼女とは残念な別れ方をした」

「だから、彼女はおまえとかかわりたくないだろうというわけか？」

「たぶんな」

ルシアンが皮肉っぽい笑みを浮かべる。「おまえが女性をもてあましたことなど、これまで一度もなかったじゃないか。女性を惹きつけるその力を駆使すれば、おまえに対する彼女の考えを変えられるはずだ」

デアはなんとか反論しようと、グラスに入った琥珀色の液体を見つめた。たしかに、おれがうまく言いくるめれば、どんなに高飛車だろうと、気がのらなかろうと、女たちは喜んでおれの腕に抱かれる。だが今回は、どう考えてもうまくいきそうになかった。

デアの物思いを破るようにルシアンが言った。「ミス・ローレンとかかわりたくないのはわかる。だが、彼女とリディンガムのつながりを調べるのは、やはりおまえでなければならない」

デアは顔をしかめた。「そう言われるんじゃないかと思ったよ」

ルシアンが真剣な表情になって身をのりだした。「イングランドの将来がかかっていることは、わざわざ言わなくてもわかっているな？」

「ああ」

「このたびの戦争もようやく終わりに近づいていて、戦場からは毎日のように同盟軍の勝利が伝えられてくる。だが、ナポレオンが降伏しても、キャリバンがそのまま引退するとは思えない。ああいう人間は、そう簡単に姿をくらますものではないからな」

「キャリバンが危険な存在なのはおれもよくわかっている」

「じゃあ、やってくれるな？」

デアはブランデーをゆっくりひと口飲んだ。熱い液体が喉を通って、すでに腹で燃えたぎっている炎とひとつになる。「わかった」ため息をつきながら答えた。「ジュエルの崇拝者に加わるとしよう。リディンガムのライバルのふりをすれば、彼に近づく口実になるからな。うまく懐にもぐりこめれば、彼も手のうちを見せるかもしれない」

「そうだな。もし任務に良心の呵責を感じたりしたら、キャリバンのせいで何人もの無実の人間が命を落としたことを思いだせばいい。ついでに、ミス・ローレンの忠誠心がどこに向いているかも調べられる。おまえの言うとおり、フランスのために働いているかもしれないからな」

デアはほくそえんだ。キャリバンの正体を暴くだけでなく、自分の心を引き裂いた女がイングランド一の危険な反逆者に協力していることを暴ければ、最高の仕返しになるではないか。

そう思うと、今日ジュリアンヌを見かけて以来まつわりついていた緊張感がやわらいだ。リディンガムに近づくために彼女を利用してやろう。そして、本当にフランスのスパイなら、報いを受けさせてやる。

2

　舞台を照らす獣脂の蠟燭のむっとするにおいが、今夜はやけに強く感じられる。だがそれはいつものことで、気分が悪いのはそのせいではなかった。まったく別の理由で、ジュリアンヌはめまいを覚えていた。

　デアが、観客のひとりとして芝居を見ているのだ。

　膝がガクガク震える。一階席からは崇拝者たちがくい入るようにこちらを見つめているが、それでもデアの容赦ない視線から気をまぎらすことはできなかった。デアは贅沢なボックス席に座っており、そのブロンドの髪が劇場の巨大なシャンデリアの光を受けて輝いている。

　デア・ノース。わたしの心を奪い、さっさと去っていった伝説の遊び人。

　彼の探るような目に見つめられ、ジュリアンヌはジョン・ウェブスターの悲劇の主役をうわの空で演じた。せりふを思いだすのがやっとで、一度などは合図《キュー》を見落として、劇場の支配人サミュエル・アーノルドからにらまれてしまった。

　デアのことは考えないようにしよう。何度もそう言い聞かせたが、無駄だった。今、ジュリアンヌは最後の登場シーンを控えて舞台の袖に待機していた。

今夜、ドルリー・レーン劇場は満員だった。それどころか人があふれ返っているほどだ。こんなことは普段、名優エドマンド・キーンの出演するときぐらいしかない。キーンは病気だと報じられているが、本当は酒に酔って大げんかをしたあげくにけがを負い、まだ治っていなかった。

今夜、ジュリアンヌは主役の座を与えられていた。田舎から出てきた無名の女優としては破格の扱いだ。このチャンスをふいにするわけにはいかないし、忘れようとしてきた過去を思いだして正気を失うわけにもいかない。

デアとのことで負った心の傷を癒し、彼への思いをのりこえるのに長い年月がかかった。デアがロンドンにいるのは知っていたが、会わずにすむことを祈りながら、あえてこの街にやってきたのだった。

今になって、考えが甘かったとわかった。ウォルヴァートン侯爵となったデアは、多くのスキャンダルがあるにもかかわらず、いや、だからこそ、上流社会のリーダーのひとりとなっていた。社交界のエリートたちで構成されるグループとも、評判の悪いグループともつきあいがある。デアを避けることなどはじめから無理だったのだ。

デアを、そして彼とのあいだの情熱を忘れられると考えたのも愚かだった。あれほど激しく愛した相手は、あとにも先にもデアだけだ。だが、その愛が命とりになった。

最後に彼に会ったときのことを思いだすと、目に涙がこみあげて視界がぼやけた。あの日、わたしにはデアを裏切る以外に選択肢がなかった。彼の表情は、一瞬のあいだにショックから悲しみへ、そして幻滅から軽蔑へと変わっていった。

理由を説明することもできないまま、わたしは自分の人生から去っていくデアを熱い涙越しに見つめた。彼を失ったあとは失意の日々が続いた。ひとりぼっちになり、ひどい目にあった……。

支配人の舌打ちに、ジュリアンヌはまたキューを見逃したことに気づいた。気力を振りしぼって、殺人と復讐を描いた『白い悪魔』の陰惨な最終場面を演じに舞台へ出ていった。

その後は大きな失敗もなく、女優なら誰もが演じたがるヴェニスの売春婦の役を演じきった。観客の歓声や口笛や拍手に出演者一同でこたえながら、ジュリアンヌはほっと胸を撫でおろした。

お粗末な出来だったにもかかわらず喝采の大部分が自分に向けられたのは予想外だった。ジュリアンヌは愛想のいい笑みを顔に張りつけて賞賛にこたえ、天井桟敷の客、次いで大歓声を送る一階席の客、そして最後にボックス席の貴族たちに向かって深々とお辞儀をした。

顔をあげるとき、ついデアのほうを見てしまったのが間違いだった。彼は席を立って、ボックスの手すりの前に移動していた。

デアを見た瞬間、催眠術にかかったように動けなくなった。この距離からでも彼の視線の強さが感じられる。ジュリアンヌは鋭く息を吸いこんだ。デアは放蕩者らしい挑発的で気だるい笑みを浮かべている。

そのとき、彼の官能的な唇が動くのが見えた。だが頭に血がのぼっていたため、デアが自分に話しかけたのだと気づくのにしばらくかかった。

ジュリアンヌは無意識のうちに片手をあげ、静かにするよう場内に合図した。次第にざわめきが消え、観客たちは彼女の視線の先を振り返った。

デアがふたたびジュリアンヌの名前を呼んだ。今度は、劇場じゅうに聞こえるほど大きな声だった。

「マドモワゼル・ローレン」この場にふたりしかいないかのように彼は言った。「実にすばらしい演技だった」

デアがどういうつもりなのかわからないが、ジュリアンヌの全身に緊張が走り、神経が張りつめた。

「ありがとうございます、閣下」できるだけ落ち着いた声でこたえる。

「本当なのか?」彼が尋ねた。

「何がですか?」

デアはくつろいだ様子で手すりにもたれかかると、ジュリアンヌを見つめた。「シーズンの終わりにパトロンを決めるという話だ」

ジュリアンヌは戸惑いながら、自分が先週なかば冗談で公言したことを懸命に思い返した。終演後、楽屋で熱心な崇拝者たちに囲まれていたときのことだ。彼らはジュリアンヌの注意を引いて自宅に招待しようと躍起になっていたが、彼女は誰の招待も受ける気がなかった。ある気どり屋の男がとくにしつこかったので、いらだちを隠して笑い、感じのいい紳士たちばかりだからそのなかからひとりを選ぶことはまだできないと言ったのだ。

誰かに決めなかったのは、単に自分を守るためだ。誰かに庇護してもらうつもりはなかったが、だからといって、崇拝者や裕福な客たちを遠ざける危険は冒したくなかった。慎重に行動しなくてはならない。崇拝者たちを近づけないようにしながらも魅了し、彼らの賞賛を受け続けなければならないのだ。

それでもなお誰かを選ぶよう強要されると、ジュリアンヌは劇場との契約期間が終わるときに決めると約束した。すぐに、そう言ったのは正解だったとわかった。裕福な貴族たちが競ってジュリアンヌの芝居を見に来るので、劇場が彼女を重用するようになったのだ。

その話がもうデアの耳に入っているとは。

ジュリアンヌは落ち着きをとり戻そうと努め、丁重に答えた。「わたしがどなたを選ぶかなど、閣下が気になさるほどのことではありませんわ」

「おれも立候補したい」

人々のあいだにざわめきが広がった。

驚いたことに、デアは手すりの上に立った。息をのむ音が、観客のものなのか自分のものなのか、ジュリアンヌにはわからなかった。たぶん両方だろう。舞台に立つようになってだいぶたつが、今ほど途方に暮れたことはない。頭がまっ白になり、芝居中に大事なせりふを忘れたときのようにパニックに襲われた。

だが、これは芝居ではなく現実だ。

とはいえ、観客たちはまるで芝居の続きを見るように静まり返って見守っている。ジュリアンヌ自身も、デアが何をたくらんでいるのか見当もつかず、黙りこんだ。

危なっかしい体勢にもかかわらず、彼はのんびりとボックス席の柱にもたれかかった。

「おれは、きみが誰を選ぶかで賭けをし、自分に賭けた」

一階席の粗野な客のあいだで笑い声が起こった。ほかの人々は固唾をのんでジュリアンヌの返事を待っている。

「本当に?」彼女はなんとかそう言って時間を稼いだ。「ずいぶん自信がおありですのね」

「自信には根拠がある」デアは観客を見まわした。「このなかで、おれがこの美しいジュエルの心を勝ちとれると思う者はいるか?」

一階席から歓声が、それより上の席からは拍手が沸き起こった。デアは愛想よくお辞儀をして観客たちの賞賛にこたえた。

危ないわ。ジュリアンヌは心配になった。あの高さから落ちたら大けがをするに違いない。でもデアは、これまで出会ったなかでももっとも無鉄砲な人だ。無鉄砲で大胆で挑発的。大勢の観客が見つめているのに、まったく気にしていないようだ。

そして観客たちはデアの大胆な行動を楽しんで、盛りあがっている。

ジュリアンヌは歯を噛みしめ、理性をかき集めながら舞台の上を歩いてボックス席に近づいた。デアは大勢の観客の前で宣言することで、巧妙にわたしを罠にかけた。わたしは誰かを恋人にするつもりはない。まして相手が悪名高い放蕩者で、つらい過去をいやおうなく思いださせ、今なおわたしを苦しめる男性ならなおさらだ。だが、この場で即座に断ることはできない。そんなことをしたら、これまでの苦労が水の泡になってしまう。客を喜ばせることで、わたしの生活は成りたっているのだ。

幸い、長いあいだ演技の経験を積んできたし、放蕩者やしつこい崇拝者を相手にすることにも慣れている。

ようやく落ち着きをとり戻したジュリアンヌは、腰に両手をやって、タッターソールの馬市で馬を値踏みするようにデアを見つめた。

「たしかに根拠はおありなんでしょうね。お名前は有名ですもの。悪名高きウォルヴァートン卿。その魅力と優雅さと放蕩ぶりで名高い冷酷な遊び人。たしか〝快楽のプリンス〟と呼ばれているんじゃなかったかしら？　それから、女性の心を傷つけることでも有名ですよね」

「きみだって男の心を傷つけているじゃないか」

「わたしはそんなつもりはありませんでしたわ」その言葉とは裏腹に、男性を虜にする笑みを浮かべながらジュリアンヌは言った。「でもあなたがそうおっしゃるなら、わたしも賭けをすることにします」そして、今度は観客のほうを向いた。「わたしは男性の心をわざと傷つけていると非難を受けました。ですから、そのとおりにしようと思います。わたしは、〝快楽のプリンス〟を足もとにひざまずかせることに賭けます」

耳をろうさんばかりの歓声や、足を踏み鳴らす音が聞こえた。場内が静かになるまでに数分を要した。

デアが意地悪な笑みを浮かべる。「おれの心を傷つけることができるというんだな？」

「ええ、絶対に」

「ぜひやってみてくれ」彼はジュリアンヌの目を見つめたままもう一度お辞儀をした。「楽しみにしているよ、美しいジュエル」

観客たちから期待に満ちた拍手が起こる。ジュリアンヌが深くお辞儀をして舞台を去るころには、早くもどちらが勝つかの賭けがはじまっていた。

袖に戻ると、支配人のサミュエル・アーノルドが待ちかまえていた。自分の鼓動と背後の歓声のせいで、アーノルドの言っていることはほとんど聞こえなかったが、どうやらこの賭けに賛同しているらしい。ジュリアンヌは無理に笑顔をつくって楽屋に逃げこんだ。

ジュリアンヌはぐったりと長椅子に沈みこみ、崇拝者が現れるのを待ちながら、顔を両手にうずめた。こみあげる感情に喉がつまりそうになる。

デアと再会する覚悟はできているつもりだった。だが、こんなことになるとは考えてもいなかった。公衆の面前で、誰をパトロンにするかをめぐって知恵比べのようなことをするとは。彼がなぜ大勢の前で挑んできたのか、その理由が思いつかない。過去の罪を償わせようというのだろうか？

そうさせたい気持ちはわかる。七年前、ジュリアンヌは彼との婚約を破棄した。二度とジュリアンヌを妻にしようと考えなくなるような手ひどいやり方で。デア自身のためにやったことだが、だからといって彼をあきらめるつらさがやわらぐわけではなかったし、その後の身の破滅から逃れることもできなかった。

これまでの人生でもっとも苦しく、身を切られるような経験だった。デアを失ったばかりか、結果的には自分を守るものをすべて失い、金に目のくらんだ悪党と老貴族のたくらみに翻弄された。そのふたり、アイヴァース伯爵とウォルヴァートン侯爵のせいで、ジュリアンヌは身も心もぼろぼろになった。夢は砕け散り、人々から避けられ、店には客が寄りつかなくなった。愛する母も、娘同様、名誉を傷つけられた。

それが何よりもつらかった。このスキャンダルで、病気がちだった母はさらに体調が悪くなった。これ以上母を苦しめるのがいやで、ジュリアンヌはそれまでの生活を捨てることに決め、新しい家と仕事を探しはじめた。

ジュリアンヌがもっとも苦しかった時期に、旅芸人の一座がヨークからやってきたのは、まったくの偶然だった。かつて衣装のことで協力した関係で、彼らとは顔見知りだった。ジュリアンヌの窮状を知った一座は、彼女をケントから連れだしてスキャンダルからかくまい、同時に友人として迎えてくれた。

いい働き口を見つけられる可能性はないに等しかったので、ジュリアンヌは一座に加わってヨークに身を落ち着けることになった。そして、数年かけて演技という新たな才能に磨きをかけた。自分と母が生き残るための唯一の手段だった。

わずかな収入の大部分を、母のいる家に送った。かつての店員が管理してくれている帽子店も、当初は母の治療費をまかなえる程度の売り上げをあげていた。だが、病状がさらに悪化すると、母が最期の日々を少しでも快適に過ごせるよう、ジュリアンヌは大声では言えないようなことまでせざるをえなくなった。

それでも、デアへの愛は消えなかった。少なくとも最初のうちは。長いこと、夢に彼が現れた。いい夢のときもあれば、悪い夢のときもあった。そのあいだも、彼と愛を交わしたことは強く心に残ったままだった。デアの愛撫が、そして彼が与えてくれた悦びがほしくてたまらなかった。

だが最後にはたち直り、新たな未来に向けて動きはじめた。四年ほど前に母が亡くなってからは、仕事でちょっとした充実感を味わえるようにまでなった。

そして最近、ロンドンのドルリー・レーン劇場から出演の打診があった。報酬はかなりの額だった。やっとのことで手に入れた自立のチャンスをデアのせいでふいにしたくなくて、ジュリアンヌはこの仕事を受けた。名声を得ることには興味がなかった。お金がすべてだ。成功して、名女優並みの収入を得ることができるようになれば、自分の将来を自由に決められる。もう二度と、男の気まぐれに翻弄されたり頼ったりせずにすむのだ。

不安を覚えながら、ジュリアンヌはデアの住む世界に戻った。彼とのことは完全にのりこえたと自分に示したかった。彼との過去は心の奥に封じこめ、新たな人生を歩みたかった。

だがデアに再会したせいで忘れかけていた傷口が開き、息もできないほどの痛みを覚えた。

ジュリアンヌは意を決して、何度かゆっくりと深呼吸した。女優の仕事をはじめたばかりのころ、こうして緊張を解くことを学んだのだ。

おかげで、なんとか落ち着くことができた。デアが何をたくらんでいるにせよ、自分の感情を隠すことができそうだ。

彼とは距離を置く――そう心に誓ったが、その決意を裏切るように手足が震えてしまう。

ほかの出演者たちが楽屋に入ってきて、ジュリアンヌはほっとした。じきに崇拝者たちが押し寄せ、楽屋はデアの噂でもちきりになった。

彼女はさっきの見世物のことなどなんとも思っていないふりをして、まわりをとり囲む紳士たちに向かって微笑んだ。

彼らの目的はただひとつ、金の力でジュリアンヌのベッドにもぐりこむことだ。女優など、金さえ出せば自由にできると考えられているのだ。ジュリアンヌは誰もベッドに招き入れるつもりはないが、イメージを壊すわけにはいかない。そして今夜はさらにもうひとつ、しなければならないことがある。ウォルヴァートン卿は大胆に宣言をしたが、彼が選ばれることはないと、ほかの求愛者たちに示さなければならないのだ。

求愛者のなかでもとりわけ熱心なのが、リディンガム子爵ヒュー・ブラムリーだった。長身でやせている彼は、髪はありふれたブラウンだし、顔だちも平凡だが、物腰がやわらかいうえに明るくて礼儀正しいので、ジュリアンヌはほかの誰よりも好感を抱いていた。

だが、リディンガムは今夜の出来事が不満らしく、嫉妬心を隠そうともしない。

「大勢の前であんなことをするとは、なんという男だ。ミス・ローレン、じゅうぶん気をつけたほうがいい。彼の放蕩ぶりは伝説になっている」

「あなたがそばにいて守ってくだされば、なんの危険もありませんわ」ジュリアンヌは軽い口調で言ってリディンガムの怒りを静めながら、ドアのほうに目をやった。今にもデアが現れそうな気がしたのだ。

緊張を隠し、崇拝者たちの警告に耳を貸すふりをするのがせいいっぱいだった。一〇人以上から夕食の誘いを受けたが、ジュリアンヌは疲れたと言って丁重に断った。

四五分ほどたったころには、崇拝者たちの数はだいぶ少なくなっていた。わずかながらも平静をとり戻したジュリアンヌは、今夜はもうデアを相手にしなくてもすむかもしれないと思いはじめた。このまま更衣室に戻り、そこからひとりで下宿に帰れるかもしれない。

だが、ジュリアンヌがリディンガムの言葉に笑っていると、不意に彼が体をこわばらせた。室内に沈黙が広がり、人々が道を空ける。そして次の瞬間、デア・ノースが彼女の目の前に立った。

ジュリアンヌの心臓が跳ねあがる。

ひと目見ただけで、彼の洗練された物腰や引きしまった体つきが昔のままなのがわかった。いや、仕立てのいいブルーの上着に覆われた肩はさらに広くなり、サテンのブリーチに包まれた腿はさらにたくましくなったようだ。

繊細で貴族的な顔は、七年前と変わらず端整だ。高い頬骨と高貴な眉は、昔から妖しい魅力を持っている。

ジュリアンヌはデアを見つめないようにするのがやっとだった。

だが、彼のほうはおかまいなしのようだ。服を突き通しそうな視線が、ジュリアンヌの大きく開いた襟もとから細いウエスト、そしてパニエに包まれたヒップへと移動する。あれは、経験豊かな男性が女性を値踏みする目だ。

ジュリアンヌは気持ちを落ち着けようと息を吸いこんだ。

「ロンドンじゅうが騒いでいる理由がやっとわかった」デアが言った。「遠くから見たときは、舞台上での存在感に言葉を失った。だがこうして近くで見ると、その美しさに言葉を失うよ」

ジュリアンヌは冷めた目で彼を見た。「それはどうでしょうか？　閣下が言葉を失うことなどめったにないのではないかと思いますけど」

「ああ、ほとんどない」彼女のよく知っている、心をとろかすような魅力的な笑みが浮かんだ。

ジュリアンヌは気のきいた返事をしようと必死で考えをめぐらせた。だが何も思い浮かばないうちに、デアが手をとって、指先にゆっくりキスをした。

彼女は胃が締めつけられるような欲望を覚えた。

デアがお見通しだと言いたげにかすかに微笑む。

ジュリアンヌは手を引っこめたいのをやっとの思いでこらえ、指だけをゆっくりと彼の唇から遠ざけた。彼の唇に一瞬触れただけで反応してしまったのが悔しかった。デアとの思い出にまだとりつかれている。

「わざわざ楽屋までお越しくださったなんて驚きですわ。お芝居が終わってからずいぶん時間がたつのに」

「ほかの崇拝者たちにも、きみと会う時間をやらないとならないからな。これからきみを夕食に誘うつもりだ」

周囲の紳士たちのあいだから抗議の声があがった。なかでもリディンガムは強硬だった。

「ウォルヴァートン、ミス・ローレンはきみと出かけたりはしない」

デアは子爵に向かって眉をつりあげた。「きみの縄張りに侵入してすまないが、おれは賭けをしているんだ。わかってもらいたい」

ジュリアンヌは冷たい笑みを浮かべて彼をさえぎった。「お誘いいただきありがとうございます。でも、リディンガム卿のおっしゃるとおりですわ。お断りいたします。芝居のあとで、頭痛がするものですから」

「舞台の上で激しく動きまわったあとだ、無理もない。だが、ひとつ言わせてもらいたい。きみはおれの賭けの申し出を受けたのだ。公平を期すために、きみをくどくチャンスをくれないと。それがなければ、きみを負かすことなどできるわけがない」

「それは閣下の問題で、わたしの問題ではありませんわ」

「おれを足もとにひざまずかせるという話はどうなるんだ？」

「いつか別の機会に。よろしければ、着替えをしたいのですが」

ジュリアンヌは女王のように長椅子から立ちあがり、まわりの人々に向かって申し訳なさそうに微笑んだ。その笑みに、デア以外は全員納得したようだった。「みなさま、それではまた明日」

楽屋を出ると、彼女は狭い廊下を更衣室へ向かった。なかに入ってドアを閉めようとしたとき、驚いたことにデアが後ろから入ってきた。

ジュリアンヌは向き直り、ドアの鍵をかける彼を腹だたしく見つめた。

「相変わらず失礼な人ね。はっきり言ったはずよ、ひとりになりたいって」

「いいや、きみは着替えをしたいと言った」

デアが明るいグリーンの目で興味深げに彼女を見つめる。ジュリアンヌは、思わず腕を交差させて胸を守りたくなったが、我慢した。別れて以来、はじめてデアとふたりきりになっていると思うと落ち着かない。とはいえ、彼が厚かましく更衣室に入ってきたことはさほど驚かなかった。デア・ノースは、礼儀を知っていながらそれを大胆に無視する男なのだ。

そのときドアを乱暴にたたく音がし、ジュリアンヌはデアの言葉にこたえずにすんだ。リディンガムの心配そうな声が続く。「ミス・ローレン、ウォルヴァートンがついていきませんでしたか？　大丈夫ですか？」そう言って、子爵はふたたびドアをたたいた。

「ドアを壊される前に安心させてやったほうがいい」デアがささやいた。

ジュリアンヌはデアの耳を殴りつけてやりたいと思いながら、凝った装飾の施された衝立の陰に隠れる彼を見つめた。昔からそうだけど、本当に厚かましいわ。

ドアを少し開けると、リディンガムが立っていた。

「支配人を呼びましょうか？」彼が語気荒く言った。

更衣室にデアとふたりきりだったことを明かして、子爵の嫉妬心をあおる気はない。ジュリアンヌは戸惑ったふりをしてリディンガムに尋ねた。「なぜ支配人を？」

「ウォルヴァートンがここにいると思ったものですから」

「勘違いですわ」息をつめながらドアを大きく開け、化粧テーブルと衝立を置くのがやっというう狭い更衣室を見せる。「お気持ちはうれしいですけれど、ごらんのとおりわたしひとりです。ご親切にどうも。もしウォルヴァートン卿が本当にここにいたらと思うと、閣下が助けにいらしてくださったことには心から感謝いたしますわ」

リディンガムは咳払いをして、邪魔をしたことをわび、ジュリアンヌはもう一度礼を言った。子爵が去ると、彼女はドアを閉め、一〇数えてから皮肉たっぷりに言った。「もう出てきても大丈夫よ」

衝立の陰から出てきたデアに向かって、さらに辛辣に言う。「隠れるのが上手なところを見ると、怒っている夫や恋人たちから逃げるのには慣れっこみたいね」

「そのとおりだ」彼があっさり認めた。

「さあ、あなたも出ていって、わたしをひとりにしてもらえるかしら」

それに対してデアが浮かべた笑みがまぶしすぎて、ジュリアンヌの鼓動は乱れた。「リディンガムがいなくなったのを確認するまでは出ていけない。きみが嘘つきなのがばれては困るだろう?」

「わかったわよ」彼女はぴしゃりと言った。「もうしばらくいていいわ。でも、よかったらそこから離れて、わたしに衝立を使わせていただけない?」

「着替えに手助けが必要じゃないかと思ったんだが」デアは軽い調子で言いながらも、ジュリアンヌの言葉にしたがった。

「いいえ、けっこうよ」

「残念だな。だが本当のところ、夕食に誘おうと思って来ただけなんだ。一度だけならかまわないだろう? この機会におれを誘惑すればいい」

ジュリアンヌは彼を見つめた。「わたしにどうしてほしいの?」

「言っただろう? おれは、きみがおれのものになることに賭けたのだ」

「いくら?」デアが眉をつりあげたので、彼女はいらだって腕を組んだ。「いくら賭けたかきいているのよ」

「きいてどうする?」

「あまりの高額じゃなければ、わたしが払うわ。そうすれば、このばかげたお遊びに我慢する必要もなくなるから」

「金の問題ではない」デアが傷ついたような顔をした。「プライドの問題なんだ」

「プライドですって?」ジュリアンヌは顔をしかめた。「こんな賭けに真剣になっているわけじゃないでしょう?」

「きみはおれのことがまったくわかっていないんだな」

たしかにそうだわ。不意にジュリアンヌは悲しくなった。かつて愛した人は、わたしの知らない人になってしまった。わたしを笑い物にするのをなんとも思わない人に。

だが、デアを責めることはできなかった。わたしにできるのは、彼が用意している罰に抵抗することだけ。

そんな思いを抱えたまま、ジュリアンヌは衝立の奥に移動した。ありがたいことに、デアは紳士らしくそこからどいて、彼女をひとりにしてくれた。だが彼がすぐそばにいると思うと、まだ落ち着かない。

「きみはおれの挑戦を受けた」しばらくしてからデアが言った。「受けたからには勝ちたいだろう。それにしても鮮やかな反撃だったな。一瞬のうちに形勢が逆転した」

「ほめてもらっていると思っていいのね」ジュリアンヌは冷ややかに言いながら、衣装を脱ぎ、パニエとペチコートを身につけはじめた。

「きみの才能をほめる記事は、けっして大げさではないな。見事な演技だった」

「そういうときもあるけれど、今夜のは最高とは言えないわ」

「集中できなかったんだな?」

「ええ、そうよ。あなたが復讐するんじゃないかと気が気じゃなかったの。心配したとおりになったわね」

デアはそれにはこたえず、先ほどの話題に戻った。「一緒に食事をしよう。昔話でもしようじゃないか」

「思いだしたい話なんかないわ」

「ベッドでの快楽のこともか？」

「それはとくにいや」

ジュリアンヌは、いつも劇場への行き帰りに着る紺の地味なドレスを着た。

衝立の奥から出て化粧テーブルの前に座り、化粧を落とす。デアの存在を無視しようと努めたが、とてもではないが無理だった。

ドアにもたれかかってこちらを見ているデアが、小さな鏡に映っている。ジュリアンヌがピンを外して髪をおろし、指ですき終えるまで、彼は何も言わなかった。

「相変わらずきれいな髪だな。黒テンの毛皮みたいに豊かでなめらかで輝いている」

ジュリアンヌは口を閉じたまま返事をしなかった。彼のほうこそ、口のうまさは相変わらずだ。

「そして、妖婦の顔と体をしている」

「わたしは妖婦なんかじゃないわ。それにもう、あなたのお世辞に惑わされるうぶな娘でもないの」

「ああ、たしかに娘ではない。美しい女性になった」

思いがけずジュリアンヌは悲しみを覚えた。かつては、デアにお世辞を言ってもらう必要などなかった。彼の視線ひとつで、自分を美しいと感じることができた。美しく、そして大事にされていると。ばかね、過去のことにこだわるのはやめにしなければ。

そのとき背後でデアが動き、彼女は凍りついた。彼がブラシを手にとって、ジュリアンヌの長い髪をとかしはじめたのだ。

「おれはこうするのが好きだった。覚えているかい？」

デアの声のあたたかさに体が震えた。忘れられるわけがない。なつかしさのあまり目を閉じる。背後から伝わる彼の体温、そっと触れる手の感触、官能的なまでのやさしさ。久しぶりの感覚だわ……。

ああ、デアがほしい。今背中をあずければ、彼はさらにわたしを愛撫し、興奮させるだろう。デアのほっそりとした上品な手に胸を撫でられるのを想像するだけで、頂がかたくなる。

ジュリアンヌは歯を噛みしめ、正直な体と愚かな自分を呪った。デアとふたりきりになるなんて、どうかしていた。長い年月がたっているから彼に会っても大丈夫だと思っていたが、それは間違いだった。わたしは弱すぎる。そしてデアは危険すぎる。

彼がすぐそばにいることに耐えきれなくなり、彼女は髪をとめもせずに立ちあがった。震える手で壁のフックから外套をとってはおる。

「あなたが出ていかないなら、わたしが行くわ。おやすみなさい、ウォルヴァートン卿」

「それはだめだ」

デアはゆっくりと、だが決然とした足どりでジュリアンヌの目の前に来た。彼女は警戒して一歩さがったが、逃げ場はなかった。

彼はしばらくジュリアンヌの唇を見つめていた。彼女が呆然としているあいだに、わずかに身をのりだし、頭をさげる。あたたかい息が、彼女の頬に、そして唇にかかる。キスをしようとしているんだわ。間違いない。ジュリアンヌはパニックに襲われながら、デアの唇が重なるのを覚悟した。

だが、意外にも彼はキスをしなかった。代わりに、骨までとかしそうな笑みを見せた。そして身をかがめ、彼女の膝の裏に腕をさし入れて抱えあげる。ジュリアンヌのパニックは驚きに変わった。

「何をするの?」デアの予想外の行動に息をのんで、ジュリアンヌは尋ねた。

「もちろん、夕食に連れていくんだ」彼は平然と答えた。「馬車を待たせてある」

3

馬車の座席で、デアは下腹部のこわばりを呪いながら落ち着きなく体を動かした。ここまで興奮していることに、自分でも驚いた。もっと自制心を発揮するつもりだった。

実際、そうしていたはずだ。ジュリアンヌがあんな反応を見せなければ。彼女の目には欲望が浮かび、唇はキスを期待するかのように開いていた。

デアは、体のなかを突き抜けた衝動を隠さなければならなかった。そして、自分を守るために最初に頭に浮かんだ行動をとった。ジュリアンヌを抱えあげ、待っていた馬車に乗せたのだ。

だが、狭い馬車のなかにふたりきりでいると、体がよけいに反応する。今、デアは痛いほどの欲望を覚えていた。

静かに座って窓の外を眺めているジュリアンヌの高貴な横顔に、つい目が行ってしまう。記憶にあるとおり……いや、それ以上に魅力的だった。馬車の外側にとりつけられたランプの明かりを受けて髪が輝き、シルクのように肩を覆っている。デアの視線は、乱れた巻き毛がかかる彼女の胸をさまよった。もっとそばに寄ってあの美しい髪に顔をうずめ、ジュリアンヌを腕に抱き、豊かな胸を愛撫したいという衝動を抑えるのがやっとだった。

デアは心のなかで毒づいた。いまだに魅力にあふれ、自分を興奮させるジュリアンヌが腹だたしかった。

ジュリアンヌの魅力に屈するつもりはなかったのに、彼女の官能的な反応に次から次へと記憶がよみがえってきた。心の奥に葬り去ったと思っていた彼女の味、感触、そして彼女への思いが。

ジュリアンヌを追うことにしたのは間違いだったかもしれない。彼女の心を勝ちとると宣言して先手を打ったのは自分だが、向こうも負けていなかった。ジュリアンヌはおれを足もとにひざまずかせると誓って不意を突いた。

かつて、おれは実際にひざまずいた。心を傷つけられることなくこのゲームを切り抜けようと思ったら、用心しなければならない。

ひとつだけ満足できたのは、ジュリアンヌも同じように動揺しているらしいことだった。彼女は仕返しを恐れるように、不信感もあらわにデアを見ている。それでも、かつてふたりのあいだに燃えた情熱を思いだし、彼を求めずにはいられないらしい。

デアの隣で、ジュリアンヌも同じようなことを考えていた。彼の厚かましい策略に手も足も出なかったことに、動転していた。デアはわたしの欲望に火をつけておいて、一気にその火に水をかけ、怒りをあおった。そして、大勢の崇拝者の前でわたしを抱きかかえて劇場をあとにした。

あんなふうに見世物にするなんて、本当に腹がたつ。だが、その鮮やかな決断には感心せずにはいられなかった。

最初の闘いは彼の勝ちだ。デアが観客の前で賭けの話を持ちださなければ、そしてわたしをさらうようにして連れてこなければ、ここで今ふたりきりでいることもなかった。

公衆の面前で言いあうのと、ふたりきりで遅い夕食をとるのとでは、まったく別の話だ。彼と過ごすのは今夜で終わりにしよう。ジュリアンヌはそう自分に誓った。ただ食事をするだけのことだ。多くの経験を積んできたのだから、デアに気持ちを寄せないことはできるはず。彼のことは吹っきれたと自分に証明するいいチャンスだ。

そして、絶対に屈しないことをデアに示すチャンスにもなる。できるだけ早い段階で、けっして負けないとわからせれば、彼も早々に復讐をあきらめるだろう。

デアには負けない。絶対に。

呪文のように何度も繰り返すうちに、揺らいでいた自信をいくらかとり戻すことができた。それなのに、馬車が速度を落としはじめると、胸が期待に高鳴るのをどうすることもできなかった。

デアの手を借りて馬車をおりるときには、ますます緊張が高まった。背中に手をあてられたとたん体がかっと熱くなる。これだけのことで反応してしまう自分にうんざりした。

この闘いに勝とうと思うなら、もっとうまくたちまわらなければならない。

連れてこられたのは会員制の紳士クラブだった。ジュリアンヌにはそれを喜ぶべきなのかどうかわからなかった。デアの悪名高い隠れ家のひとつに連れていかれることをなかば覚悟していたのだ。彼がそのようなところで背徳的な時間を楽しんでいることは、ゴシップ紙によく報じられていた。

従業員がふたりを迎え、二階の部屋へ案内した。部屋は豪華だがなかなか趣味がよかった。壁に金色の燭台がとりつけられており、ダマスク織りのクロスをかけた小さなテーブルに並ぶ磁器やクリスタルが、蠟燭の光を受けてきらめいている。暖炉に燃える炎が、部屋全体をあたたかく照らしていた。

思っていたとおり、女性を誘惑するための部屋だった。壁のひとつに深紅のブロケードのカーテンがかかっているが、その奥の暗がりが小部屋になっていて、人がふたり寝られる大きなベッドが置いてあるのが見えた。

あのベッドにデアと横たわることを考えると、全身が熱くなった。

残念ながら、従業員はジュリアンヌをテーブルにつかせたあと部屋を出ていってしまった。さらに戸惑ったのが、デアが向かいではなく隣の席に座ったことだった。

「言っておくけれど……」ジュリアンヌは、テーブルに並んだワインを吟味する彼に軽い調子で言った。「あなたは無駄な努力をしているわ。今夜何をたくらんでいるのか知らないけれど、成功しないわよ」

デアが微笑んだ。「まだ何もはじめていないのだから、成功するもしないもない」

そのこともなげな言い方に、ジュリアンヌはうろたえた。彼はいとも簡単にわたしを惹きつける。これほどの至近距離でデアに圧倒されながら、ひと晩のりきることができるのだろうか？

彼はワインを注ぎながら、からかうような口調のまま言った。「おれに闘うチャンスをくれないとは、ずいぶん臆病なんだな。負けるのが怖いんだろう？」

「まさか」ジュリアンヌは無理に笑った。「それより、これ以上しつこくされるとあなたを傷つけてしまうんじゃないかと思って怖いわ」

「このワインを飲んでごらん。ラングドックのものだ」

亡くなった父の領地があったところだ。ジュリアンヌは顔をしかめて飲んだが、芳醇な味わいだった。

「ここの料理はすばらしいんだ。きみも気に入ると思う。シェフはパリの出身でね」彼女の驚いた顔を見て、デアはさらに言った。「きみはフランス料理が好きなのを忘れたとでも思っているのか？」

ジュリアンヌはかすかに嘲るような笑みを返した。「わたしはあなたのことをこれっぽっちも考えなかったわ」

「おれは違う」

デアは物憂げに言うと、優雅に椅子の背にもたれた。だが、ジュリアンヌはくつろぐことができなかった。どうしても彼を意識してしまう。豊かなブロンドの髪が蠟燭の炎を受けて輝いている。自分の指がその髪をすき、お返しにデアの指が髪をすいてくれる――そんな想像が頭から離れない。

ワイングラスの脚を撫でる彼の手に思わず目をやった瞬間、いとしさがこみあげてきた。あのあたたかくて器用な手が肌に触れるのが感じられるような気がする……。

「ずいぶん長かった」デアがつぶやくように言った。わたしが考えていることがわかったのかしら？　ジュリアンヌは驚いた。

「わたしには別に長くなかったわ」無関心を装ってこたえる。

控えめなノックの音がしてふたりの召使いが夕食を運んでくると、ジュリアンヌはほっとした。料理は何皿もあった。トリュフ入りの鶉《うずら》のスープ、蒸したハム、鱒《ます》のトマトとガーリックソースがけ、豆、アーティチョークのクリーム煮、海老、子牛のマデラソース煮込み、そしてデザートにはさくらんぼのシロップ漬けとプラムプディングが出てきた。

どの料理もおいしかったが、彼女は味わうどころではなかった。デアが気になってしかたがない。うっとりさせるグリーンの瞳、形のよい官能的な唇……。

彼の口のことなんか考えてはだめ。そう自分に言い聞かせた。わたしの体を震わせる、あのあたたかい唇のことは考えてはだめよ。数々の悦びを与えてくれた唇や、女なら魂を抜かれてしまいそうな、あの少し意地悪な微笑みのことは。

微笑みはデアの最大の武器だった。あるいは、女性に向けるまなざしこそが最大の武器だろうか？　彼に真剣な目で見つめられると、自分がとてつもなく魅力的になったように感じられる。

ふたりの召使いがいるにもかかわらず、デアは今まさに、魅入られたようにジュリアンヌを見つめている。食事が終わってデアが召使いをさがらせるまで、彼女は彼の探るような視線にじっと耐えた。

「人を見つめるのはマナーに反するって誰かに教えてもらわなかったの？」ジュリアンヌは冷たい笑みを浮かべて言った。

デアがくつろいだ様子で笑う。「きみみたいな美しい女性に見とれずにいられるわけがない。きみの魅力に酔ったみたいだ」

「ワインのせいよ」

彼が鋭い目で見つめる。「これまでどうしていたんだ、マドモワゼル？」

ジュリアンは笑みを消してワインを飲んでから、しぶしぶ答えた。「ミス・ローレンと呼んでほしいわ。フランス人だということをあまり強調したくないの」

「わかったよ、ダーリン」おもしろがっているような声だが、好奇心もまだ残っているようだ。「すぐにそれとわかるようなフランス訛りもなくなったな。意識しているのか？」

「ええ」ジュリアンヌは認めた。「女優にとっては致命傷になるから。イングランド人は、フランス人なら誰であろうと自分たちよりもはるかに劣ると思っているのよ。フランス人にもいろいろいるなんて考えたくないらしいわ」

「われわれがフランス人を嫌うのは、たぶん、世界制覇をねらう独裁者のせいだろう」デアが無表情に言った。

ジュリアンヌは、イングランド人より激しくナポレオン・ボナパルトを嫌っているフランス人も大勢いると指摘したかったが、この件をデアと話しあうつもりはなかった。

デアは両手を合わせて彼女を見つめていたが、不意に話題を変えた。「きみは、今夜群がっていた男たちの誰かとベッドをともにしているのか？」

ジュリアンヌは鋭く息を吸いこんだ。「あなたには関係ないことだと思うけれど」

「おれはただ、自分が誰と競争しているのか知りたいんだ。きみがあのなかの誰を気に入っているかがよくわからない。見たところではリディンガムらしいが、彼がおれのいちばんのライバルなのか？」

彼女はおどけたような笑みをつくり、答えなかった。

「きみはもっと男らしい男が好みかと思ったが。だがおれの記憶が正しければ、きみは相手をひとりにしぼらないんだったな」デアは急に辛辣な口調になった。

ジュリアンヌは意志の力を総動員して平気なふりを装い、眉をつりあげた。「ロンドン一の放蕩者と言われるあなたがわたしのすることを非難するなんて、驚きだわ。あなたはどんな女性でも相手にするという話じゃないの。それに、一度に何人もの女性とつきあうとか」

「そんなことはない。相手はちゃんと吟味している。少なくとも今はそうだ。きみと別れたあと……」デアの視線は彼女をとらえたままだ。ジュリアンヌは神経がすりきれそうだった。

「ジュエル、たしかにきみと別れた直後は、ベッドをともにする相手は誰でもよかった。ただ欲望に溺れることで、心の痛みを忘れたかった」

デアの見たところ、ジュリアンヌはこの告白に何かこたえるつもりはないようだ。「きみの残酷な仕打ちからたち直るのに、ずいぶん時間がかかったんだ」

一瞬、ジュリアンヌの目を何か弱々しい感情がよぎった。それから彼女は目を伏せた。白い肌に黒いまつげが映える。

「おれがこんなふうに堕落したのはきみのせいだと言ってもいいぐらいだ」

ジュリアンヌが顔をあげて言った。「わたしのせいなんかじゃないわ。わたしと出会うずっと前から放蕩者だったじゃないの」

「きみだってまったくの貞淑だったとは言えない。あのあと、一度や二度は男を相手にしただろう？」

「一度や二度はね」ジュリアンヌはそっけなく答えた。「でも、わたしは自分が何人の男性とつきあってきたか正確に覚えているわ。あなたはそうじゃないでしょう、ウォルヴァートン卿？」

「前はデアと呼んでくれた」

「前はいろいろな呼び方をしたわ。今だっていくつか思いつけるわよ。堕落者、快楽主義者、放蕩者」

デアはしかめっ面をした。「ひとつ、間違いなく変わったことがあるな。きみの爪は鋭くなった」

「そうかもね。でも、あなたから身を守るには鋭い爪が必要だわ」

「身を守らなければならないのはおれのほうだろう。最後に会ったとき、きみはほかの男に抱かれていた。おれに隠れてこっそりと。心からほしいのはおれだけだと思わせながらな」彼は唇をゆがめた。「だが、おれがほしかったのは本当なんだろうな。祖父の跡継ぎであるかぎりは」

デアの苦々しげな言葉を聞きながら、ジュリアンヌは手に持ったワイングラスを見つめた。彼は、わたしを嘘つきだと思っている。デアと情熱的に愛しあった次の瞬間には、恋敵と一緒に彼を裏切ることのできる女だと。

彼女は喉がつかえるのを感じた。あのときは嘘をつかなければならない理由があった。自分にはほかに選択肢がないと思っていた。だけど、デアに憎まれるのは割が合わない。彼が知らないだけで、わたしは苦しんできたのだ。わたしがどんなことに耐えてきたかが明らかになれば、デアはこんなに復讐心を燃やさないはず……。

ジュリアンヌは彼の目を見つめた。暗い過去がふたりのあいだによみがえる。デアの冷たい表情がつらかった。許してほしいと頼んでも無駄だろう。

彼がひと言、真実を話してくれと言ってくれたら。二時間前に、公衆の面前でわたしを侮辱しなかったら。それなら、わたしも危険を承知で古傷に触れてみたかもしれない。

だが今、遠い過去の行動を正当化しようとしても意味がない。デアがわたしのことをどう思うかはもう関係ない。ふたりのあいだで壊れたもの、失われたものをもとに戻すことはできないのだ。それに、真実を話せば不本意な結果が待っているかもしれない。彼は間違いなくわたしをあわれむだろう。それに、罪悪感を覚えるかもしれない。償いをしなければならないとまで思う可能性もある。

ふたたびデアと親密な関係になる気にはなれなかった。またあのようなつらさを味わったら、今度こそたち直れないだろう。長い年月をかけてのりこえてきた過去を、今はただ忘れたかった。

やはり、デアにはわたしが裏切ったと思わせておくほうがいい。彼のことなどまったく愛していなかったと思わせておくのだ。ひどい言葉でののしられても、自分の無実を主張するのはやめよう。

代わりに、デアがわたしに与えた役割を演じよう。これからも軽い調子で受け答えをして、もう彼に傷つけられることなどないふりをするのだ。

ジュリアンヌは、たいして気にしていないような笑みを浮かべた。今ほど自分の演技力に感謝したことはない。

「好きに考えてちょうだい。でも、わたしはあの不快な出来事はとっくの昔に忘れたの。今あなたとその話をするつもりはないわ」

デアは腹がたったが、しつこくこの話題を繰り返すのは子どもじみていると思い直し、尋ねた。「なぜ女優になったんだ?」

「働かなければ生きていけない人間もいるのよ」

「アイヴァースと結婚できなかったのか?」

ジュリアンヌの目に一瞬みじめな表情が浮かんだが、すぐに消えた。「結婚を申しこまれたけれど……」彼女は抑揚のない声で答えた。「受けなかったわ」

本当だろうか？　アイヴァースの財産では満足できなくて断ったのだろうか？　それとも、ウォルヴァートン家の財産を手に入れる計画が失敗に終わったために、アイヴァースに捨てられたのか？　「じゅうぶんな金をもらえなかったのか？」

ジュリアンヌはおもしろくもなさそうにかすかに笑った。「ええ、そうよ。彼は賭けで借金を抱えていたの。当時、わたしには安定した収入が必要だった。夏が終わるころ、母の容態が悪くなったから」

「店があったじゃないか。そこその収入を得ていたんじゃないのか？」あの夏、ふたりでよくその話をした。

ジュリアンヌは、店は唯一の収入源であり、結婚が決まるまではおろそかにできないと言いはった。デアは、彼女が働かなくてもいいように店を買いとって当時の店員に売ることを提案した。だがジュリアンヌは、彼の情けにすがるのも、愛人になるのもいやだと言って断った。ふたりが交際を秘密にしていたのは、それが理由だった。あとになって、単にデアの財産を確実に手に入れるための策略だったことがわかったわけだが。

だが、ジュリアンヌの返事は彼が予想もしなかったものだった。

「店はあのあとうまくいかなくなったの」彼女は挑戦的とも言える目でデアを見すえた。

「あなたのおじいさまが、わたしに対していわれのない中傷をしたから。わたしは悪い噂から逃れるためにケントを出ることにし、お店は店員に譲ったのよ」

デアは眉をひそめて、ジュリアンヌの裏切りが発覚してからの数週間のことを振り返った。彼女がどうなったかは知らなかった。知りたくもなかった。すぐにケントをあとにして、二度とホイットスタブルへは行かなかった。それぱかりか、祖父が亡くなって埋葬されるまで、ウォルヴァートン・ホールにも足を踏み入れなかった。

だが、今になって罪悪感を抱く必要はない。ジュリアンヌが苦境に陥ったのは自業自得なのだ。

「それで、お母さんはどうした？」

「それから何年かして亡くなったわ」彼女の目が悲しみに陰った。「ヨークで一緒に暮らしたかったのだけれど、母は引っ越したくないと言いはったの。友人たちと離れるのがいやだったのね」

デアはうなずいた。ホイットスタブルの亡命貴族たちの結束がかたかったことは覚えている。ギロチンの恐怖から逃れてきたジュリアンヌと母親は、ケント州北西の海沿いの、マーゲートやラムスゲートといった行楽地に近いホイットスタブルに身を落ち着けた。そこには、フランスから亡命してきた貴族たちがほかにも暮らしていたからだ。

「自分の家から追いだされるのはもうたくさんだったのよ」

フランス革命のときのように。彼女はそう言いたいのだろう。不意にやさしい気持ちがこみあげ、デアは自分でも驚いた。そこにつけ入れられては大変だと、あわててその思いを振り払う。

「それは気の毒だったな」

ジュリアンヌが彼を見つめる。「ありがとう」

デアはワインを飲み干した。「祖父が亡くなったとき、おれはなんとも思わなかった。去年まで生きていたんだ」

ジュリアンヌは顔をそむけたが、その目が憎しみに光ったのをデアは見逃さなかった。

彼女がおれと同じように、亡くなった侯爵を憎んでいたとは。おそらく、侯爵に人生を狂わせられたと思っているのだろう。たしかに、祖父がおれを勘当すると脅さなければ、ジュリアンヌの人生は違ったものになっていたに違いない。おれだってそうだ。彼女と結婚し、手遅れになるまでその本性を疑いもしなかっただろう。

「だがきみは、そのあとは順調にここまできたようじゃないか。もっとも、女優よりもっと簡単に稼ぐ方法がありそうだが。永遠に舞台に立ち続けるつもりじゃないんだろう？」

「ええ」

「だからパトロンを見つけようとしているのか？　収入を増やすために？」

ジュリアンヌは無理につくったような笑みを浮かべ、軽い口調で答えた。「無理強いされて夕食を一緒にしたけれど、あれこれ詮索されるつもりはないわ」

「パトロンを選ぶときは、ぜひおれを選んでほしい」

「残念だけど、いつもほしいものが手に入るわけじゃないのよ」彼女は愛想よく言った。

「あなたは、生まれたときから他人に頭をさげられるのがあたり前だったんでしょうね」

「少なくとも、経済的に恵まれていることは自覚している。だから、金は惜しまないつもりだ。今の収入の三倍を払おう。きみのほしいものはなんだ？　家か？　馬車か？　宝石か？　こづかいか？」

ジュリアンヌの瞳が愉快そうに輝いた。「わたしは売り物じゃないのよ、ウォルヴァートン卿。誰もわたしを愛人にはできないわ。とくにあなたはね。パトロンを決めるとしても、あなたを選ぶつもりはないわ」

「どうすれば気が変わる？」

「過去にいやな思いをしたのに、なぜそんなにわたしにこだわるの？　復讐なんてくだらないわ。あなただってそう思っているんでしょう？」

「復讐には興味ない」完全に本音というわけではなかったが、デアは答えた。「ただ、きみを追いかけるスリルに惹かれているんだ」

「怠惰な生活に飽きたから、わたしに楽しませてもらいたいというわけ？」

「そうかもしれない。ジュエル、きみといると一瞬たりとも退屈しない」

「それは、わたしがあなたに抵抗するから。それだけのことよ」

「いつまでそうするつもりだ？」デアは最高の笑みを浮かべて言った。「きみの頑固さは許すことにしよう。きみは避けては通れないことを先のばしにしようとしているにすぎない。遅かれ早かれ、おれはきみをまた自分のものにする」カーテンに隠れた小部屋のほうに目をやる。「それは今夜かもしれない。これだけ条件がそろっているんだ、無駄にすることもあるまい」

ジュリアンヌがおかしそうに微笑んだ。「あなたとベッドに入る気はないわ」

「ベッドなど必要ない。暖炉の前は居心地いいぞ。黒テンの毛皮の上に裸で横たわったきみは、とてつもなくきれいだろうな」

彼女が鋭く息を吸ったのがわかった。デアはジュリアンヌの髪をひと房、手にとった。美しいブルネットの髪は豊かでやわらかい。唇に近づけると、そのやわらかさと香りが鼻をくすぐった。

ジュリアンヌがはっとして身を引き、眉をつりあげる。

他意のないふりをして、デアは彼女を見つめた。「きみは恋人にするには冷めていると噂されているが、それは違う。その冷たい顔は偽りの仮面だ。きみがいかに熱くなれるか、おれは知っている。おれがおなかを撫でれば、たちまちきみの体は震える。敏感な部分に触れれば、たちまちそこが潤う」

ジュリアンヌは優雅に肩をすくめて笑みを返した。「わたしはもう、うぶな娘ではないと言ったはずよ。今のわたしを興奮させようと思ったら、それだけでは全然足りないわ」

挑発ともとれるその言葉を聞いて、デアの体は熱くなった。おれのほうは、いとも簡単に興奮してしまった。

今夜ジュリアンヌを抱けるとは思っていなかった。おれにはそうする権利があると告げるだけのつもりだった。だが、彼女を前にして自分がどうなるか考えるべきだった。意志と意志がぶつかりあえばふたりのあいだに火がつくことは予想できたはずだ。ジュリアンヌと言いあいをする高揚感は、どんな媚薬よりも効き目があった。ジュリアンヌをその気にさせるだけでは、とてもじゃないが物足りなくなった。彼女をテーブルに押し倒し、服を破り、その体を味わう場面が頭に浮かぶ。

デアは歯を嚙みしめて興奮を抑えた。これほど強く女性を求めたことはない。ジュリアンヌは平気な顔をしているが、内心はそうではないはずだ。経験から、彼女がその気になっているのがわかる。

「きみがどれだけ抵抗できるか試してみようか?」

ジュリアンヌはデアの目を見つめた。欲望と拒絶のあいだで心が揺れる。自分の勝ちだと言いたげな彼の高慢な様子に動揺し、いらだちを覚えた。

絶対に勝たせないわ。心のなかで誓った。デアの復讐に簡単に屈するつもりはない。なんとしてでも、必要とあらば誘惑してでも、彼の巧妙な策略から身を守ろう。

デアを見つめながらワインを飲んだ。それ以上のことも望めるかもしれない。〝快楽のプリンス〟がはじめたゲームで彼を負かすことができれば……彼をわたしに夢中にさせてから傷つけることができれば、どんなに満足できるだろう。ただ残念なことに、うまくたちまわれるという自信がない。デア・ノースは昔から、自分を誘惑しようとする女性のたくらみに対して免疫ができている。

でも、もし彼がわたしを苦しめようとしているなら、わたしだって負けないことを見せつけてやろう。わたしは女優。魔性の女を演じるのはお手のものだ。

もちろん、やりすぎるつもりはない。デアの欲望を高めるだけ高めて、そのまま彼のもとを去る。冷めた顔で去れば、わたしをものにすることはできないとデアも悟るだろう。

彼を攻撃する方法が決まったことに安堵して、ジュリアンヌは誘うような笑みを浮かべた。

「どうぞ、やってみたら?」

とたんにデアの瞳に炎が燃えさかり、彼女は自分がとり返しのつかない間違いを犯したのではないかと怖くなった。

しばらくのあいだ見つめあったあと、彼はジュリアンヌの手をとってゆっくりひっくり返し、手首の内側にキスをした。とたんに彼女の体に震えが走る。デアの唇は、次にてのひらに移動した。彼の舌が敏感な肌に触れる。ジュリアンヌは手を引っこめるのを我慢するのがせいいっぱいだった。

デアの唇が指先に移動し、吐息が彼女の指を焦がす。中指を吸われると、下腹部に鈍い痛みが広がった。

「警告しておこう」彼がかすれた声でささやいた。「あのあと、おれはいくつかのことを学んだ」

「想像がつくわ」ジュリアンヌはきまり悪くなるほど息をはずませながら答えた。

デアはじっと彼女を見つめたままその視線を外そうとしない。だが不意にジュリアンヌの手を放して立ちあがった。ドアまで歩いて鍵をかけると、戻ってきて鍵をテーブルに置き、彼女の手からワイングラスをとってその隣に置いた。

彼がじっと見つめてくる。ジュリアンヌは時間がとまったような気がした。情熱をはらんだ危険な空気が漂う。

心臓が早鐘を打つなか、彼女はよろよろと立ちあがってデアと向きあった。彼に優位にたたれるのは避けたかった。脚に力が入らず、思わずテーブルに寄りかかる。

「で？」デアが挑発するように言った。

ジュリアンヌは冷静なふりをして彼の目をまっすぐ見つめながら、背中に手をのばして留め金を外した。ドレスのボディスが、次いでシュミーズが落ちた。彼女はデアに向かって微笑みながら、テーブルを背に立ち、高級娼婦のように両手をテーブルについた。

彼が皮肉っぽい笑みを浮かべた。「その美しい体でおれを誘惑しようというんだな？」

「どっちがより抵抗できるか試しましょうよ」

「きみの望みどおりにしよう」デアの目が喜びに輝いた。

彼はジュリアンヌが座っていた椅子を片足でどかすと、彼女の全身にゆっくりと視線を這わせながら近づいてきた。その熱い視線にこたえるように、ジュリアンヌの鼓動は激しくなった。

デアの指がゆっくりと鎖骨をたどり、胸の谷間におりる。そして彼は両方のふくらみを手で覆った。デアが薔薇色の頂をじらすように愛撫する。ジュリアンヌはやめてと言わないよう、唇を嚙みしめた。やめてほしくなかった。彼に体を押しつけたかった。デアがもたらす甘美なうずきをなだめてほしかった。

ジュリアンヌの心が読めたかのように、デアが彼女を強く抱き寄せる。彼のかたくしなやかな体に触れ、ジュリアンヌは動揺した。鍛えあげられた筋肉、引きしまった力強い体。そして、デアは欲情していた。服を通しても、下腹部がこわばっているのがわかる。

ジュリアンヌは気持ちを落ち着かせようと息を吸いこんだ。彼に触れているところがひどく熱い。だが、デアも同様に欲望と闘っているのが、本能的に感じとれた。

デアが彼女の喉から顎、頰骨へと唇を移動させた。「キスしてくれ、ジュリアンヌ」ベルベットのようになめらかな声が肌を撫でる。

ジュリアンヌに断る隙を与えず、彼はやさしい口づけと荒々しい口づけを交互に繰り返した。

なつかしいキスだった。ジュリアンヌはデアの生々しい情熱にこたえたが、彼はまだ満足できないようだ。頭を傾け、舌を彼女の口のなかにさし入れて、さらに深くキスをする。

ジュリアンヌは、体が震えるのをどうすることもできなかった。頭のなかでは用心しろという声が響いているにもかかわらず、いきりたった下腹部を押しつけられると、秘所はとろけるように潤った。

魔性の女を演じるのを思いだすだけでもひと苦労だった。やっとの思いでデアを押しやったときには息が切れていた。

だが、少なくとも、思いどおりの効果は出ているようだ。彼の頬は情熱に赤く染まり、目は熱い光を放っている。デアは、キスを中断させた説明を求めるように眉をつりあげた。

ジュリアンヌは彼の下腹部に視線を落とした。ブリーチが盛りあがっている。妖艶な笑みを浮かべながら、そこに手をのばし、白いサテンの下のこわばりに触れた。

デアがうめき声を押し殺し、歯を嚙みしめた。「こんなことをされたら、ベッドまでたどりつけなくなる」

「ベッドなんて必要ないって言ってたじゃないの」

それ以上の誘惑は必要なかった。デアは目に欲望をたぎらせながら、ブリーチとズボン下のボタンを外し、下腹部を解放した。

ジュリアンヌは思わず息をのんだ。高まりに目が釘づけになる。彼に触れたくてたまらなかった。

デアもジュリアンヌがほしくてたまらないようだ。テーブルの上の皿やクリスタルを乱暴にどけ、ジュリアンヌを抱きあげてテーブルの端に座らせた。

彼がスカートをゆっくりと引きあげる。デアの視線にさらされながら、ジュリアンヌは必死で興奮を隠そうとした。こんなに激しい欲望を感じるのは久しぶりだった。

熱い震えが体のなかを駆け抜ける。デアは、腿のあいだの茂みを、そしてすでに潤っている秘所を見つめながら、そこに手をのばした。

彼の手が内腿をゆっくりとさすっていく。ジュリアンヌの全身はこわばり、呼吸が浅くなった。デアの指が湿り気を帯びた場所に滑りこんだ瞬間、彼女は鋭く息を吸いこんだ。

「すっかり興奮しているようだな」彼がささやく。

ジュリアンヌは今にもどうにかなってしまいそうになったが、デアの指がさらに大胆な動きをはじめると、その手首をつかんでとめた。

デアは目を細めて彼女の目を見つめた。彼の手はまだ脚のつけ根を覆っている。「きみはおれを求めている。まだそれを否定するつもりか？」

嘘をつくことはできなかった。「いいえ」

「脚をもっと開け」思わずしたがいたくなるような、低くハスキーな口調だった。体を駆け抜ける興奮に、ジュリアンヌは一瞬目を閉じた。デアの指がゆっくりとなかに滑りこむと、背中を弓なりにそらせた。デアの情熱の証が自分の奥深くに入るところを想像する。

こらえようとしても、すすり泣くような声が出てしまう。それにこたえるように、デアは開いた腿のあいだに身を置いた。何をしようとしているかは明らかだ。

「彼をとめるのよ。頭のなかで理性がせっぱつまった声で警告する。だが、全身の血管が脈打ち、体は炎のように熱くなっている。デアが高まりをつかんでそのなめらかな先端を秘所に滑りこませたとき、ジュリアンヌは抵抗することができなかった。

その大きさに息をのんだ。衝撃的なまでにかたくなったそれが、破裂してしまうのではないかと思うほどの勢いでジュリアンヌを満たす。

デアがさらに腰を押しつけてきたので、ジュリアンヌは身をよじらせて逃れようとしたが、彼の手に腰をしっかりつかまれてしまった。デアがセクシーな口もとにかすかな笑みを浮かべながら、いったん腰を引く。彼女は喪失感に、思わず声を出した。

次の瞬間、デアがまた入ってきた。ジュリアンヌは小さな声で彼の名前を呼んだ。

デアがもう一度ゆっくり腰を動かしただけで、情熱に火がついた。彼がさらに深く入ってくると、ジュリアンヌは激しい欲望に屈した。彼のなすがままにその動きにこたえ、甘美で容赦ないペースに合わせた。

自分のなかで高まる欲望に、ジュリアンヌはむせび泣いた。デアはあらゆるテクニックを駆使して彼女を高みへと導いていく。デアに身をゆだねて頭をのけぞらせる瞬間、彼を見ると、彼は腰を動かしながら歯を噛みしめ、整った顔を痛みと悦びにゆがめていた。

歓喜がジュリアンヌを包みこんだ。叫び声をあげながらデアの腕を強くつかむと、彼の唇が重なってその声をのみこむ。デアの腕に爪をくいこませて身を焦がすような快感に浸ったが、彼は腿で彼女の脚をさらに開かせ、絶頂を引きのばした。

頭がくらくらし、ジュリアンヌはデアにしがみついた。やがてデアも絶頂に達すると、ジュリアンヌは彼にぐったりと身をあずけた。

体の震えがゆっくりと消えていく。だが、ジュリアンヌの体のなかでは彼がまだ脈打ち、頬の下には彼の鼓動を感じていた。

ついにデアが離れると、彼女は泣きそうになった。

彼は黙ったままブリーチのボタンをとめた。

「今回は引き分けだな」デアがかすれた声で淡々と言う。

ジュリアンヌは、今自分がしてしまったことにはたと気づき、体をこわばらせた。乱れた姿を見おろし、愕然として息を吸いこんだ。

恥ずかしさにまっ赤になりながらスカートをおろし、震える手でシュミーズとボディスを直す。デアの視線が感じられたが、彼のほうは絶対に見ないようにした。あらゆる防御をはぎとられ、感情をむきだしにされたような気がする。

わたしったら、何をしてしまったの？　最後までいくつもりなどなかった。ふたりの情熱をここまで暴走させる気などなかった。デアをからかい、彼に苦しめられる代わりに自分が彼を苦しめてやろうと思っただけだ。こんなふうにやすやすと彼を勝たせたくなかった。

胃が締めつけられた。デアは引き分けだと言ったが、彼はほしいものをしっかり手に入れた。わたしを欲望にあえがせ、うめき声をあげさせたのだ。ああ、彼に腹がたつ。

そして自分にも。

自己嫌悪に陥りながら、デアのほうをちらりと見た。彼も後悔しているのだろうか？　欲望に溺れたことを喜んでいるようには見えなかった。その顔は無表情で、今ジュリアンヌを襲っている困惑は見られないが、かといって勝ち誇っているようにも見えない。

デアが口を開いた。

「家まで送っていこう、ダーリン」彼はゆっくりと言った。その目は、自分とジュリアンヌの両方を嘲笑っているように見えた。

デアの冷めた言葉が体に突き刺さり、ジュリアンヌはひるんだ。愚かな自分を呪うことしかできなかった。

今のわたしは七年前と……愛に飢え、分別のなかったころと何も変わっていない。

4

四日後、マダム・ソランジュ・ブロガール邸の広間に通されたジュリアンヌはほっと胸を撫でおろした。ここに集まるフランスからの亡命貴族のあいだで、自分が話題の中心になるのではないかと恐れていたのだ。ウォルヴァートン侯爵がジュリアンヌを手に入れると宣言したことはロンドンじゅうに知れ渡っており、人々は興味津々で展開を見守っていた。だが、優雅な広間で聞こえてくるのは、〝ショーモン〟、〝カースルレー〟、それに〝怪物はじきに倒れる〟といった言葉だった。幸い、世界の情勢はジュリアンヌの苦境より関心を集めているらしい。

イングランドの外務大臣、カースルレー卿が、消極的だった同盟国のロシア、プロイセン、オーストリアを説き伏せて、打倒ナポレオンに向けて行動を起こす約束をとりつけたのだ。長く戦争が続いたあと、ようやくヨーロッパの諸国は手を結び、フランス革命軍をつぶすためにたちあがった。調印されたばかりのショーモン条約は、カースルレーが勝ちとったものだ。だが誰よりも喜んだのが、ここに集まるような亡命中のフランス貴族だった。

「せいぜいあと数週間だろう」年配の勲爵士が言った。「数週間後には、われらが敬愛するルイ王が生得権を手にするさまを見ることができるはずだ」

何人かがうなずいたが、別の紳士が、ナポレオンを倒すにはあと一年かかるだろうと反論し、そこから熱を帯びた議論がはじまった。

ジュリアンヌは、こみあった広間の向こうからこちらを見つめているこの家の女主人、ソランジュと目が合った。フランス人の彼女は、ジュリアンヌにとって数少ない友人のひとりだが、年齢はジュリアンヌよりも亡くなった母に近かった。

母とソランジュは若いころ近所に住んでおり、ほぼ同時期にフランス革命から逃げてきた。先祖伝来の宝石を持ってきていたソランジュは、じきに、亡命貴族やインテリ女性や詩人が知的な会話とおいしい料理を求めて集まる場をつくった。そこは、イングランド人の好む意味のないおしゃべりや淡白な料理よりもフランス人の嗜好に合っていた。文学の話題になることもしばしばだが、今日は、戦争と新しい条約とナポレオンが負けるかどうかに話は集中していた。

召使いからシェリー酒を受けとると、ジュリアンヌは微笑んだり言葉を交わしたり愛嬌を振りまいたりしながら、人々のあいだを縫って進んだ。たとえ歩く屍《しかばね》のように暗く落ちこんでいても、表面上は明るく魅力的でウィットに富んでいなければならない。

こうして無理に人のなかに入ることで、少なくとも心の混乱と痛みをくいとめることができた。デアにふたたび抱かれるとは、なんと愚かだったのだろう。そのせいでつらい記憶がよみがえってしまった。もっと愚かだったのが、避妊の処置をしなかったことだ。七年前はその方法を知らなかったが、今はそんな言い訳は通用しない。デアの子どもを身ごもる危険を冒すなんて。妊娠したりしたら大変だわ！

この四日間、なぜデアが自分につきまとうのか何度も考えた。考えついた結論はひとつだけだった。デア・ノースはわたしを憎んでいて、なんとしてでも報いを受けさせようとしているのだ。

そう思うと、胸が痛んだ。彼女自身がデアによって呼び覚まされたのは、憎しみではなく欲望だった。デアと過ごしたせいで、自分の欲望に気づき、はるか昔に葬り去ったと思っていた彼への思いがよみがえってしまった。

あの晩は自分を守ろうと思っていただけだった。デアがわたしを苦しめようとしているように、わたしも彼を苦しめてやろうとしか考えていなかった。だがデアに触れられたとたん、計画はすっかり狂ってしまった。自制心も、抵抗しようという思いも、彼の情熱にすっかりとかされた。

本当に愚かだったわ。ジュリアンヌは改めて自分を呪った。

あの晩以来、デアとふたりきりにならないようにしてきた。だが、彼がはじめたゲームで最初に得点したのが彼なのは認めないわけにはいかない。

デアは毎晩劇場にやってきた。一度、ジュリアンヌは彼に気をとられて大事なせりふを忘れてしまった。デアが客席からせりふを教えると、観客たちは沸き、相手役のエドマンド・キーンは苦い顔になった。ジュリアンヌはデアに深々とお辞儀をしながら、ひそかに歯嚙みした。そして芝居が終わって観客の拍手にこたえるときに、デアに向かって言った。

〝閣下、オーディションをお受けになりません？　役者の素質をお持ちですもの。よろしければ支配人のミスター・アーノルドに言っておきますわ〟

その言葉にデアもほかの観客も笑った。

軽いお遊びであるという姿勢を崩すわけにはいかない。客は、芝居だけでなく、デアとジュリアンヌのやりとりを楽しみに劇場へ足を運んでいる。だが彼女は、これ以上デアとふたりきりで会うことをかたくなに避けた。外出するときはいつも崇拝者たちに囲まれるようにした。それ以外のときは、毎晩の舞台や、次の芝居の稽古に集中した。

それでも、夜ひとりでベッドに入ると、デアのことを考えて眠れない時間を過ごした。彼の復讐をこれ以上進めさせてはいけない。傷ついた心を何年もかけて修復してきたのに、そう簡単にまた壊されるわけにはいかない。

ソランジュに声をかけられて、ジュリアンヌは物思いからわれに返った。

「ジュリアンヌ、ボンジュール。来てくれて本当にうれしいわ。忙しいんじゃないかと心配していたの」

「あなたの火曜の集まりはけっして逃さないようにしているの、知っているでしょう？」頬をつけあって挨拶を交わしながらジュリアンヌはこたえた。

ソランジュが体を離してジュリアンヌを見つめる。「相変わらずきれいね」

ジュリアンヌもお返しにソランジュをほめた。ソランジュは絶世の美女というわけではなく、その美しさは化粧のテクニックや工夫によるところが大きい。だが、シルバーブロンドの髪を持ち、長身で気品に満ちた彼女は個性的で、つねに人の目を引いていた。

「あなたに会えて喜んでいるのはわたしだけじゃないわよ」ソランジュは軽い口調で言ってから、隅のほうで数人の貴婦人と話している長身でブロンドの貴族のほうに目をやった。

「ウォルヴァートン卿が、あなたが来るかきいていたの」

ジュリアンヌの笑みが凍りついた。デアが来ている、ですって？

心臓が早鐘を打ちはじめる。次の瞬間、彼と目が合った。

デアが軽く会釈した。彼の視線は、ブロンズ色のシルクのドレスを着たジュリアンヌの全身をゆっくり移動してから胸もとでとまった。

その大胆な視線にいらだちを覚え、彼女はとがめるような視線を投げかけた。部屋の向こうからけだるい笑みが返ってくる。

ジュリアンヌは冷たく無視したが、デアを意識の外に追いやることもできなければ、彼の存在に動揺しているのを否定することもできなかった。なぜ、人生がふたたび動きだしたような気持ちになるのかしら？

「あの人、ここで何をしているの？」思わずソランジュに尋ねた。

「招待してほしいと頼みこまれたの。あなたがこの集まりによく顔を出すと聞いて、ふたりきりで話をしに来たんですって。あなたに避けられていると言っていたわよ」

ジュリアンヌは黙ったまま唇を噛みしめた。

「彼が、あなたを自分のものにする賭けをしたと聞いたわ。うれしくないの？」

「うれしいわけがないでしょう。公衆の面前で欲望とおふざけの的にされたのよ。ウォルヴァートン卿は遊び人で、毎日退屈なものだから気晴らしを求めているの。この前、劇場で道化を演じてわざとみんなを騒がせたのよ」

「そんなの、たいしたことないわ。あの人の悪ふざけは伝説みたいなものだもの。ラムトン卿を酔わせて服をはぎとって、夜のうちにハイド・パークへ運んだこともあるのよ。ラムトン卿ったら、シーツ一枚で家まで歩いたせいで風邪をひいちゃったの。知ってた？」

「知らないわ」ジュリアンヌはそっけなく答えた。

「それから、親友のシンクレア男爵に愛の告白をさせるために、彼の恋人《シエール・アミ》をさらったらしいわ。シンクレア卿は侮辱だと言ってウォルヴァートン卿に決闘を申しこんだけれど、結局その女性と幸せな結婚をしたのよ」

デアが、自分の思いどおりにするためならどんな手でも使うことは否定できない。七年前には、一緒に出かける時間がとれるようにと、店の帽子を全部買いとったほどだ。だが、彼との過去をソランジュに話すつもりはない。

ふたりが婚約していたどころか、つきあっていたことすら、知っている人はごくわずかだった。できるだけ秘密にしておきたいというジュリアンヌの希望を尊重し、デアが黙っていてくれたのだ。彼の祖父も、孫がはるかに身分の低い外国人の商人と結婚しようとしていることを世間に知られないよう努めた。

幸い、ソランジュはデアをほめるのに忙しくて、それ以上のことはきいてこなかった。

「イングランド人《アングレーゼ》だし不道徳だけれど、ユーモアがあって魅力的な人ね」

「ええ、たしかに大勢の人に好かれているわ」ジュリアンヌは皮肉をこめて言った。「でも、あの魅力の振りまき方は、わたしの好みから言うと乱暴すぎるわ。社交界では認められているらしいけれど」

「認められているというわけではないけれど、裕福な侯爵なら、普通の人ができないような乱暴なことをしても許されるのよ。ウォルヴァートン卿みたいな人はスキャンダルなんか超越していて、たいていの罪は大目に見てもらえる。それが世間というものよ。そうでしょう《ネス・パ》？」

ジュリアンヌはうなずいたが、苦々しく思わずにはいられなかった。貧乏で爵位のない女は世間から軽蔑される。一方で、裕福な貴族の男性は殺人以外なら何をしても許されるのだ。殺人でさえ、決闘という形をとれば許されることもある。デアは好き勝手にふるまうことで有名だが、それで彼を批判するのはよほど杓子定規な人間だけだ。

「だけどやっぱり、恥知らずの放蕩者だわ」ジュリアンヌはつぶやいた。

「まあね。でも、女性の心をときめかせる人だわ。そこは認めてしまいなさいよ。彼みたいな男性に目を奪われずにいることはできないわ。それに、放蕩者の魅力を甘く見ちゃだめよ」

本当だわ。ジュリアンヌは不本意ながらも思った。デアのうっとりさせるような笑みや大胆な視線、そしてあふれんばかりの魅力に抵抗できる女性なんているかしら？　彼は、はじめて会ったころよりもさらにハンサムだし、危険なほど刺激的だ。「たしかに、彼に目を奪われずにいることはできないわね」ジュリアンヌは認めた。

「それに、財産や外見以外にも持って生まれた才能があるらしいわよ。たとえば、ベッドでのテクニックとか」

どういうわけか、ジュリアンヌは嫉妬を覚えた。デアが経験豊富であることは誰でも知っている。ロンドンじゅうの高貴な女性とベッドをともにしたと言っても過言ではない。そしてそのような関係になれば、誰だって彼を愛するようになるだろう。デアにとって、女性との戯れは習慣ではなく衝動らしい。

「正直に言えば……」ソランジュは物ほしげに言った。「あなたと代われるものなら代わりたいわ。あと一〇歳若かったら、わたしだって彼の気を引こうとするでしょうね」

「喜んで代わってあげるわよ、ソランジュ」

友人は好奇心もあらわにジュリアンヌを見た。「彼の庇護を受けないの？　なぜいやなの？　性の悦びだけに基づく関係……けっこうなことじゃないの。それにお金の面でも得だわ。ウォルヴァートン卿は愛人にずいぶん気前がいいと言われているから」

ソランジュの現実的な意見には驚かなかった。フランス人は、性に関してイングランド人よりもかなり奔放だ。だがジュリアンヌは違った。

「彼の性的魅力に屈して賭けに負けるつもりはないわ」

ソランジュが肩をすくめる。「それなら、あなたの勝ちを祈るわ。あなたにはあなたのやり方があるものね」

ソランジュの口調が変わったので振り返ると、デアがこちらに向かってくるところだった。心臓が大きく跳ねる。「彼とふたりきりにしないで」ジュリアンヌは早口で言った。

ソランジュが眉をひそめた。「本当にそうしてほしいならもちろんそばを離れないけれど、ウォルヴァートン卿はしつこいわよ。彼が話があるというなら、ちゃんと聞いて決着をつけたほうがいいわ」

しばらくしてからジュリアンヌはため息をついた。「あなたの言うとおりね」怯えていることや、四日前の情熱的な出来事でひどく動揺していることをデアに悟られたくなかった。肩をそびやかし、人気女優という役になりきって彼のほうへ向かう。

ジュリアンヌがデアの前に立つと、期待に満ちたささやきが部屋じゅうに広がった。注目を集めているのを意識して、彼が手をとってキスをしてもジュリアンヌは手を引っこめなかった。

デアの舌が指先に触れる。気のせいかと思うほど一瞬の出来事だったが、いたずらっぽいグリーンの瞳がきらりと光り、この前指先にキスされたときのことが思いだされた。いまだに、彼のこわばりが下腹部に押しつけられたときの、そして自分を貫いたときの感触が残っている。

めくるめく記憶を頭から追いだしながら、ジュリアンヌは身を震わせた。デアはいつものように、わざとわたしを動揺させようとしている。

ジュリアンヌは手を引くと、見守っている人々を喜ばせるように大げさな挨拶をした。

「まあ、ドルリー・レーンの新しいスター、ウォルヴァートン卿。ここでお会いするとは。今度わたしが出る芝居のせりふを練習なさっているものとばかり思っていましたわ」

デアの目が愉快そうにきらめいた。「きみと話したかったんだ、ミス・ローレン。いつも大勢の人に囲まれていて近づけなかった」

「わたしもあなたとお話ししたかったんです」ジュリアンヌはにっこり微笑んだ。「ロンドンの多くの人が、毎晩あなたがどんな道化芝居をするか楽しみにしているのは、わたしも知っています。でも、予定されている芝居が終わってからになさったほうがいいですわ。あなたに人気をさらわれて、エドマンド・キーンが腹をたてているんじゃないかしら」

「きみがそう言うなら」

「そうしていただけるとうれしいですわ」

デアは自分の胸に片手をあててもう一度ていねいにお辞儀した。「おれはきみを喜ばせるために生きているんだ」

空になっているジュリアンヌのグラスを見て、彼はシェリー酒のお代わりはいらないかと尋ねた。ジュリアンヌがぼんやりうなずくと、デアは飲み物をとってから、ふたりきりで話せる部屋の隅に彼女を連れていった。

「やっとふたりになれた」彼がつぶやいた。

「何をしに来たの？」ジュリアンヌは遠慮なしに尋ねた。もちろん、近くの人に聞こえないよう声をひそめていたし、顔には愛想のいい笑みを張りつけている。

「さっきも言ったとおり、きみと話したかったんだ。ここなら会えるだろうと教えられた。それに、求愛者たちから引き離すのもここのほうが簡単だと思ったんだ」

「そして期待どおりわたしを見つけたわけね。でも、これからは公衆の面前でわたしをじろじろ見つめるのはやめてほしいわ」

デアは微笑んだ。「きみを見つめるのがおれの楽しみなんだ。それに、信じてくれ。数日前にきみがおれの腕のなかで情熱の声をあげていたことは、誰にも話していない」

ジュリアンヌはむせそうになった。自分を呪いながら息を整え、デアをにらみつける。彼のぶしつけな言葉には、いつも不意を突かれてしまう。

デアが眉をつりあげた。「大丈夫かい？」

「ソランジュがあなたを招き入れなければよかったのに」

「さっき彼女はおれのほうを見ていた。きみたちがおれの話をしていたとうぬぼれてもいいのかな？」

「ソランジュは、あなたのあきれた悪ふざけの話をしてくれたのよ」

「そして、悪名高きろくでなしのデア・ノースに用心しろと警告してくれたのか？」

「違うわ。自分もあなたの崇拝者に加わるって。愛人候補に彼女も加えたらどう？　彼女、今つきあっている人はいないわよ」

「きみ以外の愛人はいらない」

「わたしはあなたの愛人じゃないわ。だいたい、愛人ならたくさんいるじゃないの」

「妬いているのか？」デアが微笑みながらゆっくりと言った。

「うぬぼれるのもいい加減にして。わたしをいらだたせる以外にすることがないの？」

「本音を言えば、きみを抱くほうがずっといいね。ここから連れだそうか？　まだ、ちゃんとしたベッドではしていないからな」

デアの目は笑っていた。ジュリアンヌの心は、不本意ながらも笑いだしたい思いと、彼の耳を殴ってやりたい思いのあいだで揺れ動いた。

「欲望を満たす以外に考えることはないのかしら？」いらいらしながら尋ねる。

「毎週水曜の朝は、〈アンジェロズ・サール〉でフェンシングの試合をしながらほかのことを考える。試合中にセックスのことを考えると気が散るからな」

ジュリアンヌはあきれた顔をしてみせた。「まるで、これまで一度も欲望を満たされたことがないみたいね」

「満たされたのは、きみとつきあっていたときだけだ」デアが急に真剣な声になってこたえた。

彼の言葉はジュリアンヌにとって衝撃だった。

「ジュエル、きみはほかの誰もしたことのないことをおれにした」

「何かしら？」

「おれを虜にした。いくら抑えようとしても、きみを求める気持ちを抑えられなかった」

ジュリアンヌは眉をつりあげ、軽蔑したような冷めた顔でシェリー酒を飲んだ。

「きみは冷たい女性を演じるのがうまいが、逆効果だぞ。その冷たさが、よけいに男を燃えあがらせる。なんとかしてとかしてやろうという気にさせるんだ」デアが軽い口調に戻って言う。

ジュリアンヌがこたえずに唇を引き結んでいると、彼がこみあった広間を見まわした。

「実を言うと、きみがこんなふうに王党派に囲まれているとは予想外だった。ここに集まる亡命者の大半は、ルイ一八世が王座につくのを見たがっている。きみもそうなのか？」

この質問なら答えてもさしつかえない。ジュリアンヌには、フランス移民同士の陰謀や競争に巻きこまれるような時間も政治思想もなかった。「政治の話はできるだけ避けるようにしているの。ここへは、主に文学の話をしに来るのよ」

デアは、疑うようなおもしろがるような目でふたたび彼女を見た。「きみがインテリだとは知らなかったよ」

嘲笑うようなその口調が不愉快で、ジュリアンヌは目を細めた。「インテリで何が悪いの？利口だったり博識だったり世界に興味があったりする女は、軽蔑されるべきなの？　ほめてもらえるのは、美しくて頭が空っぽの女だけ？」

「そんなことはない。おれは、聡明な女性を心から尊敬している。だからこそ、きみとつきあいたいと願ってるんだ」

彼はわたしを怒らせようとしているのだ。そうわかってはいても、自分が関心を持っていることをからかわれると傷ついた。「あなたは以前から、自分が誰よりも頭がいいと思っていたわね」

「きみとつきあっていたときは、そんなふうに思ったことはない。きみを好きになった理由のひとつが、頭の回転の速さだ。美しさだけでなく、聡明さもおれは好きだったんだ」

会話の内容に戸惑いながら、ジュリアンヌは手のなかのワイングラスに視線を落とした。だが、デアはまだ言いたいことがあるようだ。

「おれは欠点だらけの人間だが、女性を外見だけで判断するようなことは絶対にしない。インテリ女性を嫌っているような印象を与えてしまったとしたら、それは、そういう女性たちはえてしておれをまじめにさせようとするからだ。許してくれるかい？」

ジュリアンヌはためらった。たしかに大げさに反応してしまった。デアは学問や宗教は軽視しているが、まわりの人に対しては、男女問わずその人の持つ知性や機知を賞賛していた。

「そうね、たしかにあなたはそんなことはしないわね。ただ、わたしを怒らせるのが上手だから、こちらはつい、自分を守らなければと思ってしまうのよ。あなたはいつも、わたしをいらだたせる方法を考えているんですもの」乾杯のしるしにグラスをあげた。「その創造力はたいしたものね」

「今のは、もしかしてほめてくれたのかな？」

「ほめるのはこれで最後よ」ジュリアンヌはそっけなく言った。

デアが浮かべた笑みはこのうえなく魅力的で、彼女は思わず息をのんだ。「本当を言うと……」あわてて話題を変える。「ここではわたしはインテリとは見られていないの。それより、裏切り者だと思われているわ」

デアがはっとした顔になる。「裏切り者？」彼はゆっくりと繰り返した。

「わたしは仕事をしているから見くだされているの。ここにいる人たちのほとんどは、生きるために働くぐらいなら飢え死にしたほうがましだと思っているから」ジュリアンヌは無理やり笑みを浮かべた。「わたしがここに入れてもらっているのはソランジュのおかげなのよ。母と幼なじみだったよしみで、わたしによくしてくれるの。わたしは、ここの人たちのうわべだけの親切にしがみついているのよ」

いったん言葉を切り、真剣にデアを見つめた。「あなたにつきまとわれると、ますます来づらくなるの。わかってくれる？」

「そんなにここの人々に受け入れられたいのか？」

ジュリアンヌは肩をすくめた。「ロンドンでは孤独だから」

デアの目が彼女の顔をじっと見つめる。「きみの気を引こうとしている崇拝者があれだけいるのに？」

ジュリアンヌはかすかに微笑んだ。「体だけが目当ての戦利品みたいに扱われてうれしいと思う？」

「正直に答えようか？」

答えてほしいと思う自分に驚きながら、彼女はうなずいた。

「財産と称号目当ての女に求められるよりはましだ」

突然の苦々しい口調に、ジュリアンヌはひるんだ。デアは、わたしをそういった女たちのひとりだと考えているのだ。彼が怒るのはわかる。そう考えるよう仕向けたのはわたし自身なのだから。

だが、暗い表情は一瞬で消え、デアは頭を振った。「きみとけんかするために来たわけじゃない。招待しに来たんだ。ブライトンの別荘でパーティを開くので、きみにも来てほしい」

「本気じゃないでしょう？」

「本気だ」

「さっきはほめたけれど……」ジュリアンヌは微笑んだ。「あなたの有名な乱交パーティにわたしがのこのこ出かけると思っているなら、どうかしていると言うしかないわね」

「乱交パーティじゃない。断る前に、来ることの利点を考えてみたらどうだ？　まず、ゆっくり休める。それに、ブライトンはロンドンよりあたたかい。ほんの一週間……長くても一〇日だ。来週末に出発すればいい。それまでに準備を――」

「何かたくらんでいるんでしょう？」

「とんでもない」

「じゃあ、なぜパーティなんか開くの？」

「ほかに、きみと長い時間を過ごす方法が思いつかないからだ。はっきりいえば、おれはきみを追いまわして、ちょっとでもいいからこっちを向いてくれと頼むのは好きじゃない」

「でも賭けには勝とうとしているのね」

「もちろんだ。だが、きみにだって同等にチャンスがある。来ればきみが勝つ可能性だって同じように大きくなるんだ。それに、公平を期すためにリディンガムも招待してある。ほかにも、きみが誘いたいという崇拝者がいれば招こう。お望みならマダム・ブロガールも」

「ソランジュがいてくれたらずいぶん気が楽になるわ。でも、問題はそこじゃないのよ。たぶん行けないわ。劇場のスケジュールの関係で、休めても一日か二日しか――」

「アーノルドとはもう話をした。喜んで休暇を出すと言っている。もちろん、それなりの金を払ったが」

「賄賂を渡したということ？」

「きみが休むことで売り上げが減る分を、彼に支払ったということだ。それに、アーノルドとしては主演男優のご機嫌もとらなければならない。きみは、おれに人気をさらわれてエドマンド・キーンが腹をたてていると言ったが、まさにそのとおりだった。おれを追い払うためなら、アーノルドは喜んできみを休ませるということだ。気が進まないなら、仕事だと考えたらどうだ？　女優として、おれに個人的に雇われたと考えるんだ。そして、報酬分はしっかり働いてもらう」

「いくら？」ジュリアンヌは興味を覚えて尋ねた。

「一〇〇〇ポンドでどうだろう？」

彼女は息をのんだ。シーズン中の稼ぎを全部合わせても、その半分にも満たない。

「いやとは言わせない」考えこむジュリアンヌにデアは言った。「きみが承知するまでしつこくつきまとうよ」

彼の言葉も決意のかたさも、疑いようがなかった。デアがこれ以上エドマンド・キーンを怒らせ続ければ、これまで必死で築いてきたキャリアが台なしになるかもしれない。アーノルドは、イングランド一の名優を失うぐらいなら、あっさりわたしの首を切るだろう。

ジュリアンヌは無力感に襲われた。どうにか声の震えを抑えて言う。「あなたはわたしを好きにすることができるというわけね。でも、わたしはドルリー・レーンに出演するために何年も努力してきたの。それを台なしにしたりしたら、絶対に後悔させてやるわ」

「じゃあ、承知してくれるんだな？」

「ほかに選択肢はないみたいだから」

デアはていねいにお辞儀をして彼女の降伏を受け入れた。「では、文学の話をしてきてくれ。すでに、今日の噂の的になるにはじゅうぶんなほどきみを独占してしまったようだ」

去っていく彼を見送りながら、ジュリアンヌは涙をこらえた。デアが離れてくれたのが心底ありがたかった。彼に会うたびに動揺してしまうのをなんとかしなければならない。

ほかにも客がいるとはいえ、一週間もデアと過ごすなんて。考えるだけで息がつまる。彼と一緒にいるのは、嵐のなか航海に出て、感情という海に翻弄されるようなもの。今でもそうとうに荒れている海だが、さらに荒れそうだ。

デアの考えていることはわかる。誘惑という危険なゲームをはじめようとしているのだ。わたしを誘惑し、捨てるつもりなのだ……プライドをずたずたにしてから。

視界がぼやけた。彼がそれをやりとげたら、わたしには何が残るのだろう？

突如、自分がひどく気弱になっているのに気づき、肩をそびやかした。簡単には負けないわ。デアのしかけたゲームで勝つ。彼が無理強いしようとしたら、こちらだって負けていないことを示してやろう。

デアはわたしの虜になったと認めた。あらゆる手をつくして、さらに虜にしよう。完全にのぼせあがらせてから、大勢の前ではねつけるのだ。

彼の復讐を成功させてはいけない。七年の歳月を経て、わたしは強くなった。心の殻をデアに破られないようにするだけのこと……。

「大丈夫なの？」ソランジュが隣に来て尋ねた。「気分は悪くない？」

ジュリアンヌは歯を嚙みしめ、笑顔をつくった。

「大丈夫よ。ねえ、ソランジュ、ウォルヴァートン卿の別荘で開かれるパーティに行かない？」

5

デアはマダム・ブロガールの広間を出た。勝利を感じていたが、なぜか満足感はなかった。別荘への招待を無理に受けさせたせいで、自分が悪者になった気がする。

セント・ジェームズ通りの〈ブルックス・クラブ〉へ向かうあいだも、広間の隅からひそかに観察したジュリアンヌの姿が頭から離れなかった。完璧な卵形をした顔、長くほっそりした首、なめらかな曲線を描く肩、ブロンズ色のドレスが似合う肌……。

彼女が現れたとたんに下腹部がこわばり、鼓動が狂おしいほど速くなった。

体が反応するのは予想していたが、心臓まであんなに早鐘を打つようになるとは。

ひどい目にあわされたのになぜ今でもジュリアンヌがほしくてたまらないのか、自分でもわからない。情け容赦なく裏切られたのに。彼女の何がおれをここまで惹きつけるんだ？

たしかに美しくて情熱的で知的なジュリアンヌはおれの理想の女性そのものだ。これまでつきあってきた女性のなかで、彼女にかなう者はいない。

だが、彼女のせいでおれは破滅しかけた。なぜ、それをすぐに忘れてしまうのだろう？

今でも、ジュリアンヌに一瞥されるだけで心がざわめく。美しい声でささやかれるだけでうっとりする。そして、あのキス……。信じがたいほどやわらかい彼女の唇の感触はけっして忘れられないだろう。

ジュリアンヌを忘れることなどできない。彼女はおれを燃えあがらせる。

デアはひそかに毒づいた。ジュリアンヌの唇の味を、そしてもだえる彼女の体の記憶を頭から追い払いたい。

おれがジュリアンヌに感じているのは単なる欲望だ。純粋な、生の欲望。彼女は女神の顔と売春婦の体を持っている。そして、心は大理石の彫像のようだ。四日前の晩、ジュリアンヌの抱擁に深い感情を抱いたのは、気のせいに違いない。

何より腹だたしいのは、自分があの官能的な体をもう一度組み敷きたいと思っていることだ。ああ、あの白い腿のあいだに体を入れ、輝く髪に指をからませ、彼女のぬくもりと情熱を味わいたい。

この数日間、ほかのことはほとんど考えられなかった。ジュリアンヌと愛しあう夢ばかり見て、よく眠れなかった。毎朝、彼女に触れ、彼女のにおいをかぎ、彼女を感じ、そして彼女を求める夢を見た。目覚めると、下腹部がかたくこわばり、ずきずきと痛んだ。

そして今日、彼女を求める気持ちが強すぎて、一瞬、理性を失いそうになった。

ジュリアンヌが社交界における自分の立場を打ち明けたのは意外だった。彼女は、上流階級と下層階級の、そして亡命してきたフランス人とイングランド人の板ばさみになって苦しんでいる。ジュリアンヌの孤独感もわかったし、寂しい気持ちも理解できた。自分自身、理由は違うが同じように感じているからだ。ジュリアンヌを腕に抱き、慰めてやりたくてたまらなかった。

だが、その衝動を必死で抑えつけた。ジュリアンヌ・ローレンは才能豊かな女優だ。その才能の使い方を熟知している。おれのような愚か者から同情を引きだすのは得意だろう。あふれんばかりの魅力と女らしさに、復讐心をくじかれそうになる。

だが、今回ばかりはその手にのるまい。ジュリアンヌを追うのは見せかけで、本当のねらいはリディンガムに近づくことだ。もう、彼女に振りまわされたりはしない。

今朝、ルシアンから伝言を受けとり、デアは驚いた。ルシアンはデヴォンシャーにいるとばかり思っていたからだ。ブリンの出産が近づいているため、ルシアンは最近、田舎にいる妻のそばについていることが多い。だが、外務省の仕事を休むことはできない。イングランドがルシアンを必要としているのだ。

ルシアンとは〈ブルックス・クラブ〉の図書室で落ちあうことになっていた。この時間なら、夕食にもゲームにもまだ早く、人も少ないだろう。

だがクラブの前に着くと、待ちあわせ場所が変わったことを知らされた。路上でルシアンの馬丁が声をかけてきて、デアを馬車に案内したのだ。

警戒心より好奇心が勝ち、デアは馬車に乗った。馬車は、下町の棺桶屋の前でデアをおろした。戸惑いながら作業場らしき部屋に入っていくと、切り落とされたばかりの松のにおいと、金槌やのこぎりの音に迎えられた。数人の職人が作業に精を出していたが、いかめしい顔をした店主が待ちかまえていたようにデアに挨拶をすると、作業の音は一瞬とまった。

デアはすぐに、ルシアンの待つ小さな居間に通された。

「デヴォンシャーにいるはずじゃなかったのか？」デアは友人の厳しい顔に不安を覚えながら座った。

「緊急事態が発生して呼び戻されたんだ」ルシアンは、誰にも聞かれないよう低い声で言った。「キャリバンがまた動いたようだ」

「本当か？」

「昨日の朝、レディ・カースルレーの話し相手《コンパニオン》がテムズ川に浮かんでいるのが発見された。来てくれ」

ルシアンはデアを案内してドアを開け、見張りをさがらせた。そこは、棺ができあがるまで遺体を安置しておく部屋だった。

窓がなく風通しが悪いため、室内には死のにおいが充満している。

木のテーブルの上に、布に覆われた遺体が横たわっていた。ルシアンは布をめくって、二〇代前半と思われる女性を見せた。

「アリス・ワトソンだ」ルシアンが短く言った。「ぼくが調べるまで埋葬は待ってもらったんだ。調べた結果、おまえにも事態の深刻さをその目で見てもらいたくてね」

デアは胃のむかつきを覚えた。遊び暮らしていたころは、死を目のあたりにしたことはほとんどなかったし、祖父の葬式にも出席しなかった。だから今、アリス・ワトソンの無残な遺体を目の前にして、大きなショックを受けた。ルシアンの意図もそこにあったのだろう。

「殺されたのか？」

ルシアンはうなずいた。「一見自殺のようだが、おそらく殺されたのだろう。自分が犯した罪への許しを請うメモがあったが、彼女の筆跡ではなかった。それに、川に身を投げただけでは絶対にできないあざが首に残っている」

「どんな罪を犯したんだ？」

「はっきりとは書かれていない。彼女はここ数カ月、屋敷から忍びでて恋人と会っていたと見られる。今は見る影もないが、かなりの美人だったらしい。貧しい家の出で、去年の一二月にカースルレー卿がパリに発ったあと、夫人のコンパニオンになるためにロンドンへやってきた」

「恋人が殺したのだろうか？」デアは言った。

「その可能性はある。ミス・ワトソンはあるときから、恋人からもらったらしい、薔薇をかたどった真珠のブローチをつけるようになったんだが、そのブローチが消えているんだ。ほら、ドレスの襟が破られているだろう？　殺された晩につけていたのかもしれない。自殺なら、わざわざブローチをはぎとるはずがない」

「彼女が死んでいるのを見つけた人間が盗んでいった可能性もある。どぶさらいとか、こそ泥とか……」

「それもありうる」ルシアンは答えた。「だがもうひとつ、偶然の一致とは思えない事実があるんだ。ぼくが呼ばれたのもそのためだ。カースルレー卿が夫人に宛てて出した手紙が何通か消えているんだ。ミス・ワトソンなら簡単に盗むことができただろう。キャリバンが彼女を誘惑して、カースルレー卿の計画を探りだそうとしたとも考えられる」

デアは眉をひそめた。イングランドの外務大臣であるカースルレーは、去年の暮れからフランスに滞在して同盟国と交渉を重ね、ナポレオン打倒をはかるだけでなく、その後のヨーロッパの安定についても話しあいを進めようとしている。何よりも緊急に話しあわなければならないのが、ブルボン朝の王をフランス国王の座に戻すかどうかだった。

「カースルレー卿がショーモンで締結させた条約を、キャリバンが喜んでいるはずがない」デアは言った。

「ああ。それに、今後の交渉を阻止したがっているのは間違いない。交渉を主導しているのがイングランドだということは、言い換えればカースルレー卿がすべての鍵を握っていることになる。ナポレオンに匹敵する権力者というわけだ」

「カースルレー卿の身が危険にさらされているというのか？」

「正直、それが心配だ。ショーモンにいるカースルレー卿に報告書を送って、警戒するように伝えた。それから、ロンドンの自宅とフランスに部下を配置してある。だが、それでもまだじゅうぶんとは言えない」最後にもう一度遺体に目をやってから、ルシアンはふたたび布をかけた。「行こう。ここはもういいだろう」

ふたりは部屋を出た。ルシアンが合図すると、棺桶屋の主人は埋葬の準備をするために走っていった。

通りに出て、デアは大きく息を吸いこんだ。ロンドンの空気はいつものように煤煙と塵のにおいに満ちていたが、遺体の腐敗臭に比べれば香水のように感じられた。

ルシアンが自分をここに連れてきた理由がわかった気がした。自分たちに託された使命が──キャリバンを見つけ、彼が指揮している謀略に終止符を打つことがいかに重要かを理解させたかったのだ。

ルシアンの馬車に乗って〈ブルックス・クラブ〉に戻る道中で、デアは遺体を最初に見た瞬間からききたかったことを口にした。「リディンガムはミス・ワトソンとかかわりがあるのか？」

「知りあいだったという証拠はないが、リディンガムは先週、レディ・カースルレーのパーティに出席している。数カ月前、ヨークシャーに発つ前にミス・ワトソンを誘惑した可能性はある」ルシアンがデアの目を見つめた。「おまえが進めているリディンガムの身辺調査から、何か手がかりが得られるといいんだが。ぼくの部下も監視しているが、疑われていることがばれては困るのであからさまには動けないんだ」

自分の計画をルシアンに打ち明けるなら今だろう。「来週末に別荘で開くパーティに、リディンガムやその仲間を招待した。そこで新たな容疑者が浮かんでくるかもしれない。竜の頭の形をした指輪のことをリディンガムにもう一度きいてみた。同じようなものがほしいから、カードゲームに勝って手に入れたときのことを聞かせてくれと頼んだんだ。誰からもらったかは覚えていないそうだが、ゲームに参加していた友人を何人か思いだしてくれた」

「本当か？」ルシアンは考えこむように言った。

「ああ。だから、その友人たちも招待した。リディンガムは、おれがミス・ローレンに言い寄るのを阻止するためにも出席すると言っている」

「じゃあ、彼女に求愛する作戦も順調に進んでいるんだな？」

デアは唇をゆがめた。「順調とは言いがたいが、とりあえず、パーティに来ることにはなっている。リディンガムをおびき寄せるために必要だからな。ふたりをよく観察して……できればリディンガムの所持品を探るつもりだ。先月彼の屋敷へ行ったときは、ひとりで邸内を探索したり金庫室を探したりする隙がなかったからな」

「暗号でも名前でも、とにかくリディンガムに裏の顔があるかどうかを判断する材料を探してくれ。友人たちも詳しく調べろ」

デアはうなずいた。

「それからミス・ローレンだが……」しばらく間を置いてからルシアンは言い足した。「こっちで少し調べてみた。彼女がフランスのために働いているとか、ナポレオンに傾倒しているとかいった噂はまったく聞こえてこなかった」

「彼女は政治に興味がないと言っているが、言葉どおり受けとっていいのかも、イングランドに愛国心を持っていると信じていいのかもわからない。キャリバンに、協力するよう無理強いされている可能性もある。やつは脅迫が得意だと、おまえもよく言っているではないか。実際、おまえの奥方やその兄も餌食になった」

ルシアンはデアをじっと見つめた。「ミス・ローレンが貴族の出だと知って驚いたよ。彼女の父親が伯爵だったのを知っていたか？」

「だからこそ、よけい彼女に用心しなければならないんだ。亡命貴族は買収されやすい。亡命生活は収入がまったくないか、あってもわずかで、他人の親切に頼らなければならない。もしリディンガムがキャリバンなら、彼女を買収した可能性はおおいにある。ミス・ローレンは、もっとも高い額を出す相手に自分を売る欲深い女だからな」

声に苦々しさがこもったことに気づいたときは遅かった。ルシアンの突き刺すような視線がさらに鋭くなる。

「前に、結婚を申しこんだことがあると言っていたが、相手は彼女なのか？」

「ああ……そうだ」デアはルシアンの視線を避けて窓の外に顔を向けた。「だが、婚約は一カ月も続かなかった」

「ゴシップ紙で一度も話題にならなかったのが驚きだ。おまえの結婚は、地を揺るがすほどの大事件だろうに」

「秘密にしていたんだ」ほかの女性とは違い、ジュリアンヌを連れ歩いて周囲に見せびらかそうという気にはならなかった。ジュリアンヌを守りたいと願うのは、彼女のことを真剣に考えている証だと思った。自分のような悪名高い放蕩者とつきあっていることで、ジュリアンヌの評判を傷つけたくなかった。

だが、そんな心配も、今となってはお笑い草だ。

「求婚するほど愛していたんだな」

ああ、そうだ。デアは陰鬱な気分になった。おれは、はじめて愛する人を見つけた気になっていた。詩人たちによれば、初恋とはつねに激しくて熱いものだという。ジュリアンヌと過ごしたあの夏も、まるで炎のように強い光を放っていた。当時の喜びや苦しみが、今も心の奥底で燃えている。

「あのときは愛していると思っていた。祖父の邪魔がなければ、間違いなく結婚していただろう」そして、彼女がほかの男の腕に抱かれているところを見なければ。

「おまえが嫌っていたおじいさんだな?」

「ああ」デアは口をゆがめながらルシアンに目を戻した。「おれの父が決闘で命を落としたことは知っているだろう? 祖父は、おれが父のようなろくでなしになって、同じ破滅への道を進むのを恐れたんだ。〝狡猾なフランス女〟との結婚は、おれの身の破滅につながるだけでなく、家名に傷をつけると考えていた。おれがミス・ローレンと婚約したのを知ると、祖父は勘当すると脅した。そして、ウォルヴァートン家の財産を相続しないとなったら、おれはミス・ローレンにとって価値のある存在ではなくなったんだ」

ルシアンはしばらく黙ってから言った。「そのせいで、おまえは結婚しようと思わなくなったんだな」

「そうだ」

ジュリアンヌと別れたあと、何度も結婚を迫られたが、なんとか逃れた。どんな女性にも心を奪われないように気をつけたし、恋人がいくら献身的な愛を示してもけっして関心を向けなかった。

「おまえはブルネットの女性が好きなようだが、それもミス・ローレンと関係あるのか？」

デアはショックに襲われた。意識したことはなかったものの、たしかにおれはジュリアンヌに似た女性を選んできた。

「よく観察しているな」笑って戸惑いを隠しながら言った。

「じゃあ、もうひとつ気づいたことを言おう。おまえは過去にこだわるあまり、ミス・ローレンに偏見を持っている」

「反論する気はないが、それが何か関係あるのか？」

「仕事に感情を持ちこんではいけない。彼女を雇って、われわれに協力させてくれ」

驚きのあまり、デアは目を細めてルシアンを見つめた。「ジュリアンヌ・ローレンを外務省の諜報員にするのか？」

「なんの問題がある？　彼女はフランス人亡命者の集まりに出入りできるから、反逆的な動きがあればこちらに伝えることができる。それにおまえも、リディンガムがキャリバンかどうかを探るのを手伝ってもらえばいいじゃないか」

「さっきも言ったように、おれは彼女を信用していない」

「おまえのその判断は、偏見に侵されているかもしれない。自分が彼女への復讐心から行動しているのではないと言いきれるか？」

復讐したいのは否定できない。だが、ジュリアンヌがキャリバンの共犯だという説を簡単に捨てられないのも事実だ。

「もし彼女が本当にリディンガムと手を組んでいたらどうする？　そうじゃなかったとしても、おれが手伝いを頼んだら、単におれへの憎しみから、疑われていることをリディンガムに話してしまうかもしれない」

「その危険はある。だが、おまえがうまくやれば、彼女を操ることができるだろう。それに彼女なら、おまえより簡単にリディンガムに近づけるはずだ。まずは彼女の忠誠心を確かめる方法を考えたらどうだ？　彼女が信頼できるかどうかを探る計画をたててみろ」

デアは歯を嚙みしめた。ジュリアンヌが信頼に値するかどうかを判断するのは、たとえ彼女が両脚をおれの腰に巻きつけて身をよじっているときでも不可能だ。いやむしろ、そういうときこそ難しい。

だが、ルシアンはあきらめないだろう。

「本能を使えばいいんだ、デア」

それが問題なのだ。自分の本能を信頼できないことが。かつてそいつに裏切られたから、また裏切られるような気がして怖いのだ。ルシアンの言うとおり、過去の出来事がジュリアンヌに対するおれの判断を左右している。そして彼女をふたたび自分のものにしたいという欲求は、事態をさらに悪くするばかりだ。

もうひとつルシアンが正しいことがある。彼女に対してどんな思いを抱いているにしろ、それを仕事に持ちこんではいけない。危険が大きすぎる。ジュリアンヌに抱いている疑惑をルシアンに信じてもらおうと思うなら、彼女が有罪であるという証拠を見せなければならない。おれ自身にも。とにかく真実を知る必要がある。

だが、ジュリアンヌが売国奴であろうとなかろうと、デアの心はすでに決まっていた。再会した瞬間から決まっていたのだ。

ジュリアンヌをふたたびベッドに呼び戻して、自分のものにしたかった。

6

翌週の金曜日、ロンドンを発ってブライトンへ向かったのは、二〇人ほどの大集団だった。デアが選んだ客は、年齢も階級も驚くほど多岐にわたっていた。

女性客のうち、少なくとも三人は囲われ者らしく、そのうちのひとりはコヴェント・ガーデンに定期的に出演している有名女優だった。一方で、ソランジュのような年配の女性も、伯爵未亡人を含めて数人いた。何よりも驚いたのは、デアが夫婦もふた組招待していたことだ。おそらく、いかがわしいパーティではないことを示すためなのだろう。

男性はほとんどが上流階級だった。なかには、デアと親しいヘルファイア・リーグの仲間もいるに違いない。リディンガム子爵も友人をふたり連れてきている。馬車の行列の最後尾には、召使いたちを乗せた大型馬車が三台ついていた。

ジュリアンヌにメイドはいないが、パーティのあいだは、ソランジュが自分のメイドをひとり貸してくれることになっていた。

三月の空気はひんやりとして澄んでいて、心地よかった。デアを含め、男性たちの多くは馬に乗っている。ジュリアンヌは、狭い駅馬車のなかでデアとふたりきりにならずにすんでほっとした。

馬車のなかでは女性たちと親しく会話した。彼女たちは意外なほどすんなりジュリアンヌを受け入れてくれた。おそらくはソランジュの名が広く知れ渡っているおかげだろう。あるいは、スキャンダルの多いデア・ノースと親しい関係にある女性たちなら、単なる女優相手にかまえたりしないのかもしれない。

一行は、馬を替えたり軽食をとったりしながらゆっくり進み、夕方になって目的地に着いた。

最後の一五キロあまりは絵のように美しい丘が続いたが、今、馬車は鉄の門を通って、見事に手入れされた庭を見ながらシャクナゲの並ぶ私道を進んでいた。

「すばらしいわ《セ・マニフィーク》」ソランジュがつぶやく。ジュリアンヌも同感だった。広い芝生に、落ち着いた色合いの赤れんがの屋敷が太陽の光を浴びて立っている。

デアの広い領地を見て、ジュリアンヌは改めて彼との身分の違いを感じた。一族の財産を相続した裕福な貴族と、生きるために必死で稼がなければならないしがない女優。

馬車からおりると、女性客のひとりが、芝生の先に美しい庭園があると教えてくれた。男性客のひとりは、デアが立派な競走馬の廏舎を持っていると言った。

「競走馬？」ジュリアンヌは、隣にやってきて腕をさしだしたリディンガムに尋ねた。

「ウォルヴァートンは競走馬を繁殖させて育成しているんです」彼は堅苦しく答えた。

デアの友人のピーター・フルブルック卿が愛想よく説明した。「ただの競走馬じゃありません。デアは国内でも有数の駿馬ばかり集めているんです」

「厩舎を見学するのが楽しみですよ」リディンガムが言った。「〈ダービー・ステークス〉に出走できそうな馬を二頭持っているそうですから」

ジュリアンヌは微笑んだ。「ウォルヴァートン卿の招待を受けたのは馬を見るためだったんですね。わたしと一緒にいたいからかとうぬぼれていましたわ」

子爵ははにかんだような笑みを返した。「もちろんあなたと一緒にいたいからですよ、ミス・ローレン。厩舎はおまけです」

デアが目を細めてこちらを見ているのに気づき、ジュリアンヌは勢いづいた。この一週間で、リディンガムにできるかぎり期待を持たせるつもりだった。このパーティが、わたしを獲得するための競争の場になるなら、デアに手ごわいライバルをつくらなければならない。

だがデアは、召使いに命じて客をそれぞれの部屋に案内させるときも、ジュリアンヌを特別に自分のそばに残そうとはしなかった。一同はしばらく部屋で休憩してから、八時に客間に集まることになった。

屋敷のなかは、外と同じく豪華だった。ジュリアンヌは二階の上品な寝室に通された。窓から美しい庭園を眺めてから、ソランジュのメイドの手を借りて入浴と着替えをすませた。

ジュリアンヌが約束の時間より数分遅れて一階の客間に到着したとき、すでに客の大半が集まっていた。

彼女が部屋に入ってきたとたん、デアの脈は跳ねあがった。アプリコット色のシルクのドレスはとても優雅で、胸もとの大きく開いたボディスが彼女の体をやさしく愛撫するように包んでいる。

デアはひそかに悪態をついた。体が反応するのも困ったものだが、さらに始末が悪いのが、ジュリアンヌへの欲求で胸がいっぱいになることだった。

座っていた紳士たちがいっせいに立ちあがって、彼女の美しさをほめそやす。ジュリアンヌが遅れたことをわびると、リディンガムが男たちを代表してこたえた。「謝る必要はありませんよ、ミス・ローレン。あなたを待ったかいがありました。実に魅力的だ」

魅力的どころではないとデアは思った。見ないようにしても、どうしてもジュリアンヌに目が行ってしまう。あのドレスは裸よりも始末が悪い。途方もなく女らしく、色っぽく、そして華奢に見える。

髪は頭の高いところで結ってあった。デアはそれをほどきたくてたまらなくなった。輝く髪がシルクの枕の上に広がるさまが目に浮かび、歯を嚙みしめる。ああ、ドレスをはぎとって裸にし、ジュリアンヌの全身をじっくりと目で……そして手と口で楽しみたい。裸の胸を手で包み、彼女が身もだえするまでキスすることを考えるだけで、たちまち下腹部がかたくなった。

だがまずは、ジュリアンヌに群がる狼どもを追い払わなければならない。その筆頭がリディンガムだ。リディンガムは今、厚かましくも彼女の胸のふくらみを見つめていた。

リディンガムが何か言い、ジュリアンヌが笑った。それを見て、デアの体は嫉妬でこわばった。

だが次の瞬間、彼女が振り向いてデアの視線をとらえた。彼は嘲るように眉をつりあげたが、ジュリアンヌは動じず、落ち着いた冷たい目で見返した。

自分の力を知っている女性の目だ。

熱い欲望が体を駆け抜ける。デアはそれがおさまるのをひたすら待った。

ジュリアンヌがすらりとした背中を彼に向けた。あからさまに顔をそむけられ、デアは怒りを覚えた。女性を誘惑するのは得意なはずだが、もはやこのゲームで勝つ自信がなくなってきた。ジュリアンヌと愛しあったあの日以来、彼女を思いながら眠れぬ夜を過ごしたことが何度もある。胸のなかの古傷が口を開いてずきずき痛んだ。

デアは歯嚙みした。七年のあいだ、ジュリアンヌに傷つけられた心を封印してきたのだ。今回も、なんとしてでもそうするつもりだった。


デアのすぐそばにいたわけでもないのに、ジュリアンヌはほとんど楽しめなかった。彼は、もっとも身分の高い伯爵未亡人を食堂までエスコートし、テーブルの上座に座った。ジュリアンヌの席はデアから遠く離れていた。

食事は豪勢だった。五皿のコース料理のほかにも何皿も用意されており、みな、舌の肥えたソランジュも絶賛する味だった。デアはロンドンで使っている料理人を何日も前に送りこんで、準備をさせていたらしい。だがジュリアンヌは、居心地が悪くて料理を味わうどころではなかった。ここにいる人々は全員、賭けのことを知っている。この一週間、ジュリアンヌとデアの関係は注目を集めるだろう。

それでもなんとかデアのことを頭から振り払い、近くに座っている人々に注意を向けた。ジュリアンヌの右には、リディンガムの友人のマーティン・ペリンという紳士が座っている。ペリンの愛想がよく控えめな態度は、リディンガムのもうひとりの友人、サー・スティーヴン・オームスビーと対照的だった。

競馬の話題になり、ジュリアンヌはペリンに競馬をやるのかと尋ねた。

すると、スティーヴン・オームスビーが笑って代わりに答えた。「マーティンは、なんの取り柄もない次男坊なんだ。競馬はおろか、貸し馬車に払う金にさえ窮している」

ペリンの傷ついた表情を見て、ジュリアンヌはあわてて言った。「競馬にお金を賭けられるのはほんの一部の方だけですものね。わたしには、お金の無駄づかいにしか見えません。王さまの遊びと呼ばれているのもそのせいでしょうね」

ペリンは感謝の笑みを浮かべ、ジュリアンヌは話題を変えた。だがそうするあいだも、上座にいるデアのほうを見ずにはいられなかった。王家の一員と間違われてもおかしくない貴族的な顔だち。秀でた額と古典的な骨格は、おとぎ話の王子のようだ。そのうえ、イングランドでも指折りの資産家だと言われている。わたしとのゲームに勝つために、友人を買収したり、法外な値段でわたしの時間を買ったりしても、彼にとってはたいしたことではないのだ。

わずかなお金しかないわたしが、どうやってデアに対抗できるというのだろう？　そう考えると気がめいった。

やがて、女性たちはポートワインを飲んでいる紳士たちを残して客間にさがった。ジュリアンヌはほっと胸を撫でおろしたが、それも一瞬のことで、すぐに男性たちも客間にやってきた。

音楽を楽しもうと誰かが言いだし、ジュリアンヌのそばにリディンガムがやってきた。

「あなたの歌声は天使のようだ。歌っていただけますか？」

彼女は、近くに立っていたデアを見あげた。パーティに出席する報酬として彼は多額の金を払ったが、ここでどんな仕事をするかについては話しあっていなかった。

ジュリアンヌは自分に割りあてられた役割に戻り、挑発するようにデアに微笑みかけた。

「夕食をごちそうになった代わりに歌わなければならないかしら、ウォルヴァートン卿？」

「いやなら歌わなくていい」

「それならお断りします。賭けに勝つことに集中したいので」

デアが皮肉っぽい笑みを浮かべる。「何をしてみせてくれるのか、おおいに楽しみにしているよ」

リディンガムはふたりのあいだに急に親密な緊張感が漂ったのを察したのか、ジュリアンヌからデアに視線を移し、急いで口をはさんだ。「歌はけっこうですよ。ほかの女性たちも、あなたばかりが輝いてはうれしくないでしょう」

リディンガムの言うとおり、ジュリアンヌが歌を断ってカードゲームを選ぶと、一部の女性たちはほっとした顔になった。彼女たちが順番にピアノを弾いたり歌ったりするあいだ、ほかの客たちはいくつかのテーブルに分かれてカードゲームを楽しんだ。

翌日以降も、夜は同じように過ぎていった。だが昼間は、さまざまな娯楽が用意されていた。一同は、乗馬、芝生の上でのペルメル球技や羽根つき、壮麗な庭園の散策、丘につくられた古い要塞や、石英の採掘抗跡への遠出などを楽しんだ。

男性たちはデアの競走馬に興味津々で、毎朝早起きしては調教を見学した。五月にニューマーケットで開かれる〈二〇〇〇ギニー・ステークス〉と、六月初旬にエプソム競馬場で開かれる〈ダービー・ステークス〉に出走する準備が進められているのだ。

週の前半、ジュリアンヌは人々の前でデアと駆け引きを続けたが、彼とふたりきりにはならないよう注意した。前回のような失敗を繰り返す気はなかった。

もっとも、デアを避けるのは驚くほど簡単だった。彼は、上品に、そして魅力たっぷりにパーティの主人役を果たしていた。ジュリアンヌになれなれしくすることはあったものの、誘惑したり、ふたりきりになろうとしたりはしなかった。

そんなデアの態度にジュリアンヌは戸惑った。彼があきらめたとは一瞬たりとも考えなかった。デアは人を操るのがうまい。わたしを油断させようとしているのかもしれない。でも、そうだとしたら彼の作戦は失敗だ。距離を置かれたことで、かえって緊張が高まっていた。

デアがいると神経がぴりぴりして、彼がこちらを見るだけで体が熱くなる。いなければいないで、次にデアと顔を合わせるときのことを思って鼓動が速くなる。さらに厄介なのが、何かというと彼とのあいだに流れる強い感情が表に現れることだった。

月曜日にはピクニックをしたが、とても格式ばっていて、ジュリアンヌはかつてデアとふたりで楽しんだピクニックと比べずにはいられなかった。最後に戸外で食事をしたときの強烈な記憶も頭から離れない。あのときデアは、料理よりも彼女の肌をむさぼるのに夢中だった。

ピクニックでは、白い清潔なクロスをかけたテーブルがぶなの木の下にすえられ、下男たちが陶器の皿にのったさまざまな料理や、クリスタルのグラスに入ったワインを運んだ。かつてのピクニックと変わっていないのは、客たちがくつろぐために毛布が敷かれていることだけだ。

そしてデア自身も変わっていなかった。ブロンドの髪はあのときと同じように太陽の光を受けて輝いているし、皮肉っぽい笑みや抗いがたい視線も同じだ。

その視線が自分に向けられているのをジュリアンヌが感じたとき、ソランジュがデアの領地をほめたたえた。

「正直に言いますが……」彼はお辞儀をして言った。「自分でもとても気に入っています。競走馬の厩舎をつくるために土地を探していたときに見つけたんです。祖父から相続した先祖伝来の領地よりも、こちらのほうがよほどいい。ウォルヴァートン・ホールにはよくない思い出ばかりで……。とくに、最後にあそこに滞在した夏は最悪でした」

一瞬、デアと目が合う。ジュリアンヌは無言の非難を受けている気がした。でも、デアの望みどおり一緒に駆け落ちしていたら、彼は祖父の財産を相続することはできなかった。そう自分に言い聞かせたが、悲惨な結末を迎えたあの夏の日々を思いだすのはつらかった。

顔に笑みを張りつけて、ジュリアンヌは唐突に立ちあがった。「本当にすてきなところですわ」そう言って、近くを流れる小川を示す。「魚が見られるかしら？　リディンガム卿、一緒に行っていただけますか？」

子爵がさしだした腕をとりつつも、デアを頭から完全に追いだすことはできなかった。デアの魅力と、わざと自分を無視しているその態度が気になってしかたなかった。この日はもう、デアはジュリアンヌに特別な視線を向けることもなく、ほかの客をもてなすことに心を砕いた。

デアが投げやりだが魅惑的な態度で女性客をうっとりさせるのを見ていると、ジュリアンヌはいらだちを覚えた。女性たちがお返しに彼をほめそやすのがまた不愉快だった。だが、彼女たちが悪いわけではない。デア・ノースは、これまでに出会ったなかでも最高に魅力的で興味をそそられる男性なのだ。ジュリアンヌ自身、いつのまにか願っていた。彼がわたしだけに注意を向けてくれればいいのに、と……。

はたとわれに返り、彼女は自分をしかった。デアの恋人たちにいちいち嫉妬していたら、どうかなってしまいそうだった。

ジュリアンヌがデアとふたりきりにならないという誓いをわざと破ったのは、翌日のことだった。その日の午後、遠乗りを終えて屋敷に帰る途中、彼女の雌馬の蹄鉄が外れ、馬が脚を引きずりはじめた。ジュリアンヌがすぐに馬からおりると、デアもおりた。馬の脚と蹄を調べた彼は、自分が屋敷まで馬を引いていくので、みんなは先に帰ってくれと言った。

ジュリアンヌがためらっているのを見て、リディンガムが自分の馬に一緒に乗らないかと誘った。だがデアはそれをさえぎり、自分の馬を使うようにすすめた。

デアの手を借りて彼の馬にまたがったものの、ジュリアンヌはやはりウォルヴァートン卿を置いていくわけにはいかないとほかの客たちに告げた。

リディンガムが何か言おうとしたが、彼女は静かに首を振った。「いいのよ、ヒュー。どうぞ、先にいらっしゃって。わたしなら大丈夫ですから。ウォルヴァートン卿も、少しのあいだなら紳士らしくふるまってくださることでしょう。それに、彼に話もありますし」

一行がふたりを残してその場を去ると、デアがジュリアンヌに目をやった。

「ヒュー、だと？　リディンガムと名前で呼びあうようになったのか？」

彼女は平然と肩をすくめた。「おかげさまで、この数日で前より親しくなったわ」

「おれといたほうがずっと楽しめるのに、なぜ彼と過ごす？」

「さあ、なぜかしらね」

デアはそれにはこたえず、けがをした雌馬をやさしい言葉でなだめながら歩かせた。ジュリアンヌは、雌馬の弱々しい歩みに合わせて彼の馬を歩かせながら戸惑いを覚えた。デアはやさしい声で、まるで恋人に話しかけるように馬に話しかけている。あの夏、情熱的な時間を過ごしているあいだも、今とまったく同じ口調でわたしに話しかけてきた。その声を聞いて、一度おさまりかけた炎がまた燃えあがったりしたものだ。

しばらくすると、デアが馬から目を離してジュリアンヌを見あげた。頬が赤らんでいるのを見られてしまったに違いない。

「やっときみを独占できた。馬のけがでこうなるとわかっていたら、もっと早く馬を犠牲にしておけばよかったよ。崇拝者たちのあいだからきみをさらってくるのはとても難しかった」彼の視線がジュリアンヌの体を滑るように動いた。馬に横乗りにならずにまたがっているため、ペティコートがまくれあがって脚が見えている。「だが、彼らが悪いわけじゃない。男なら誰だって、きみの美しさに見とれるからな」

「見えすいたお世辞は聞きたくないわ」彼女は鞍の上で落ち着きなく座り直して言った。

デアはそれに気づいたらしい。「歩いたほうがいいかい？」

「ええ。乗馬は昔からそんなに得意じゃないから」

「覚えているよ。だが、そこにいたほうがおれの手が届かなくて安全だ」しばらく間を置いてから、彼はさらに続けた。「それで、ほかの客たちに聞かれたくない話とはなんだ？」

「あなたが何をたくらんでいるか知りたいの」

「どういう意味だ？」

ジュリアンヌは値踏みするようにデアを見おろした。「あなたはたくさんの労力とお金をかけてわたしをここへ連れてきたのに、いっこうにわたしを誘惑しようとしない。まるで、猫につかまって、食べられるのを待っている鼠になった気分よ」

「自制心を働かせて、きみをわずらわせないようにしているんだ。ほめてもらってもいいぐらいだ」彼が眉をつりあげた。「おれがきみをここに連れてきて襲うとでも思っていたのか？客たちの前できみをなぶり者にすると？」

「あなたならやりかねないわ」

デアは思わせぶりに微笑んだ。「無視されているように感じたのなら、謝るよ。馬からおりてきてくれたら、あらゆる手をつくしてきみを誘惑しよう」

そんなふうに感じているわけではないと否定したかったが、彼の言うとおりだった。でも、それをデアに知られるぐらいなら熱い石炭の上を歩いたほうがましだ。「誘惑なんかされたくないわ。わたしはただ、あなたが信用できないの。何かたくらんでいると思うから、それを知りたいのよ」

〝信用〟と聞いて一瞬彼の口もとがこわばり、ジュリアンヌはそんな言葉を使ったのを後悔した。

気持ちを落ち着けるために息を吸いこんでから、穏やかに話しだした。「最近のあなたは、まるで別人みたいに礼儀正しくふるまっている。わたしはあなたが本性を現すのを待っているの。賭けに勝つつもりなんでしょう？」

「もちろんだ」デアのうぬぼれが腹だたしい。「だがきみも、賭けに勝つための努力をしていない。なぜなんだ？　ほかの男たちと同じようにおれを虜にするのは簡単だぞ。ちょっと触れるだけで、おれを身震いさせることができるのに」

自分の腕のなかで震えているデアを想像すると、興奮を覚えた。次の彼の言葉も刺激的だった。

「今夜、きみの寝室を訪ねてもいいかい？　二週間前の続きをしよう。ただし、今度はベッドの上でだ。それで、おれも気分が晴れるだろう。禁欲生活というのは、どうにも我慢できない。気力が落ちるし、体にもよくないようだ。つねに体に火がついているような気になるんだ」

奇妙なことに、デアの言葉を聞いてジュリアンヌは安心した。これこそ、わたしの知るデア・ノースだわ。好色でセクシーで、そして魅力的。だが、いくら突然の誘いに自尊心をくすぐられても、彼と愛しあって二週間前の過ちを繰り返すつもりはない。

「やっぱり先に帰るわ」手綱を引き寄せながら言った。

「臆病者だな」デアがそっけなく言う。

「そんなことないわ」ジュリアンヌは愛想のいい声で応じた。「あなたのつまらない話に飽き飽きしただけ」

馬を走らせると、背後から彼の笑い声が聞こえてきた。デアを置いてくることに罪悪感を覚えていたけれど、馬丁が彼のために別の馬を連れていくのを見た瞬間、消えた。

屋敷に戻ると、威厳に満ちた執事から、ほかの客たちは客間でお茶を飲んでいると教えられた。ジュリアンヌは乗馬服から着替えるために二階の寝室に入ったが、いざ着替えを終えると、人前に出るのが急におっくうになった。

ベッドに身を投げ、天蓋を見あげる。どういうわけか落ち着かなかった。憂鬱で、何か物足りない気がする。デアの言動にこれほど影響を受けてしまうのが不安でならなかった。

一五分ほど横になったあと、起きあがり、客間へ行こうと寝室を出た。

廊下の先にデアの姿を見つけ、ジュリアンヌは凍りついた。彼はまだ乗馬服で、誰かの寝室から出てきたところだった。

一方のデアも、彼女を見て凍りついた。ほかの客たちと一緒だとばかり思っていたのだ。デアは、コヴェント・ガーデンの女優、ファニー・アプコットに金を渡して、リディンガムを引きとめておくよう頼み、そのあいだに彼の部屋を探っていた。そこから出たところをジュリアンヌに見つかってしまうとは。

なんとかごまかそうか？　それとも危険を承知で真実を打ち明けようか？

どちらとも決められないまま、デアは彼女に近づいた。

「リディンガム卿の寝室にいたのには、何か理由があるんでしょうね？」ジュリアンヌが言った。

彼女の困惑した目を見つめながら、デアは眉をつりあげた。「どうしてリディンガムの部屋だと知っているんだ？」

「彼がそこに入るのを見たからよ。話をそらさないで。そこで何をしていたの？　何か盗むほど生活に困っているわけでもないのに」彼が答えようとしないので、ジュリアンヌはさらに厳しく言った。「部屋を探っていたこと、彼に知られたくないでしょう？」

明らかに脅しだった。デアはジュリアンヌを怯えさせようと彼女の目の前に迫り、背後の壁に片手をついた。やわらかい胸と腿が体に押しつけられるのを感じ、下腹部がうずく。もう一方の手を彼女の胸のあいだに置くと、激しい鼓動が感じられた。

デアの意図したとおり、ジュリアンヌは怯えていた。ドレスの胸もとは大きく開いているわけではないが、布地を通して感じる彼の手のあたたかさと、胸もとをかすめる指に興奮を覚える。

デアのなめらかな首筋が脈打つのを見つめた。ああ、あの首のくぼみに顔をうずめて味わいたい。そんなばかげた考えが頭に浮かぶ。

デアが頭をさげて、ジュリアンヌの唇を軽く嚙んだ。ふたりの体が密着し、彼女は無意識のうちに口を開いた。

「キスをしてくれ、ジュリアンヌ」かすれた声で彼が言った。「本気のキスを。唇を押しつけ、舌を口のなかにさし入れて……」

デアがしてほしいことをあげると、ジュリアンヌはうめいた。彼のむさぼるようなキスに、唇が熱くなり、体がとろけそうになる。それでも、頭のなかではデアが突然こんなことをはじめた理由を考えていた。

彼はただ、わたしの気をそらそうとしているだけだわ。そうに決まっている。デアの卑怯なやり方に、急にはらわたが煮えくり返るような怒りを覚えた。

彼から口を引きはがす。「あなたって人は――」デアの手から逃れようともがきながら言いかけたが、ふたたび唇を重ねられ、怒りの言葉はかき消された。

デアに抱き寄せられると、体のなかで炎が燃えあがり、全身に広がってジュリアンヌを駆りたてる。だが、なんとか誘惑に抵抗しようと意志の力をかき集め、彼の胸を押しやった。デアは彼女を抱いていた腕を離し、唇も離した。

「やめてちょうだい！」ジュリアンヌは息を切らしながら彼を見あげた。「あの部屋で何をしていたかときいているのよ」

デアは、キスでまだ濡れている唇を引き結んだ。「話すよ。だがここではだめだ」

そしてジュリアンヌの寝室のドアを開け、なかに入った。

デアとふたりきりになると、突如ジュリアンヌは臆病風に吹かれ、彼の手の届かない部屋の中央まで進んだ。

「それで？」まだ息を切らしたままうながす。

「リディンガムは反逆者かもしれないんだ」デアがそれだけ言った。

「なんの話？」

「去年、キャリバンと名乗る貴族がナポレオン軍のために金貨を密輸しようとしてわが国に損害を与えた」

ジュリアンヌは、殺人や脅迫のこと、そしてデアたちがキャリバンと竜の頭の形をした指輪を探しているという話を、信じられない思いで聞いた。デアが国の反逆者の捜索にかかわっているなど、考えたこともなかった。

「あなたは、リディンガムがそのキャリバンだと考えているわけね？」デアの話が終わると、ジュリアンヌはゆっくりと言った。

デアは目を細めて彼女の反応を見守っている。「リディンガムは例の指輪を持っている。カードゲームで勝って手に入れたと言っているが……。もっとも、キャリバンがあんなにめだつものを持っているのは危険だと思って、われわれの目をそらすためにリディンガムに渡した可能性もある」

ジュリアンヌは眉をひそめた。証拠もないのに他人を責めたてるのは気が進まない。自分自身、七年前にデアの祖父から売国奴だといわれのない中傷を受けた。いくら疑わしくても、すぐに誰かを犯人だと決めつける気にはなれなかった。

「リディンガムが反逆行為の黒幕だとは信じがたいわ。とてもやさしいし品があるけれど、特別賢いとは思えないもの。あなたが言うほどの手ごわい敵なら、もっと頭が切れるんじゃないかしら？」

「おれも同じことを思った。だがわれわれにとって、キャリバンと接点があるのはリディンガムしかいない。だから、いくら信じがたくても彼を追うしかないんだ」

「なぜあなたがそんなことをするの？　はっきり言って、あなたが諜報活動にかかわっているなんてびっくりだわ」

「役たたずの怠け者だから？」

ジュリアンヌの頰が赤くなった。「そうは言っていないわ。でもあなたは〝快楽のプリンス〟だもの。リディンガムが反逆者なのと同じくらい信じがたいわ」

「だからこそ、おれが調べているんだ。リディンガムはおれが諜報活動をしているなど、思ってもいないだろうからな。ここに招いたのも、近くで監視するためだ」

突然、ジュリアンヌはあることに気づいて息をのんだ。「わたしを追うことにしたのもそのためなの？　リディンガムを監視するため？」

デアの顔から表情が消えた。「はじめはそうだった。だが、今はそれだけじゃない」

頭のなかでさまざまな思いが渦巻き、ジュリアンヌはこめかみを押さえた。

「今回のパーティで、リディンガムの友人も観察することができた」デアはさらに言った。「リディンガムが指輪を手に入れたゲームには、オームスビーとペリンも参加していたらしい。だが今のところ、彼らを見ても、キャリバン本人だと考えるに足る材料は見つかっていない。あのふたりの部屋も捜索したが、疑わしいものはなかった」

ジュリアンヌは黙っていた。信じがたい打ち明け話を理解しようと必死だった。デアは、本来の標的に近づくためにわたしを利用した。賭けは、最初からそのための道具にすぎなかったのだ。

「リディンガムに、おれが疑っていると伝えるか？」デアが尋ねた。

「伝えないわ」彼女はうわの空で答えた。

「今の会話はすべて忘れてくれ。きみの接し方が変わったらリディンガムにばれてしまう」

ジュリアンヌは顎をあげた。「わたしは女優なのよ。あなたからお芝居のしかたをどうこう言われる筋合いはないわ」

「わかっている」デアは嘲るようにゆっくり言ったが、その口調にはかすかに苦々しさがこもっていた。

ジュリアンヌが鋭い視線を向けると、彼は熱い、突き刺すような目で見つめ返してきた。彼女は不意に、デアとふたりきりでいることに耐えられなくなった。

「ばれる心配はないわ」彼の横をすり抜けながら言う。「賭けのお芝居は続けるつもりだから」

ドアを開けようとしたとき、デアの力強い腕に引き戻された。

ジュリアンヌは息もできずに体をこわばらせた。「放して。お願い」

だがデアは放す代わりに彼女の肩に腕をまわした。心臓が跳ねるのを感じ、ジュリアンヌは唇を噛んだ。彼がそばにいると、どうしても意識せずにはいられない。

「芝居じゃない。おれは今でもきみがほしいんだ、ジュエル」

デアの吐く息が髪にかかり、全身がぞくぞくする。彼はボディスのなかにあたたかい手を滑りこませ、胸の頂を愛撫しはじめた。

ジュリアンヌはきつく目を閉じた。ここから逃げたい。でも、デアの愛撫に身をまかせたいという思いのほうが強かった。彼のあたたかい手にすべてをまかせたい……。

「おれのジュエル」デアが官能的で男らしい声でささやく。

彼の舌が耳の縁をたどりはじめると、ジュリアンヌは体がうずいた。デアがかたくとがった胸の先端をつまんだ瞬間、下腹部に熱い悦びが走ったが、唇を嚙んでこらえた。

頭を振って、欲望に抗おうとする。ああ、デアが……デアの熱い体がほしい。

「きみがほしい」彼はもう一度言った。「情熱的で野性的で、おれへの欲望に燃えるきみがほしい」官能的なささやきがジュリアンヌの頭を満たす。「きみも、おれがほしいと言ってくれ、ジュエル」

デアがほしかった。彼の愛撫がほしい……。

ジュリアンヌはうめき声をあげながら、デアの指に向かって胸を突きだした。うっとりするような愛撫が体を焦がし、決意を揺るがし、意志を粉々にし、昔を思いださせる。彼がどんな気分にさせてくれるか、どんな悦びを与えてくれるか、そして、どんな苦しみをもたらすかを……。

あの苦しみを思いだしたとたん、喉を締めつけられた気がした。

「やめて。いやよ、デア。あなたなんかほしくないわ」

ジュリアンヌは震える息を吸いながら、身をよじって彼の手から逃れ、部屋を出た。

ひとり残されたデアは、目を閉じて悪態をついた。ジュリアンヌの名残が五感から消えない。下腹部はまだ彼女を求めてこわばっていた。

その脈打つ高まりが、ジュリアンヌの熱く潤った体にしっかりと包みこまれるのが感じられるような気がする。

体はまだ興奮しているが、心はいくらか落ち着いていた。キャリバンのことや、リディンガムの部屋を探っていた理由を打ち明けたときのジュリアンヌは、完全に不意を突かれたようだった。キャリバンともリディンガムとも、ぐるになっているとは思えなかった。

デアは髪をかきあげた。ジュリアンヌが本当にキャリバンと共謀しているとしたら、おれはたった今、わが身をひどく危険な立場にさらしたことになる。もし彼女がすぐにリディンガムのもとへ行ったら、裏切り行為にかかわっているということだ。だが少なくともそれで、ジュリアンヌに対するおれの疑念には決着がつく。

こわばっていた顎から力が抜けた。ジュリアンヌは演技のうまい女優だが、本能は、彼女は嘘をついてはいないと叫んでいる。おそらくおれをだましてはいないのだろう。

デアは思いがけず後悔の念に駆られた。ジュリアンヌがキャリバンの一味なら、おれは彼女への思いから解放されただろう。

だが、かかわっていなかったら？　捜査に巻きこんだことで、彼女の身も危険にさらしてしまったかもしれない。

アリス・ワトソンの遺体が一瞬、脳裏によみがえる……。

デアは頭を振った。ジュリアンヌ・ローレンは自分の身を守ることができる。危険なのは、彼女の魅力に屈してしまいそうなおれのほうだ。

ブリーチを見おろした。客はおれが現れるのを待っているだろうが、この状態で出ていくわけにはいかない。少なくとも着替えは必要だ。水風呂に入る時間があれば、なおいいのだが。そう思いながら、デアはジュリアンヌの寝室を出た。

7

「ねえ」翌日、近隣の郷士の娘と踊っているデアを見ながら、ソランジュがジュリアンヌをつついた。この日彼は、楽団を雇い、地元の貴族たちを招いて舞踏会を開いていた。「彼女がライバルにならないか心配じゃないの？」

「ええ。ウォルヴァートン卿の好みは、もうちょっとおしゃべりの上手な女性よ」

デアが、ついこのあいだまで学校に通っていたような若い内気な娘に惹かれるはずがない。それに、彼の今の目標はあくまでも、ジュリアンヌを降伏させることだ。

デアはふたたび、本格的にジュリアンヌにつきまといはじめて客たちを喜ばせていた。だが彼の真の目的がわかったので、ジュリアンヌは気が軽くなった。デアが怒りをのみこみ、男としてのプライドを犠牲にしてまで大勢の前で自分を追いかけている理由も、今となっては納得できた。復讐と同時に、反逆者のあぶりだしもするつもりなのだ。

今回のパーティも、いちばんの目当てはジュリアンヌではなくリディンガムだった。デアがリディンガムに抱いている疑念も、思ったほど見当違いではないのかもしれない。真実を知ったうえで見ていると、デアがリディンガムのちょっとした行動や言葉にさりげなく注意を向けているのがわかる。

　女としてのプライドはいささか傷ついたものの、デアがねらっているのが自分ではないと思うと気が楽だった。そうとわかれば、彼の誘惑にもうまく対処できる。ジュリアンヌは心を鎧でかためたかった。もう一度デアを愛してしまったら、二度とたち直れないだろう。

　舞踏会は大盛況だった。招待された近隣の人々は、みな喜んで駆けつけた。ここでも賭けのことは知れ渡っているらしい。そこでジュリアンヌは彼らの期待にこたえようと、何度かデアと鉢あわせするたびに彼と言いあいをしてみせた。

「彼はダンスの達人ね」ふと、ソランジュが感心しながら言った。

　彼女の言うとおりだった。なめらかで優雅な動きで踊りながら、ダンスの相手に全神経を注いでいる。

「ベッドのなかでも達人らしいわね。噂では、いろいろな趣向を凝らすとか」

「ベッドでの腕前なんかどうでもいいわ」

　そのときちょうど曲が終わり、ジュリアンヌは遠くから自分を捜すデアの視線を感じた。

「あらあら《モン・デュー》」ソランジュがささやいた。「むさぼるようにあなたを見ているわよ」

　ジュリアンヌは肩をすくめた。「見せかけだけよ。ただのゲームだわ」

「そう。でも、火遊びは危険よ。やけどしないように気をつけてね」

「ええ。ちょっと失礼するわね。わたしの番みたい」

　ジュリアンヌは人々のあいだを縫ってデアに近づいた。期待に満ちた周囲のざわめきで、自分が注目を浴びているのがわかる。

「あんまりですわ」媚びるような笑みを浮かべて言った。「わたしと踊ると約束したのに無視なさるなんて。それとも、賭けに負けそうで怖いのかしら?」

「さっきからずっとびくびくしているよ」デアが穏やかに答えた。

「まあ、大げさね」

彼が微笑んでジュリアンヌに腕を回す。

ジュリアンヌはデアに身をまかせ、ふたりの動きがワルツのリズムに慣れたところで彼を見あげた。「本当のことを言うと、あのかわいそうなお嬢さんを助けてあげなければと思ったの。恐怖のあまり気を失いそうだったもの」

デアが身震いするふりをした。「助けてほしかったのはおれのほうだ。礼を言うよ」

「いいのよ。わたし自身のためでもあるんですもの。あなたをひざまずかせたくてしかたがないんだから」

彼は笑った。「ジュエル、きみとはじめて会った瞬間に、おれがきみのもとにひざまずいたのは、きみだって知っているだろう?」

「知らないわ。はじめて会ったとき、わたしはあなたのいとこの攻撃をかわすのに忙しかったから」

デアが昔をなつかしむ目をしてきく。「彼女をどんなふうにやりこめたか、覚えているかい?」

覚えている。デアは、美しくて高慢なミス・エマーソンの結婚式に出席するためにケントにやってきた。そして、退屈しのぎに彼女をジュリアンヌの帽子店に連れてきたのだ。わがままなレディにあれこれ言われても、ジュリアンヌは辛抱強く相手をした。

「わたしは間違っていなかったと思っているわ」ジュリアンヌは顔をしかめた。「訛りや家柄をばかにされるまでは言い返さなかったもの。でも、そこまで言われたら我慢できなくなったの」

ジュリアンヌの反撃はミス・エマーソンを激怒させたが、つきそっていたデアの目には愉快そうな色が浮かんでいた。そして翌日、彼はジュリアンヌを誘惑するためにひとりで店を訪れたのだ。

「すばらしい女性だと思ったよ」デアが熱を帯びた声でささやいた。「今もそう思っている。ここを抜けだして二階のベッドに行かないか？」

彼はジュリアンヌの耳もとに口を寄せ、ふたりきりになってやりたいことをかすれた声でささやいた。

ジュリアンヌの体が震えだす。デアの真の目的がわかったとはいえ、ゲームを続けるのは思ったよりも難しかった。彼とのあいだに今も情熱がくすぶっているのは否定できないからだ。

だが、動揺していることを知られてデアを満足させるのはいやだった。

ジュリアンヌは恥ずかしげな笑みを返し、彼の耳にささやいた。「どうか、二階に行って服を脱いで待っていて」

「あとから来てくれるね、ジュエル？」

「一緒に行く人たちを集めたらすぐ行くわ。あなたがわたしの言いなりになるところを見てもらいたいから」

ジュリアンヌの返事にデアが笑いだすと、大勢の人々がなにごとかとふたりのほうを振り返った。


デアがそのままで引きさがらないことを予想しておくべきだった。その晩、舞踏会が終わり、ジュリアンヌが寝支度を終えてベッドのなかに入ったとき、窓の外からバイオリンの音色が聞こえてきた。

急いで寝巻の上からガウンをはおって窓を開けた彼女は、眼下の光景に目をみはった。楽団の奏でる音が静かに流れるなか、さまざまな色のランタンが庭に幻想的な光を投げかけている。

窓の真下では、エリザベス朝の衣装を着たデアが、薔薇の花をくわえて立っていた。

ジュリアンヌの姿を見ると、彼は仰々しく薔薇をさしだして深くお辞儀をした。

「おお、ジュリエット」芝居がかった情熱的な声で言う。「わたしと一緒に来て、わたしの恋人となってくれ」

デアのばかげたふるまいに思わず笑いそうになったが、ジュリアンヌはなんとか傲慢な表情をつくった。「シェークスピアの名作を台なしにする思いあがった貴族には、軽蔑しか感じません。最大限の努力をしているんでしょうけれど、無駄だわ」

デアは底意地の悪さと愛想のよさが入りまじった笑みを浮かべた。「きみはまだ、おれの最大限の努力を見ていない。ここまでおりてきてくれ。もっと見せてやるから」

気づくと、ソランジュやほかの客たちも窓から身をのりだしてあっけにとられている。

「恐ろしく酔っているか、頭がどうかしてしまったとしか思えませんわ」ジュリアンヌは厳しい口調で言った。

「たぶん両方だ。きみがおれを酔わせ、正気を失わせた。きみは誘惑の化身だ……」デアは、ジュリアンヌの隣室のソランジュを見た。「助けてもらえませんか、マダム・ブロガール？残酷で美しいジュリエットは、おれが言い寄ってもなびこうとしない」

「侯爵」ソランジュがおもしろがるように言った。「あなたはずいぶんがんばっていらっしゃるわ。女は、薔薇と月の光とハンサムな騎士には勝てないものよ」

「それなのに、ミス・ローレンはいとも簡単におれを拒絶する」デアは胸の前で両手を組んだ。「おれの心は粉々だ」

ジュリアンヌはこたえた。「それなら、お医者さまを呼んで治していただいたらいかが？わたしは寝かせてもらいますわ」

決定的な一撃を浴びたかのようにデアがあとずさりすると、ソランジュが声をあげて笑った。

自分も笑いたいのをこらえ、ジュリアンヌは窓を閉めてベッドに戻った。だが、横になっても眠れそうになかった。

楽団はその後も三〇分以上演奏を続けた。ジュリアンヌは、窓辺に戻ってロミオもまだそこにいるのか確認したいのを我慢した。腹だちまぎれに枕に拳を打ちつけはしたものの、心のなかにいる貪欲で愚かなもうひとりの自分は、デアが演技ではなく本当に自分を崇拝してくれているのを願っていた。

翌日は、嵐のせいで外に出られなかった。退屈しのぎに素人芝居をしようと誰かが言いだしたが、デアが却下した。まともな芝居をするには残された日数が少ないし、客のなかには女優も何人かいる。彼女たちにとっては仕事をしている気分になって気の毒だというのが彼の言い分だった。

デアはさらに、ミス・ローレンは自分が敬愛する劇作家の作品を素人が台なしにするのは嫌いらしいからと、笑いながらつけ加えた。

結局、一同はパントマイムや謎解き遊び、詩の暗唱などに興じた。芝居を強要されなかったことに、ジュリアンヌはほっとした。もっとも、仕事をしていれば気がまぎれてデアを気にせずにすんだかもしれない。

幸い嵐はすぐに去り、翌朝には晴れて一同を監禁状態から解放した。その日の午後、客の大半は芝生の上で玉を鉄輪にくぐらせるペルメル球技をはじめたが、ジュリアンヌは庭園を散歩することにした。

整備された小道が立派な花壇と柘植《つげ》の生垣のあいだを通っている一方で、木々のあいだを縫って遠くの樺《かば》の林まで続く散歩道もあった。

散歩道を進むうちに、ジュリアンヌは柘植の茂みに隠れた薔薇園を見つけた。薔薇は剪定されておらず、見事なまでに自然のままだった。

その乱れ方が、かつてデアと密会していた小屋の薔薇園を思わせた。花の時期にはまだ早いが、甘いにおいが漂ってくるような気がする。片隅には石のベンチがあり、中央には抱きあっている恋人たちの大理石の像が立っていた。

ジュリアンヌはベンチに座り、太陽に顔を向けた。ふと、狂おしいほどの恋をしていた一九歳のころを思いだす。当時は、愚かにもデアの妻になることを夢見ていた。

はじめは、彼の妻はおろか、恋人になるつもりもなかった。悪名高い放蕩者とはかかわりたくなかった。デアにとって、自分は単なる気晴らしの対象でしかないとわかっていたからだ。デアの称号にも、彼の傲慢なところにもひるまなかったわたしを、落としがいのある相手だと思っているんだわ——そう考えた。

デアに、妻になってくれと頼まれるとは夢にも思っていなかった。普通なら、素行の悪い貴族と若い女店主が結婚するなどありえない。

ジュリアンヌはできるかぎりのことをしてデアに抵抗したが、彼の魅力と執拗さに次第に根負けし、最後には恋に落ちた。今になって考えてみれば、デアにねらいを定められた瞬間にそうなることは決まっていたのだろう。だが、彼の愛の告白を本物だと信じ、処女を捧げたのは、結婚を申しこまれたからだった。ジュリアンヌは結婚を承諾した。だが、彼女が抱いていたロマンティックな夢はあっという間に砕け散った。そして同時に、心も粉々になった。

デアの祖父が彼を勘当すると言っているのを知った瞬間、ジュリアンヌは結婚は無理だと悟った。自分のためにデアの将来を犠牲にしたくなかった。いつか、彼は自分の愚かな決断を悔やむようになるだろうと思ったのだ。

ジュリアンヌはつらい記憶に肩をすくめ、うなだれた。不意に、孤独感でいっぱいになった。

それでも、しばらくすると気持ちが落ち着いた。屋敷に帰らなければ。あそこに戻れば、過去に置いてくるべきだったつらい記憶に悩まされることもない。

だが、帰ろうと立ちあがったとき、薔薇園の入口で生垣に寄りかかってこちらを見つめているデアに気づいた。そのとたん喜びに心臓が跳ねあがったが、ジュリアンヌはなんとか静めた。

彼が薔薇の茂みを顎で示す。その表情は何を考えているのかわからなかった。「あの夏で薔薇が好きになった。だから、ここを手に入れたときに薔薇を植えたんだ」

デアが、ふたりで過ごしたあの夢のような時間の思い出を残したと思うと、胸が締めつけられた。遠くから誰かの歓声が聞こえ、ジュリアンヌはほっとしてそちらに注意を向けた。

「みんなのところに戻るわ」デアをちらりと見て言う。

「そんなにすぐに逃げるのか？」彼はゆっくりと言いながら、生垣から離れてジュリアンヌに近づいてきた。

「今ふたりきりでいても意味はないわ。あなたはリディンガムに見せつけたいんでしょうけれど、彼はここにいないもの」

「だが、ふたりともが姿を消しているのに気づいたら、嫉妬心を募らせるだろう。感情を刺激されれば、彼がうっかり手のうちを見せる可能性も高まる。しばらくここにいよう」

ジュリアンヌはしぶしぶうなずいたが、デアから離れた。彼を意識して全身が脈打っている気がする。

デアは、彼女がさっきまで座っていたベンチに腰をおろした。「ここにひとりでいたのには、何か理由があるのかい？　おれが用意した娯楽が気に入らないのか？」

ジュリアンヌは肩をすくめた。「休暇を楽しむことに慣れていないんだと思うわ。遊び以外に、することがないんだもの」

「それがパーティというものだよ。それに、きみは普段よく働いているから、その分休暇が必要だ」

「でも、わたしは仕事が好きなの」

「何がそんなに楽しいんだ？　架空の出来事を演じるには、きみはずいぶん現実的な気がするが」

真剣に尋ねられて虚をつかれたが、ジュリアンヌは正直に答えようと、唇をすぼめながら考えをめぐらせた。「役について深く掘りさげるのがおもしろいの。まったく違う人間を演じることで気分転換になるのよ」

デアは長いこと彼女を見つめていた。「別の人間のなかに逃げこむことが？」

「ええ」彼の洞察力に驚いた。別の人間のふりをすることで、しばし自分のなかの怯えから逃れられるのだ。

ジュリアンヌはそれ以上説明しなかった。デアの顔から真剣な表情が消え、一見穏やかな表情になる。「こんなところまで逃げてきたってことは、おれのもてなしが足りなかったということだな。それなら、きみのためにもっといい娯楽を考えよう」

彼は立ちあがって近づいてきた。

「あなたが考えているような娯楽には興味ないわ」ジュリアンヌは一歩さがりながらこたえた。

「この状況でおれが欲望を刺激されるのはしかたがないだろう」デアが愉快そうに言う。

「あなたは状況なんか関係なくいつだってそうじゃないの」

彼が残忍だが魅力的な笑みを浮かべて、さらに近づいてくる。ジュリアンヌは大理石の像のほうへあとずさった。彼との距離の近さが、全身の神経に火をつけそうで怖い。

「ジュエル、ここできみを裸にして抱くことしか考えられない」

「前にも言ったけれど、ほしいものをすべて手に入れることはできないわよ」

デアは欲望をあらわにして彼女を見つめた。「すべてじゃない。ぼくがほしいのはきみだけだ」

ジュリアンヌは足をとめた。背中は冷たい大理石にあたっているが、彼女をその場に釘づけにしたのは彼の熱い視線だった。

「おれをあわれんでくれないのか？　きみへの欲望が募って、つらくてたまらないんだ」

「デア……」彼の誘うような視線に、欲望がこみあげてきて体が震える。

だが、デアがさらに一歩前に出て唇を重ねようとすると、急いで顔をそむけた。彼のキスは危険すぎる。わたしを焦がし、息苦しくさせる。

デアがジュリアンヌの頰に唇を滑らせた。

「デア、やめて！」

「おれより、自分の欲望に抵抗しているんじゃないのか？」デアの指先が彼女のうなじをたどり、歯が喉をかすめた。意志に反して欲望が高まる。だが、ジュリアンヌは必死に抗った。

「もうあなたとは寝ないわ！」早くも息が切れている。

デアがかすれた声ですぐにこたえた。「きみは何もしなくていい。おれがするから。手と口だけできみを興奮させてあげるよ」彼の声はたまらなく官能的だった。「それで何回きみを高みに連れていけるか試してみたい」

話しながら、デアは少し離れてブリーチのボタンを外しはじめた。「自分がおれにしたことを見てみろ」じゅうぶんに高まった下腹部が解放され、ジュリアンヌは息をのんだ。「きみはおれをここまで燃えあがらせたんだ」

デアがジュリアンヌの手をとり、こわばりに導く。指先を通してデアの欲望を感じたが、彼女はあわてて手を引っこめた。「どうかしているわ。誰かが来るかもしれないのに」

「誰か来れば、生垣越しに見えるからきみが気づくだろう。おれはひざまずくから誰にも見られない」

生垣はかなり高い。誰かが来ても、見られるのはせいぜい肩から上ぐらいだろう。

ジュリアンヌがこたえる前に、デアは片膝を地面についた。「きみはおれをひざまずかせたいと言った。今だけ喜んでそうしよう」

デアの指がドレスの裾をつかんだ瞬間、彼がしようとしていることがわかった。

ふたりの目が合った。意志と意志の闘いだ。ジュリアンヌは自分が負けるような気がした。デアから離れたいが、彼の魅力にとらわれて身動きができない。脚のあいだのうずきのことしか考えられなかった。

デアがドレスの裾をゆっくりとまくりあげる。そしてジュリアンヌの脚をわずかに開かせ、腿の内側に火のように熱いキスをした。

「デア……」声がかすれた。

「静かに。楽しませてやると約束するよ」

抵抗できなかった。女性を愛することにかけて、そしてジュリアンヌを悦ばせることにかけて、デアは達人だ。評判どおりの巧みな指の動きが、彼女のなかで脈動する欲望を高めていく。

彼の唇が上へと移動し、舌が内腿のやわらかい肌を撫でる。ジュリアンヌはなすすべもなく、ただ震える息を吸うことしかできなかった。デアが腰までドレスをまくりあげ、下腹部をあらわにする。彼の熱い吐息に焦がされそうな気がして、ジュリアンヌは背後の大理石像につかまった。

彼女の秘所がすでに潤い、脈打っているのは、デアの目にも明らかだったらしい。「まだキスもしていないのに、もうこんなに潤っている」彼が満足げにささやいた。

それは本当だった。デアを見るだけでそうなってしまうのだ。

デアが腿のあいだにそっと指をさし入れて、脚をさらに開かせる。ジュリアンヌは彼のなすがままだった。

「これはきみへのお仕置きだ。おれと同じように燃えあがらせてやる」

ジュリアンヌはぼんやりと、開いている彼のブリーチを見おろした。デアの情熱の証が高くそそりたっている。

デアはそっと彼女の秘所に舌で触れ、縁を愛撫した。ジュリアンヌは大理石像のおかげでかろうじて立っていることができた。像にもたれ、頭を後ろにのけぞらせる。デアは、どこに触れればわたしを骨抜きにできるか、どこを探れば快感を与えられるか、知りつくしている。

彼にじらされ、ジュリアンヌは甘い声ですすり泣いた。デアが秘所に唇を押しあてる。そのとたん膝の力が抜け、崩れ落ちそうになったが、彼の手がヒップをつかんで支えてくれた。

息づかいが荒くなる。デアのキスはやさしくて貪欲で、魔法のようだった。デアが舌を深くさし入れると、ジュリアンヌは身をよじり、腰を彼に押しつけた。

これ以上耐えられない。でも続けてほしい。そんなジュリアンヌの欲求に応じるように、彼がさらにじらしながら彼女の快感を高めていく。

体が燃えあがり、今にも気を失ってしまいそうだ。絶頂がジュリアンヌの体を切り裂くと、デアは至福のときを長引かせた。やがて、彼女は目をかたく閉じて大理石像にぐったりと寄りかかった。

ジュリアンヌの興奮がおさまるのを待ってから、デアは最後にもう一度唇で愛撫し、ドレスをおろした。

まだ息がつけないまま、ジュリアンヌは視線を下に向けた。

彼が情熱のたぎる目でジュリアンヌを見あげる。その顔は赤くほてっていた。

「じゃあ、帰ろう」デアは男らしい笑みを浮かべて言った。


その後は、ジュリアンヌにとって神経の休まらない日々が続いた。デアがそばにいると、あの官能的な愛撫のこと以外考えられなかった。

体が反応してしまうのも怖いが、それよりも怖いのは心が乱されることだった。何年ものあいだ、ジュリアンヌの心は親密な触れあいを求めていた。そして今、かつてデアとのあいだに存在していた親密さをふたたびとり戻したくてたまらなかった。顔と体だけでなく、その奥にひそむわたしという人間の本質を見てくれた男性は、デアだけだ。わたしの気持ちを尊重し、女性として慈しみ、友人として大事にしてくれたのも彼だけだった。

だがデアは今、復讐の対象として、欲望を満たす相手として、そしてリディンガムを監視する道具としてしかわたしを見ていない。わたしの弱さにつけこんで、わたしの心をずたずたにするのではないか——そう思うと怖かった。

そんなジュリアンヌを、思ってもいなかった衝撃が襲ったのは、薔薇園で情熱的なひとときを過ごした翌日のことだった。その日、一同はブライトンの街まで出かけて、海兵隊のパレードと、摂政皇太子が建てたロイヤル・パビリオンを見学した。そしてその後、海を見おろす崖の上で遅い昼食をとった。

みんなで崖の小道を散歩していると、ジュリアンヌの隣にデアが来た。

「今日はずいぶんリディンガムと親しくしているようだな」彼が冷たい声で言った。「きみの媚の売り方は相当な見ものだった」

ジュリアンヌはいたずらっぽくデアを見た。昨日から、リディンガムだけにほぼすべての注意を傾けていた。理由はふたつある。ひとつは、リディンガムの歓心を買っていればデアの誘惑をかわすことができるからだ。もうひとつは、リディンガムに関して捜査に役だちそうなことを探りたかったからだった。反逆者の正体を暴くことができれば、デアはわたしを追うのをやめ、わたしの人生から永久に姿を消してくれるだろう。

「役を演じているだけよ。お芝居を続けると約束したでしょう？」

「そうだな」デアが皮肉っぽく言った。「少なくとも、リディンガムにおれが疑っていることを伝えずにいてくれて感謝しているよ」

ジュリアンヌは体をこわばらせた。「わたしがそんなことをすると、本当に思っていたの？」

「信用していいかどうかわからなかった。きみだって同じはずだ。だが、きみはうまい具合にリディンガムの欲望を刺激してくれている」

「まさか、嫉妬しているの？」彼女は甘い声で言い返した。

そのとたん、デアの目に暗い炎が燃えあがった。痛いところをつかれたのだろう。「嫉妬は男の原始的な本能だ。だが、仕事のためなら嫉妬を抑えられる。どんどんリディンガムを夢中にさせてくれ。きみの虜になれば、秘密を打ち明けるかもしれない」

「秘密があればだけれどね」

「それを探るにはきみが適任だ。リディンガムはきみの愛人になりたがっている。その願いをかなえてやるのは簡単だろう」

「彼を愛人にしろというの？」

「ふと思いついたんだ」

ジュリアンヌはよろめきそうになりながらデアを見あげた。「あなたのために体を売れというの？」

「いいじゃないか」彼は皮肉っぽく眉をつりあげたが、その目は真剣だった。「きみにとってはどうってことないだろう？　なんといっても、男を誘惑するのはお手のものだからな」

その言葉にショックを受けたが、ジュリアンヌはなんでもないふりをして無表情に彼を見つめた。「前にも言ったと思うけれど、誰とベッドをともにするかは自分で決めるわ。あなたにも、ほかの人にも決めさせるつもりはない」

デアの口もとに冷たい笑みが浮かんだ。「それなりの報酬は払うつもりだ。うまくたちまわれば金持ちになれるぞ」

ナイフで体を引き裂かれたような痛みを覚え、ジュリアンヌは歯を嚙みしめて息を吐いた。しばらくは口をきくこともできなかった。

だがやがて、演技力を最大限に発揮して大胆に微笑んだ。「じゃあ、リディンガムを愛人にすることを考えてみるわ。彼なら間違いなく思いやりのある愛人になってくれるでしょうし……ほかの人と違って」

デアの目がきらりと光った。そこに浮かんでいるのは痛み？　それとも怒りかしら？

彼の焼けつくような視線を無視して、ジュリアンヌは考えこむように言った。「でも、やっぱりやめたほうがいいわね。リディンガムを愛人にしたら、彼はわたしにあなたとの賭けをやめさせるでしょうから。あなたに負けるつもりはないわ」

そう言うと、デアを残して先を急いだ。なんとかして、自分が感じた痛みと怒りを隠したかった。しばらくはうまくいっていたが、ソランジュに追いついたときには、自分でも信じられないほど激しく震えていた。

友人の問いかけるような視線に首を振り、落ち着きをとり戻そうと努めた。持っている演技力を総動員しなければ、さっきのデアの提案に心の底まで傷ついたのを隠すことはできなかっただろう。

デアはわたしを尻の軽い女だと思っている。何よりつらいのは、それに反論できないことだった。

ジュリアンヌは骨の髄まで寒気を覚えた。

やっと夜になって寝室に逃げこめたときは、ほっとした。ベッドに伏せ、枕に顔をうずめて苦しい思いを吐きだす。

たしかに、男性に頼って生きていた時期もあった。スキャンダルのせいで生活がめちゃくちゃになり、生きるために芝居をはじめてからしばらくたったころ、母の病気が悪化した。治療を受けさせるためには、裕福な貴族の愛人になって収入を増やすしかなかった。

自分を奮いたたせてそのような生活を続けたのは、母に必要とされていたからだ。ジュリアンヌは、運命に翻弄されながらも笑って耐える世慣れた女優という役を演じることで、自分の心を守った。

母が亡くなってからは、ありがたいことに誰かの愛人になる必要はなくなった。それでも、将来に希望を持てない苦しみを、折りに触れて感じずにはいられなかった。

ジュリアンヌは熱い涙をこらえ、あおむけになって天井を見つめた。わたしは、多くの女性があたり前に手に入れているものを手にすることができないに違いない。夫、家、子ども。そして、愛。相手が誰であろうと、もう、デアに対するような情熱を感じることも、今なお彼に抱いているような欲望を覚えることもないだろう。

体よりもむしろ心を寄りそわせることに、わたしは飢えていた。それが、体の満足感以上の充実感を与えてくれるはずだった。

肉体的な愛だけでは孤独感は癒されないし、真実の愛への欲求も満たされない。

それ以来、二度と男性に頼るまいと誓った。女優の仕事でそれなりの収入を得ようと決心したのもそのためだ。お金があれば自立できる。自分でものごとを決めることもできる。

それなのに、デアは自分のために体を売ってくれたら報酬を払うと言った。思いだすとまた悲しみが襲ってきた。

ジュリアンヌは頰の涙を乱暴にふき、デアは自分勝手な放蕩者にすぎないのだと自分に言い聞かせた。ある意味、彼がひどい提案をしてくれたのはよかったとも言える。おかげで決意を新たにすることができた。

賭けには絶対に勝とう。

デアは自分が勝つと確信しているが、そうではないことを見せるつもりだ。

わたしは自分を守らなければならない。あらゆる手でデアを誘惑し、優位にたってみせる。彼が公衆の面前で愛を告白し、わたしに勝ちを譲るまで待とう。それから、彼の心をひと息に踏みつぶすのだ。

それでやっとつらいゲームは終わり、デアはわたしの人生から消える。そしてわたしは彼から解放される。それこそ、わたしが心から望んでいること。そうでしょう、ジュリアンヌ？

8

デアは、これまでにないほどのあせりを感じていた。パーティが終わり、三日前にロンドンに帰ってきたが、キャリバンの手がかりは見つからなかったし、ジュリアンヌとの賭けにも進展がなかった。

ゲームだろうとそうでなかろうと、とにかくジュリアンヌをベッドに誘いこみたかったが、彼女が自ら進んでベッドに来るようにしむけるのは無理だとわかった。その魅力を使ってリディンガムの秘密を探りだせなどと言ったのが、失敗だった。

そんなことを言うつもりはなかった。しかし男としての本能が働いて理性を失ってしまったのだ。ジュリアンヌに言われたとおり、嫉妬していた。あの日、崖の上でリディンガムが彼女を笑わせているのを見てはらわたが煮えくり返り、七年前の苦い思い出がよみがえったのだ。ジュリアンヌとアイヴァースが一緒にいるところにでくわし、ふたりが恋人同士だと知らされたときのことが。

そのせいで怒りにわれを忘れて彼女を非難し、金の話をした。たいていの女優なら喜びそうな話だが、ジュリアンヌは違った。彼女は愕然としたばかりか、腹をたてたようだった。

ジュリアンヌが断ったときは、心からほっとした。本当は、リディンガムであろうと誰であろうと、彼女に指一本触れさせたくなかった。自分の怒りのせいで彼女をライバルの腕のなかに送りこむことになったら、悔やんでも悔やみきれなかっただろう。

ジュリアンヌがリディンガムに捜査のことを明かさなかったことにも安堵した。だからといって彼女が無関係だと言いきれるわけではないが、反逆行為に加担している可能性は次第に低くなってきている。

リディンガムを誘惑したらどうかと提案したあと、ジュリアンヌの態度は明らかに変わった。ロンドンに帰ってきてからというもの、デアは劇場でも、マダム・ブロガールの集まりでも、大英博物館にエスコートした折りにも、人前でジュリアンヌをくどき続けた。だが、以前は彼女の瞳に垣間見られていた弱さややさしさは姿を消してしまった。今のジュリアンヌは高級娼婦のように冷淡で計算高かった。

パーティに出席した報酬としてデアが一〇〇〇ポンドの札束を渡すと、彼女は冷たい笑みをかすかに浮かべて胸もとにしまった。その笑みを見たとたん、彼は下腹部がこわばるのを感じた。

こんなふうにみだらで挑発するような態度をとるジュリアンヌははじめてだった。彼女はデアによそよそしくしながらも、媚を売ったり容赦なくからかったりした。

しかしそれでよりいっそう興奮をかきたてられた。

すべて自分が悪いのだ。それはわかっている。ジュリアンヌは遊び人連中のあいだで話題になっていた。デアが追いかけていることがその理由のひとつだった。デアは、取り巻きをかき分けて彼女と話すことすらままならなくなった。

そんな調子だったので、一緒にハイド・パークに出かけることをジュリアンヌが承知したときには、大きな勝利をおさめたような気がした。

デアは、モンタギュー街の下宿までジュリアンヌを迎えに行った。二〇分近く待たせてから、ようやく彼女は姿を現した。おそらくこれも、おれを挑発するためにわざとしているのだろう。

若々しく美しいジュリアンヌを見たとたん、脈が速くなった。四月の空気はまだ冷たく、空は雲に覆われているが、彼女が着ているのは、春を思わせる淡い黄色のモスリンのドレスとグリーンのベストだった。

「ミス・ローレン、きみの美しさに息がとまりそうだ」ジュリアンヌの手をとって二頭立て二輪馬車に乗せながら、デアは言った。

彼女がうっとりするような笑みを見せる。「そうさせるつもりだったのよ、閣下」

「おれたちは、そんな堅苦しい呼び方をする仲じゃなかったと思うが？　デアでいい」

「そんなに親しい仲だとは思っていなかったわ」かすかに嘲るような口調でジュリアンヌがこたえた。

だがその言葉とは裏腹に、彼女の視線はデアの胸から下へと移動し、下腹部にしばらくとどまった。まるで手で触れられているような気がする。ジュリアンヌの視線ひとつで全身が熱くなり、こわばった。

こんなふうに挑発的な態度をとる彼女のことが、おれは好きなのだろうか？　デアはジュリアンヌの隣に座りながら自問した。気にくわないのは、こちらが守りの姿勢をとらなければならないことだけではない。彼女のとってつけたような愛想のよさに腹がたつのだ。彼女は怒っている――それは、はっきりとわかった。そして、その怒りは簡単には静められないことも。

そんなデアの推察は正しかった。彼を降伏させてみせる――ジュリアンヌは今まで以上にその決意をかたくしていた。だが、自信があるわけではなかった。馬車に乗るときに手袋越しに触れたデアの手の感触に、今も指がうずいている。デアが隣に座ると、彼のかたい腿の感触が服を通して伝わってきた。

それだけではない。デアが手綱を握ろうとした拍子に腕がジュリアンヌの胸をかすめると、胸の頂がつんととがった。彼の瞳が光るのを見て、わざとだったのがわかった。

だが、デアに勝たせるつもりはない。彼の腕に身をまかせるような愚かな女にはなりたくなかった。馬車が走りはじめると、ジュリアンヌは仕返しに、体を支えるふりをして、手袋をはめた手をデアの腿に置いた。

彼が歯をくいしばるのを見て笑いたくなったが、なんとかこらえた。

「今すぐその手をどけないと、きみの寝室まで連れて帰って夜まで放さないぞ」

ジュリアンヌは手をどけつつも、眉をつりあげて言った。「あなたにはもうキスすらさせるつもりがないのに、そんな野蛮な行為を許すわけがないでしょう」

デアが愉快そうに彼女を見る。「申し訳ないが、おれは間違いなくまたきみを抱くことになると思っている。そのとき、きみは喜ぶどころか自分から抱いてくれとせがんでくるだろう」

彼の傲慢な言い方に、ジュリアンヌは鼻柱を折ってやりたくなった。「わたしの愛人になるのがどんなに危険か、知っているでしょう？　本当にわたしに恋をしてしまったら、どうするつもりなの？」

デアは何も言い返さなかった。ただ顔をしかめて、馬車を進めることに専念した。

ハイド・パークに着いたのは、まだ昼を過ぎたばかりのころだった。ジュリアンヌは夜の舞台があるので、それより遅い時間では間に合わないのだ。だが、ロットン・ロウはすでに、さまざまな種類の馬や馬車でこみあっていた。そして、誰もがジュリアンヌとデアに注目した。

まるでロンドンじゅうがふたりの求愛ダンスを見守っているかのようだ。

「驚いたわ」彼女は怒りを押し殺し、顔に笑みを張りつけて言った。「あなたのばかげた賭けのせいで、わたしたちの仲がこれほど脚光を浴びるなんて。まったくどうかしているわ」

「みんな見世物が好きなんだ」デアがこたえた。「しかも、美しい女優と悪名高い放蕩者というのは似合いの組みあわせだ。もっとも、今のところほとんどの人がおれの勝ちを見こんでいるようだがな」

にすんだ。

そのとき崇拝者のひとりが声をかけてきたおかげで、ジュリアンヌはデアに言葉を返さずにすんだ。

ふたりに挨拶をする者があとを絶たなかったため、馬車はかたつむりのようにゆっくり進んだ。しばらくすると、馬車を御しているリディンガムに会った。デアが小さく悪態をつく。

子爵のほうも、ふたりが一緒にいるのが気に入らないらしい。馬車をとめて挨拶をし終えると、リディンガムはデアを無視してジュリアンヌに話しかけた。「明日、ご一緒できませんか、ミス・ローレン？　新しい馬を手に入れたんです」子爵は一対の鹿毛の馬を示して言った。二頭とも若く、早く先に進みたくていらだっているようだ。

「とてもきれいな馬ですね」ジュリアンヌは心から言った。

「手がかかりますが、驚くほど速く走りますよ」

「その馬を試してみないか？」デアが割って入った。

「試す？　どういうことだ？」

「きみの馬とおれの葦毛を競わせるんだ」

「競走させるというのか？」

「ああ」

「ウォルヴァートン、きみは知らないかもしれないが、ぼくは〈四頭立て馬車クラブ《フォア・イン・ハンド》〉の会員だぞ」

〈フォア・イン・ハンド・クラブ〉とは馬車の扱いに自信を持つ人々の集まりで、その腕前を披露するために定期的にレースを開催している。

「知っているさ」デアが冷ややかに言った。「きみがすばらしい腕をしていることも。だが、おれも負けてはいない。おもしろくするために、それぞれレディをひとり選んで乗せてはどうだろう？　おれはミス・ローレンにするつもりだから、きみはミス・アプコットに頼むといい。彼女なら承知するだろう」

ファニー・アプコットというのは、先日のパーティに招かれていた女優だ。

「きみがよければ、ハムステッド・ヒースをゴールにしよう」デアは続けた。「スタートは、プリムローズ・ヒルの宿だ。ハムステッド・ヒースの〈青い猪亭〉までの距離は……八キロほどだろうか？　勝者は〈青い猪亭〉で食事をおごる。どうだ、リディンガム？」子爵がためらっていると、デアは微笑みながら言った。「まさか、断るほどおれを恐れているわけではないだろう？」

「もちろんだ」リディンガムがいらだたしげに言った。「いいだろう。雨でなければ、明朝一〇時にプリムローズ・ヒルで会おう」

「自分でミス・アプコットに話すか？　それとも、おれが口ぞえしようか？」

「ぼくが話す」リディンガムは噛みつくように言ってからジュリアンヌに注意を戻した。

「今晩の『ハムレット』でのオフィーリア役を楽しみにしていますよ、ミス・ローレン」

ジュリアンヌが返事をするかしないかのうちに、デアはいとまを告げて馬車を走らせた。

その顔は満足げだった。

「いったいどういうつもりなの？　馬車レースでリディンガムに挑むなんて」子爵からじゅうぶん離れると、ジュリアンヌは困惑ぎみに尋ねた。

「少し揺さぶりをかけようと思ったんだ」デアはそっけなく答えた。

「わたしがあなたの馬車に乗ると勝手に決めつけているみたいだけれど、あなたの言いなりになると思ったら大間違いよ」

「きみのことを勝手に決めたりしない。約束する」

「決めているようにしか見えないわよ。断れないようにどんどん話を進めたじゃないの。やり方が卑怯だわ」

彼は何くわぬ顔でジュリアンヌを見つめた。「そんなに顔をしかめてばかりしていると、眉間にしわが寄るぞ」

「デア！」

本気で怒っている彼女を見て、デアはまじめな顔になり、馬車をとめて向きあった。「悪かった、ジュエル。ふざけてしまったが、本気なんだ。リディンガムの件でどうしてもきみの手を借りたい。頼むから、明日のレースでぼくの馬車に乗ってくれ」

彼の謝罪にいくらか怒りが静まり、ジュリアンヌは眉をつりあげて言った。「どうしても？」

「どうしても」

「わかったわ。あなたに協力する。でも次からは、あなたのくだらないゲームに巻きこむときは、わたしにきいてからにして」

「ありがとう」デアは手綱を片手にまとめて持ち、ジュリアンヌの手をとってキスをした。

そのけだるげな目を見ると、彼に対する欲望がこみあげてきて体の力が抜けそうになる。

ジュリアンヌは動転して手を引っこめた。「そうやってわたしの機嫌をとろうというの？」

デアの顔に、一瞬みだらな笑みが浮かんだ。「もちろんだ。機嫌をとったほうが話が早いからな」

ジュリアンヌは空をあおいで一〇数えてから言った。「それなら、なぜリディンガムにも同じ方法を使わないの？　わたしには、あなたがわざと彼を怒らせようとしているとしか思えないわ」

「言っただろう？　揺さぶりをかけてぼろを出すのを待つ作戦だって」デアはふたたび馬車を動かした。「実のところ、容疑者が少ないのでやり方を変えようと思っている。挑発するんだ」

「どういうこと？」

「売国奴を捜していると公言するのさ」

ジュリアンヌは眉をひそめた。「危険じゃないの？　キャリバンがあなたの言うように冷酷な男なら、標的にされてしまうかもしれないわ」

「やつを引きずりだせるなら、やってみる価値はある」ジュリアンヌが黙ったままでいると、デアは彼女をちらりと見た。「おれのことを心配してくれているのか？」

心配でたまらないが、それを認める気はなかった。「そんなのあたり前でしょう？」ジュリアンヌは軽い口調で答えた。「あなたに何かあったら、わたしは賭けに勝てなくなってしまうもの」

意外なことに、デアが真顔になった。「実は、もっと深刻なことが起きているんだ。三週間前、若い女性の溺死体が見つかった。レディ・カースルレーのコンパニオンで……」

アリス・ワトソンの死のこと、彼女がカースルレーの手紙を手に入れるためにたぶらかされ、その後殺されたと信じるに足る理由を、ジュリアンヌは驚きと困惑を覚えながら聞いた。

デアの顔を探るように見ながら言う。「本当に、リディンガムが無実の娘を殺すような恐ろしい人だと思うの？」

「わからない。彼がアリス・ワトソンを知っていたかどうか、そして彼女を誘惑する機会があったかどうかを探りだせば、何かわかるかもしれない。彼女が殺された三月七日にリディンガムがどこにいたか知るためなら五〇〇ポンド払うんだが。それがわかれば、彼が関与していることが……あるいはしていないことが、証明できる」

「わたしに何かできることはある？　リディンガムにそれとなくきいてみることはできると思うけれど」

「だめだ」デアは短く言った。「おれがやる」

ジュリアンヌは彼を見つめた。「ほんの数日前には、リディンガムを愛人にして秘密を探りだせと言ったじゃないの」

「あのときは嫉妬に狂ってつまらないことを言ってしまった」

「そうだったの？　それで、今は？」

デアはためらいがちに微笑んだ。「きみを独占したいという気持ちは変わらない。だが、今きみの協力を断ったのは嫉妬だけが理由じゃないんだ。もしリディンガムが反逆者だとしたら、きみを近づけたくない。明日はあたたかい服を着てきてくれ。猛スピードで走らせるから、風も強くなる」

ジュリアンヌはため息をついた。「何時に準備をしておけばいい？」

「九時半に迎えに行く。時間を節約するために、今晩から泊まらせてくれるというなら話は別だが」

「しつこいわよ。あきらめる気はないの？」

「ないね」デアは微笑みながら言い返した。

そのあとは言い争いもなく過ぎていった。本当は、もっとしたいことがあったが。

彼女の指にキスをした。デアはジュリアンヌを下宿まで送っていくと、だが、明らかにジュリアンヌはそうではないようだ。彼女の下宿から馬車を走らせながら、デアは思った。おれの魅力がここまで通用しなかったのははじめてだ。

ああ、ジュリアンヌと一緒にベッドに入り、体をからませたい。彼女とふたたび愛を交わす場面が繰り返し脳裏に浮かぶ。

だが、今の膠着状態にもひとつだけ利点がある。ジュリアンヌに裏切られて以来、心は麻痺したかのように何も感じなかった。それが、今は意欲に満ち、生きていると実感できる。毎朝、一日への期待とともに目覚め、次に彼女に会えるまでの時間を数え……。

デアは悪態をついた。本人の言うとおり、ジュリアンヌは危険だ。おれはすっかり彼女に夢中になっている。

次第に強くなっているジュリアンヌへの思いを抑えなければならない。この激しい欲望をほかの方法で満たせることを自分に証明しなければ。

今こんなことを考えてしまうのは欲求不満だからだろう。禁欲生活には慣れていないし、性に合わない。同じように性に合わないのが、いつもジュリアンヌにまつわりついている崇拝者たちをかき分けることだった。

欲求不満のせいで、無鉄砲なこと——たとえばジュリアンヌに流し目を送った男の首を絞めるようなことをしてしまうのではないかと怖かった。

今日、リディンガムが彼女の豊かな胸を見つめているのに気づいたときは、まさに首を絞めたくなった。馬車から引きずりおろして殴ってやりたかった……。

だが何よりも腹がたったのは、ジュリアンヌがリディンガムに好意を寄せていることだった。それにひきかえ、おれは彼女の怒りをかきたててさらに防御をかたくさせてしまう。

抜け目ない反逆者であろうとなかろうと、リディンガムはおれを警戒したほうがいい。ベッドで寝返りを打ちながら、デアは思った。

くれた。

　翌朝は、早春らしい気持ちのいい天気だった。ジュリアンヌは不安を抱きながらも、ロンドンの北にあるプリムローズ・ヒルまでの短い旅を楽しんだ。デアに言われたとおり、グリーンのベルベットのあたたかい乗馬服を着てきたが、彼はさらに、馬車用の膝かけもかけてくれた。

　デアの馬車が人でこみあった宿の中庭に着くと、すでにリディンガムがミス・アプコットと並んで待っていた。ミス・アプコットは、まっ赤なドレスに、レースがはじまったら風に飛ばされそうなボンネットという姿だった。

　予想どおり、大勢の見物人が集まっていた。紳士淑女が乗った馬車が数台あるほか、馬にまたがった物好きが十数人いる。さかんに賭けが行われており、そのほとんどがデアに賭けていた。

「おれたちも賭けをしようか？」デアはリディンガムの馬車に並びながら彼に言った。「一〇〇〇ポンドでどうだ？」

「その倍だ」子爵は不機嫌な口調で言った。「二〇〇〇ポンドにしよう」

　金額の大きさにミス・アプコットが息をのむ。ジュリアンヌも、裕福な貴族たちが提示した金額にあきれて頭を振った。

「いいだろう」デアがあっさりこたえた。「先に〈青い猪亭〉に着いたほうの勝ちだ」

　じきに見物人たちは賭けを終え、その場を離れてゴール地点に向かった。デアは、宿の主人にあたためたりんご酒を注文し、いらだちを募らせるリディンガムを尻目にジュリアンヌとりんご酒を飲んだ。

ふたりがマグカップを主人に返すやいなや、リディンガムの馬車が傾き、子爵が手綱をつかんだ。早く走りたくてうずうずしている馬を抑えるのに苦労しているようだ。デアは、先に中庭を出るようにと、礼儀正しく子爵に合図した。

二台の馬車は、リディンガムが先になって道路に出た。

「用意はいいかい？」デアは馬を自然な速度で走らせながらジュリアンヌに尋ねた。

「ええ」

ジュリアンヌは、デアが馬に集中できるよう口をつぐんでいた。デアの腕前は見事だった。リディンガムに負けない速さで馬車を走らせている。

デアは目の前の道に集中していたが、ジュリアンヌは周囲の景色を眺めることができた。広大なヒースの荒野に、砂の丘、ひっそりとした谷。緑の景色が流れるように目に飛びこんでくる。顔に風を受け、ジュリアンヌはミス・アプコットのようなつば広のボンネットではなく小さな筒型帽をかぶってきてよかったと思った。前方では、ミス・アプコットが片手でボンネットを押さえ、もう一方の手で馬車の手すりにしがみついている。

やがて馬車はハムステッド・ヒースに入った。ハリエニシダと草が一面に広がり、あちこちに木立が見られる。デアは少し前かがみになって、道路とリディンガムだけを見すえながら馬を走らせた。

ジュリアンヌは高揚感を覚えていた。カーブや、道に空いた穴、競走しようと近づいてくる無関係な馬車など、レースにつきものの危険はあった。それでも、デアの手が馬を巧みに操っているのを見ると、彼に全幅の信頼を寄せることができた。

前を行くリディンガムもその腕前を存分に発揮していた。どちらの馬車の馬も、今の速度をずっと保つことができるのかは疑問だが、今のところは力強く走っており、疲れた様子は見られない。そして、デアの葦毛の馬は少しずつリディンガムとの距離を縮めていた。

このあたりは道幅が狭く、両側に溝が掘ってあるため、二台が並んで走るのはほぼ不可能だ。だがデアがにやりと笑いかけたとき、ジュリアンヌは彼がリディンガムの横を通り抜けるつもりであるのを悟った。彼は楽しんでいるんだわ。

「つかまってるんだ」デアが風と蹄の音に負けないよう声を張りあげる。

ジュリアンヌは小さな声で祈りながら、彼に言われたとおりにした。

だが、リディンガムが道のまんなかに出て、デアの行く手をさえぎった。ジュリアンヌは首をすくめて、鹿毛の馬の蹄から飛んでくる泥を避けた。

デアはここで抜かすのをあきらめ、目の前に急なカーブが現れるまで待った。カーブにさしかかり、リディンガムの馬車が大まわりをすると、慣れた様子でカーブの内側を走る。そして両手をおろし、さらに速度をあげるよう馬に合図した。葦毛の馬は大股で地面を蹴りながら進んだ。

リディンガムの馬車に並ぼうとした瞬間、車輪が轍《わだち》にはまった。馬車は大きく傾き、ジュリアンヌは息をのんで必死で座席につかまった。葦毛の馬は怒り狂ったが、デアは馬をなだ

なった。

めて落ち着かせた。

デアが命じると、馬はゆっくりと進みはじめ、やがてふたたびリディンガムの馬と互角に
次の瞬間、馬車の車輪同士がこすれる金属音がした。その拍子に二台とも大きく揺れ、ジュリアンヌはデアにぶつかった。

デアが小さな声でののしる。しばらくして同じことがもう一度起きたとき、ジュリアンヌはリディンガムがわざとデアの馬車を道から弾きだそうとしているのだと悟った。

正気の沙汰とは思えない危険な行為だった。三度目にぶつかったときは、四人とも馬車から振り落とされそうになった。ミス・アプコットが悲鳴をあげてリディンガムにしがみつき、デアは大声で悪態をついた。

ジュリアンヌがとり乱してデアを見ると、彼は唇をかたく結んでいた。また横をすり抜けようとしているんだわ。そう思ったとき、馬車はふたたびカーブを曲がった。前方に突然、こちらに向かってくる農作業用馬車が現れる。

驚いたことに、デアは手綱を引いて速度をゆるめた。

「何をしているの？」ジュリアンヌは息を切らしながら尋ねた。

「いくら勝ちたいからといって、きみの命を危険にさらす気はない。それに、馬もけがをさせたくないしね」

リディンガムとの単純な勝負だったら、デアは楽勝していただろう。それなのに、デアは

安全を優先させた。たとえレースに負けることになったとしても、ジュリアンヌは彼のその判断がうれしかった。

だが、デアはまだ負ける気はないようだ。

「しっかりつかまっててくれ」彼はそう言うと、馬車を道路から狭い側道に向けた。

リディンガムを振り返ると、あっけにとられた顔をしている。デアが野原をつっきろうとしているのだと気づくと、ジュリアンヌの動揺もおさまった。

速度は落ちたものの、振動は激しかった。でこぼこの地面を走るうちに車軸が壊れたり引き綱が切れたりするのではないかと思うと、気が気でなかった。ジュリアンヌは縦揺れする座席にしっかりつかまった。デアのとった作戦のおかげで、リディンガムより一分先にゴールに着いた。酒場の中庭に集まった大勢の見物人が、歓声と喝采で迎える。

デアは馬をとめ、酒場の馬丁が走ってくるのを待ってからジュリアンヌを抱きしめた。

「大丈夫か？」彼女が答える前に、唇を重ねて激しくキスをする。

ジュリアンヌは一瞬、動けなくなった。全身が熱くなる。

「あのやろう」デアがわずかに離れて言った。「あいつはもう少しできみを殺すところだった」

彼の目には激しい感情がたぎっていた。あれはなんだろう？　危険を脱した安堵感、レースに勝った高揚感、あるいはキスの満足感？　おそらく、そのすべてなのだろう。

見物人の歓声にこたえるように、デアがさらに抱きしめてふたたび唇を押しあてる。ジュリアンヌは抵抗しようとしたが、彼の舌が深く入りこんでくると、息ができなくなった。唇が勝手に開き、デアの情熱に降伏した。

キスがまだ続いているところへ、リディンガムの馬車が中庭に入ってきた。ジュリアンヌははっとわれに返り、デアの腕から逃れた。

デアの目には勝ち誇ったような表情が浮かんでいる。彼が見物人の前で勝利のキスをしたのは、わたしとの賭けにも勝ったのだとほのめかすためだろうか？　そしてリディンガムを嘲るため？　考えはじめるときりがない。だが、デアがリディンガムに向けたぎらぎらした目を見ると、子爵の身を案じずにはいられなかった。

リディンガムも怒り心頭に発しているようだが、レースで負けたせいなのか、キスのせいなのかはわからない。一方のミス・アプコットはまっ青な顔で小刻みに身を震わせながら、誰の手も借りずに馬車からおりた。

リディンガムはミス・アプコットには目もくれず、デアをにらんだ。「ウォルヴァートン、きみは汚い手を使って勝った。道を外れるのは不正行為だ」

ジュリアンヌの隣でデアが動きをとめた。「賭けは、先に酒場に着いたほうが勝ちということになっていたはずだ。汚い手と言うなら、おれたちを道から弾きだそうとしたのはどういうわけだ？　あのとんでもない行為のせいで、おれたちは死んでいたかもしれないんだぞ」

リディンガムの顔がさらに赤くなる。「後悔することになるぞ、ウォルヴァートン」彼は歯のあいだから声をしぼりだすようにして言った。自分の無分別な行動のせいでレースに負け、二〇〇〇ポンドを失ったことを認めたくないのだろう。

子爵は不意に馬に鞭を入れ、走り去っていった。

ライバルの剣幕に、デアの怒りはいくらか静まったようだ。「おれたちは、帰る前に食事を楽しむことにしよう」乾いた声で言った。

そして、リディンガムに置き去りにされたミス・アプコットを見やった。「大丈夫かい、ミス・アプコット？」

彼女は手で口を覆って首を振った。「吐きそう……」そう言うと、酒場に走っていった。

デアは馬車からおりた。そして、馬車の上のジュリアンヌに手をさしのべたが、彼女は怒りをあらわにして身を引いた。

「あなたのやり方は最低よ」早口でささやく。「リディンガムのプライドを傷つけたら、彼から秘密をききだすことができなくなるとは考えなかったの？」

デアは驚きに目を細めた。「プライドを傷つけた？」

「そうよ。子どもみたいに賞金目当てに戦ったりして。もっとうまく彼と渡りあう方法だってあったはずよ」

「そんなことは――」

「よけいなことは言わなくていいから、ミス・アプコットに謝りに行ってちょうだい」

ジュリアンヌはそう言うと、手綱を握り、馬丁にさがるよう命じた。そして、葦毛の馬を速歩《はやあし》で走らせた。

中庭を出るとき、デアが呆然としてこちらを見つめているのがわかった。彼が後ろから何か叫ぶと、ジュリアンヌは思わず笑みをこぼした。われを忘れてデアのキスに屈したあとだけに、まだ負けていないことを見物人に見せつけたかった。

馬車を奪ってデアを酒場に置き去りにするのは、彼が普段していることに比べれば、そうひどいことではない。デアはなんとかして馬車を調達し、気の毒なミス・アプコットをロンドンまで連れ帰るだろう。それに、誰かがリディンガムを追って彼の怒りを静めなければならない。この機会を利用して、殺されたコンパニオンについて子爵が何か知っているか探ってみよう。

デアはじらしておいたほうがいい。そろそろ思い知らせなければならない。

あなたは多くの敵に勝つかもしれないけれど、わたしには勝てない、と。

9

その日の午後、ジュリアンヌがキャヴェンディッシュ・スクエアにあるデアの家に馬車を返しに行くと、執事は非難の目で彼女を見てから主人を呼びに行った。

デアはすぐに現れた。足早に玄関の階段をおりる彼から、怒りが伝わってくる。

デアが馬の脚と背中を撫でて異常がないかどうか確かめるのを、ジュリアンヌは見守った。

「けがなんかさせてないわよ。わたしたちの共通の知りあいと〈プリムローズ・イン〉で食事をするあいだは、馬具を外して手入れをしてもらったし」

デアは鋭い目で彼女を見ながら、馬を厩舎に連れていくよう召使いに命じた。それから、ジュリアンヌの腕をつかんだ。

「シェリー酒を一杯どうだい、ミス・ローレン？　そのあと、きみを馬車で送らせよう」そのなめらかな口調には、いやとは言わせない雰囲気があった。

「ええ、ぜひ、閣下」彼女はひそかに笑いながら答えた。

彼の屋敷はとても豪華だった。彫像やタペストリーで飾られた広い廊下をゆっくり見る間もなく、ジュリアンヌは大きな広間に通された。

「おれの馬を盗んだのにはわけがあるんだろうな」ドアを閉めるやいなや、デアが言った。

「あなたが無事帰ってこられてほっとしたわ」

デアの顎がこわばるのが見えたが、怒りを爆発させてはジュリアンヌの思うつぼだと考え直したのだろう。彼はあいまいな笑みを浮かべた。「いずれわけを話してくれると思っているよ、ジュエル」

「シェリー酒をいただける約束じゃなかった？　喉が渇いちゃって。諜報活動ってなかなか大変な仕事ね」

ジュリアンヌのもってまわった言い方にデアは目を細めたが、サイドボードまで歩いてシェリーを注いだ。グラスを受けとると、ジュリアンヌはまたキスをされるのを警戒して彼から離れ、ブロケード張りのソファに座った。

「リディンガムから秘密をききだそうとしていたの」

デアの瞳に熱い感情が渦巻く。だが彼は、火の入っていない暖炉の前に立ち、自制心を働かせようとするかのように後ろで手を組んだ。

「ありがたいことに、ベッドに誘いこむ必要はなかったわ」彼女は愛想よく続けた。

「リディンガムが本当に殺人犯だったら危険だとは考えなかったのか？」

「わたしには、あの人が殺人犯だとは思えないの。そうじゃないことを証明できそうよ。少なくとも、アリス・ワトソンの件に関しては」

デアの表情は読めなかった。「続けてくれ」

「リディンガムを追いかけたのは、彼をなだめてあなたへの敵意を軽くしたかったからなの。でも、一緒に食事をすれば、いろいろときだすいい機会になると、途中で思い直したわ。彼は、当然だけれどあなたにひどく腹をたてていた。わたしは彼に共感するふりをしたの」

「なんのために？」

「アリス・ワトソンが殺されたときに彼がどこにいたかきくために」

デアは眉をつりあげたが、何も言わなかった。

「実は、ちょうどそのころリディンガムが劇場に来なかった日があって、あとから何度も謝られたのを思いだしたの。だから今日、その日どこへ行ったのかきいてみたのよ。どうやら彼にはアリバイがあるみたい。その週末は、お母さまのレディ・スモールコムが所有するリッチモンドの領地にいたんですって」

「母親をアリバイに使っているのか？」

疑わしげなデアに、ジュリアンヌは皮肉っぽく微笑んだ。「ええ。最初の予定では、お母さまと一緒に土曜の午後のガーデン・パーティに出るだけのつもりだったらしいの。ところが、着いたらレディ・スモールコムの小型犬が猫に怯えてしまって、お母さまは犬が落ち着くまでリッチモンドを動かないと決めたんですって。結局、お医者さまを呼んで睡眠薬まで処方してもらったらしいわ。そういうわけで、リディンガムとレディ・スモールコムはふた晩リッチモンドに滞在して、ロンドンに帰ってきたのは月曜の夜だったの」

「アリス・ワトソンが姿を消したのは日曜の夜だった」デアはつぶやいた。「遺体が見つかったのは翌日の早朝だ」

「リディンガムが殺したとは考えにくいんじゃないかしら？　彼の話はあまりに突拍子もなくて、逆に本当らしく聞こえるわ。キャリバンみたいな賢い男が嘘をつくなら、もう少しましな嘘にするはずだもの。リディンガムがその週末リッチモンドにいたかどうかはすぐに調べがつくでしょう？　レディ・スモールコムか、リッチモンドの医者にきけばいいわ」

「そうしよう。アリス・ワトソンのことはきいてみたか？」

「しつこくきいて疑われるのもいやだったから、レディ・カースルレーのコンパニオンが亡くなったのはとてもショックだったと言ったの。ロンドンが女性にとって安全な街ではないのが怖いって。リディンガムは、ミス・ワトソンのことはあまりよく知らなくて、亡くなったことも最近レディ・カースルレーから聞いたばかりだと言っていたわ」

「それを信じたのか？」

「あれがお芝居なら、エドマンド・キーンのいいライバルになれるわね。嘘をついている様子はまったく見られなかったわ。演技に関してはわたしも素人じゃないのよ」

デアはしばらくジュリアンヌの目を見つめていた。それから彼女に背中を向けて片足を炉格子にかけ、顔をしかめて暖炉を見おろした。「リディンガムがキャリバンじゃないとしたら、おれはずっと見当違いの相手を追っていたことになる」

デアの声が沈んでいるので、ジュリアンヌは慰めたくなった。「サー・スティーヴン・オームスビーとミスター・ペリンはどうかしら？　あのふたりのどちらかが、カードゲームで負けてリディンガムに指輪を渡したのかもしれないとあなたは言っていたわよね？　問題の週末はふたりともロンドンにいたはずよ。リディンガムは、土曜の晩に彼らと約束があったのをキャンセルしなければならなかったんですもの」

「リディンガムがそう言ったのか？」

「ええ。お母さまのせいで週末の予定が台なしになったと愚痴っていたわ。ふたりのうちのどちらかがアリス・ワトソンと知りあいだったという可能性はないかしら？　サー・スティーヴンなら、悪事のために無実の女性を誘惑するぐらいしそうだわ。彼らとミス・ワトソンは知りあいだったかどうか、レディ・カースルレーにきけばいいんじゃない？」

「すぐにきいてみよう。リディンガムにも、ふたりが彼女を知っていたかきいてみる」

「どうやって？」

デアはため息をついた。「気が進まないが、リディンガムの機嫌をとるしかないな」

「彼の傷ついたプライドを癒して、わたしをめぐる闘いで優位にたっていると思わせてね」

デアが顔をあげてジュリアンヌを見つめた。「それより、彼が興味を持ちそうな女性をほかに探す」

彼の目には不穏な輝きが宿っている。

「ミス・アプコットはだめよ。今は彼に対して不満だらけでしょうから」

「いや、もっといい考えがある」デアがに言った。「おれの知っている会員制クラブに招待するんだ」

「いかがわしいクラブのことね」彼はこたえなかった。「ヘルファイア・リーグの噂は聞いたことがあるわ。正直に言うと、わたしも行ってみたい。どんなことが行われているのか興味があるの」

デアは暖炉から離れてジュリアンヌに近づいた。「招待してくれと言ってるのか、ジュエル？」

「連れていってくれる？」

「冗談じゃない。個人的にきみにいろいろと教えるのは大歓迎だが、ヘルファイア・リーグのばか騒ぎに巻きこむのはまっぴらだ」

「また嫉妬しているみたいね」彼女は軽い調子で言った。

「これはしまった。とにかく、リディンガムとは一対一で会ったほうがいいだろう。きみがいるとややこしくなる。おれもリディンガムも気が散るからな。次はうまくやるよ」

ジュリアンヌは彼をじっと見つめた。「ただの遊び人だった昔のあなたとは変わったみたいね。あなたがなぜキャリバンの捜索に向いているのか、わかる気がするわ。あなたみたいに自由に社交界のなかを動きまわれる人は少ないもの。でも、これほど真剣に任務にとりくんでいるのは意外だわ」

言いながら、本当にそうだと思った。デアが、かつてのような放蕩者ではなくなったと思うと、身が引きしまる気がする。七年前よりも、彼ははるかに落ち着きを増した。とはいえ、人間は持って生まれた性質を変えることはできないものだ。近づいてくるデアを見ながら、ジュリアンヌは考えをめぐらせた。

彼は真剣な目でこちらを見つめている。デアの視線が唇の輪郭をなぞると、まるで愛撫されているようにやさしさとあたたかさを感じた。彼の唇が重ねられるところを想像するだけで、欲望が炎となって燃え……。

ジュリアンヌは凍りついた。二度と、デアの激しい情熱に流されるわけにはいかない。彼のそばにいたい、彼に触れたいという欲求を覚えるだけでも、じゅうぶん嘆かわしいというのに。

「帰らなくちゃ」ジュリアンヌはつぶやいた。「悪名高い放蕩者の家をひとりで訪ねるなんて、変な噂がたってしまうし」

「そんなに自分の評判が気になるのか？」

「それほどでもないわ。知ってのとおり、女優には守るべき評判なんてもともとないんだもの。でも今日ここに来たことで、あなたの誘惑に屈したという間違った印象をまわりに与えてしまうのがいやなの」

デアは反論しそうに見えたが、咳払いをして一歩さがった。「家まで誰かに送らせよう」

ジュリアンヌは、口をつけていないシェリー酒のグラスを置いて立ちあがった。「何かわかったら教えてもらえる？」

「本当に知りたいのか？」

「ええ。今日はあなたのためにずいぶん骨を折ったのよ。結果を聞く資格があるでしょう？」

「そうだな。キスで感謝を示したいぐらいだ」

ジュリアンヌは誘うような笑みを彼に向けた。「今回ぐらいは我慢してちょうだい」

「わかったよ。きみにしたがおう」そう言いながらも、デアは彼女の鼻に短くキスをした。

「おれの馬を盗んだことはどうやら許せそうだ」


それから数日後の夜、デアは客間の長椅子に座りながら、セクシーな三人の美女が官能的なテクニックを駆使してリディンガムを誘惑する様子を見物していた。三人はあっという間に子爵を裸にし、絶頂の一歩手前まで興奮させた。

三人のうちのひとりがリディンガムの上にまたがる。あとのふたりは手と口と裸の胸で愛撫を続けていた。

リディンガムが顔をまっ赤にしながら身をよじる。じきに、やせた体が痙攣しはじめ、子爵は悦びの声をあげながら自らを解き放った。

デアはため息をついた。

リディンガムをひと晩楽しませようとマダム・フーシェの娼館に招いたのは自分なのだから、彼が招待に応じたことを喜ばなければならない。リディンガムから話をききだすためにここまでしなければならなかったのは、コンパニオンにつきまとっていたのが誰なのか、レディ・カースルレーが覚えていなかったためだった。

リディンガムの機嫌をとるのはひと苦労だった。だが、自分の取り柄は説得がうまいことだし、戦法を変えたのもよかったらしい。〝和解しなければ許さないとミス・ローレンが言っている。このままでは賭けに負けてしまう〟とこぼしたのがきいたようだ。

ジュリアンヌをめぐる争いで勝てるかもしれないと思ったリディンガムは、デアに対して寛大になった。こうして、馬車レースから三日たったこの日、ふたりはマダム・フーシェの娼館にやってきたのだった。

〝友人を存分にもてなしてほしい〟フランス人の女主人にデアは頼んだ。

〝もちろんでございます〟ハスキーな声で愛想よくこたえながら、マダム・フーシェは三人の美女にそっと合図した。

デアは安心してリディンガムをマダムにあずけた。彼女なら、ポートワインと性的快楽で子爵に王のような……あるいは豪華なハーレムを持つ東洋の君主のような気分を味わわせてやれるだろう。

そして自分は、長い夜に備えて部屋の片隅にある長椅子に腰をおろした。

もっと放埒《ほうらつ》な日々を送っていたころは、よくここを訪れたものだった。今もまだ、名前を知っている女性が何人か残っている。部屋を見まわすと、快楽に浸っているのはリディンガムだけではなかった。ほかにも五、六人の知人が、マダム・フーシェの提供する快楽にふけっていた。

だが、自分もそのなかに入る気にはなれなかった。

デアは立ちあがると、ブランデーを注いでフランス窓の前に立ち、暗い夜を眺めた。不意に、自分が年をとって燃えつきたような気がしてきた。

つい最近まで気づかないふりをしてきたが、こんなに激しい焦燥感を覚えるとは自分でも意外だった。

退屈でたまらなかったり、孤独感にさいなまれたりするのは、不思議ではない。親友たちはみな結婚し、それまでの自由気ままな生活を捨てて幸せな家庭生活を送っている。最初が〝女泣かせのシン〟だった。ダミアン・シンクレアは、かつてはデアに負けない札つきの放蕩者だったが、ある計算から誘惑した女性が、今や彼にとってなくてはならない存在となっている。

ルシアン・トレメインは外務省の諜報部のリーダーとしての生活に満足していたが、跡取りをつくるためだけに結婚した赤毛の妻に、今では心底夢中になっていた。

ルシアンのまたいとこにあたるアメリカ人の海運業者ニコラス・サビーンは、美しい公爵令嬢とのあいだに情熱をはぐくみ、彼女を連れて祖国に帰った。そして彼の被後見人であるレイヴン・ケンドリックは、スキャンダルを避けるためによく知りもしない相手と結婚したが、その悪名高い夫――アイルランドの血が半分流れる賭博場経営者、ケル・ラセター――を心から愛するようになった。

最近、デアがヨークシャーでの仕事を早めに切りあげて大急ぎでアイルランドへ向かったのは、レイヴンとケルのあいだの問題を解決するためだった。

あとでその話を聞いたルシアンが、愉快そうに言ったのを思いだす。

〝つまり、おまえが愛のキューピッドを演じたというわけか?〟

そのときデアは、自分のような遊び慣れた放蕩者が男女の仲をとり持つことの皮肉を思ってかすかに笑みを浮かべた。〝誰かがあいだに入らなければと思ったんだ。レイヴンはケルに黙ってイングランドを出ようとしていたからな〟

〝それで、アイルランドまで行ってケルを連れ戻したんだな?〟

〝ああ。レイヴンの船が出港する直前にロンドンの埠頭に着いた〟

その二日後、ラセター夫妻はカリブ海へ向けて旅立った。彼らからまだ便りは来ていないが、幸せな日々を送っていることは間違いない。

レイヴンと会えなくなるのは寂しかった。型にはまらないおてんば娘のことを、妹のように思ってきたからだ。レイヴンのために急遽《きゅうきょ》アイルランドへ渡ったことは、自堕落な生活を送ってきたデアにとって、数少ない誇れる行いだった。

ゆっくりブランデーを飲みながら、いつのまにかデアは顔をしかめていた。先日ジュリアンヌにただの遊び人と言われたことが心に突き刺さっていた。おそらく真実に近いからだろう。三三年間の人生のほとんどを、快楽を追い求めて過ごしてきた。七年前の、ジュリアンヌの虜になっていた時期を除けば、何かに真剣にとりくむということはまったくなかった。キャリバンの捜索にかかわるまでは。

退廃的な生活を変えようと思うなら、キャリバンの捜索はそのとっかかりとして最適だろう。危険は大きいが、その代わりに得るものも大きい。

変わりたいと思っていることが、自分でも信じられなかった。

だが今のところは、夜が終わるまでマダム・フーシェの娼館で過ごし、リディンガムの口を割らなければならない。

そのために、リディンガムにかなりの酒を飲ませた。おかげで、上機嫌でデアの馬車に乗りこむころには、子爵は泥酔していた。

デアは自分も酔ってろれつのまわらないふりをして、楽しんだかとリディンガムに尋ねた。

「いやあ、最高だったよ！」子爵が叫んだ。「マダム・フーシェの館の女たちのおかげでくたくただ」

「きみがまた行けば、彼女たちも大歓迎してくれるだろう。あのブロンドは、きみみたいないい男は久しぶりだと言っていたぞ」

「そうか？」座席にだらしなくもたれながら、リディンガムはまぬけ面で微笑んだ。

「きみの指輪をやたらとほめていた。あの指輪は女性に対して特別な力でも持っているんだろうか？」

リディンガムがにやつきながら手をあげて、指輪を見つめた。竜のルビーの目が、街灯のぼんやりとした明かりを受けて光る。「そうかもしれないなあ」

「おれも同じものがほしくなった。スティーヴン・オームスビーから手に入れたんじゃないのは間違いないのか？」

リディンガムが眉をひそめた。「覚えてないな」

「まあ、女の趣味はオームスビーよりきみのほうがよさそうだ。オームスビーは、ちょっと前にレディ・カースルレーのコンパニオンをつけまわしていたそうじゃないか。テムズ川に浮かんでた娘だ」

「彼女は気の毒だった」

「ああ、本当に。きみとオームスビーはふたりとも、数週間前のカースルレー卿のパーティに出たんだろう？」

子爵はぼんやりうなずいた。

「オームスビーがコンパニオンに言い寄るのを見たか？」

「ああ、見た。だけど、ほかにもうひとり男がいた。背が高くて黒っぽい髪だった」リディンガムは笑った。「彼女はそっちの男にばっかり色目を使ってて、オームスビーには目もくれなかった」

「本当か？　彼女はそっちの男が気に入ったのか。いったい誰なんだ？」

「名前は思いだせない……爵位はたしか準男爵より上だ。彼女にそう言われてオームスビーが怒っていた。オームスビーは女にもてるとうぬぼれているからな」

リディンガムは鼻で笑うと、座席のクッションに頭をあずけて眠りに落ちた。

子爵のいびきを聞きながら、デアは次の行動を考えた。リディンガムがコンパニオンを殺したとも、誰かに殺させたとも思えない。彼がキャリバンだという可能性はない。そんなのはばかげている。

ジュリアンヌをキャリバンの共犯だと疑ったのもばかげていた。彼女は抜け目ない殺人犯と協力などしていないし、反逆者でもない。

そう考えても、思ったほど気分は晴れなかった。ジュリアンヌにつきまとう理由がなくなってしまうからだ。少なくとも、おれの求愛を真剣にとりあってもらえなくなってしまう。彼女は、おれが人前で求愛したのを子どもじみた復讐だと思っている。たしかにはじめはそうだったかもしれない。だが、今は違う。

激しい欲望が身を焦がす。だが、ジュリアンヌへの欲求は肉体的なものだけではなかった。賭けに勝つだけでは物足りない。彼女を本気で降伏させたかった。

馬車レースのあとのキスを思いだすと、下腹部がこわばった。ジュリアンヌが馬車から投げだされるのではないかという恐怖。やわらかく湿った唇。激しく鼓動を打つ豊かな胸。彼女の積極的な反応に覚えた高揚感……。

ジュリアンヌとのキスは、いつまでも続けたくなるほどすばらしかった。キスひとつで、長年誰にも触れさせなかった心が揺さぶられた。大勢の女性を相手にしてきたが、心を通わせたことはなかった。虚しさから抜けだそうとしているときでも、距離を置いた。

ジュリアンヌとも距離を置く強さを持たなければならない。そうでなければ、また心を引き裂かれるだろう。

彼女をふたたび愛することはできない。

だが、彼女を失うことはできない。今はまだ。

本気でこの賭けに勝つにはどうすればいいのか、デアは考えずにはいられなかった。

翌朝、デアはボンド通りにある拳闘のジム〈ジェントルマンズ・ジャクソンズ・ルーム〉で、練習試合をしているルシアンを見つけた。彼が、デヴォンシャーの領地にいる身重のブリンのもとへ帰ってしまう前に話をしたかった。

激しい打ちあいにデアは顔をしかめたが、ルシアンは体を痛めつけ、力強いパンチを打ちこむことを楽しんでいるようだ。試合が終わると、ルシアンとデアは広い部屋の隅に移動し、次の試合の喧騒のなかで話した。

ルシアンがタオルで体をふくあいだに、デアはアリス・ワトソンが殺された週末のリディンガムのアリバイを説明した。

「リディンガムがキャリバンではないのはたしかなんだな？」話が終わるとルシアンが言った。

「ああ。おれたちは間違った男を追っていたんだ。だが、彼の仲間がかかわっている可能性はまだ残っている」

「誰だ？」興味が強まったようだ。

「スティーヴン・オームスビーとマーティン・ペリンだ。知っているか？」

「オームスビーは知っているが、ペリンはよく知らない」

「オームスビーは軽薄な洒落男で、ペリンは女性の前ではほとんどしゃべらない退屈な男だ。

ふたりとも、先月、ヨークのリディンガムの屋敷にいた。リディンガムが例の指輪をどちらかから手に入れたかもしれないと思って、おれはふたりをパーティに招いた。それに、オームスビーはこの数週間、アリス・ワトソンとふざけあっていたのを目撃されている」

デアは、彼女がオームスビーを袖にして、長身の黒っぽい髪の貴族に媚を売っていたというリディンガムの話を聞かせた。

「それは重要な情報だな」ルシアンが満足げな顔をする。「すぐに調べてみよう」

「だが、マーティン・ペリンを無視することもできない」デアは言った。「彼がつねに金に困っているのは周知の事実だ。次男だから、将来、財産が手に入る見通しもない。金のために国を裏切った可能性はある」

ルシアンはシャツを着ながら、眉間にしわを寄せて考えこんだ。「ペリンも調べよう。だが、キャリバンが金のためだけに動いているとは思えない。やつは、敵を出し抜くことに喜びを感じる悪賢い策略家だ」

「ペリンは賢くは見えないな。それに貴族でもない」

「だが、正体を隠すためにわざとおとなしくしている可能性もある。それに、被害者たちに自分を重要人物に見せたくてキャリバン卿と名乗っているのかもしれない。とにかく、ペリンとオームスビー、それからもうひとりの貴族のことを部下に調べさせるよ」

デアがこたえようとしたとき、イングランドの元チャンピオンであり、このジムの所有者であるジェントルマン・ジャクソンが近づいてきて、ルシアンの戦いぶりをほめた。

ふたたびふたりになると、ルシアンはクラヴァットを結びながら低い声で言った。

「キャリバンの捜索を続けてくれ。ますます急いでやつの正体を暴かなければならない事態になった。今朝、フランスから連絡が来たんだ。二、三日前に、何者かがカースルレー卿に毒を盛ったらしい。幸い、失敗に終わったが」

「キャリバンのしわざだと考えているのか？」

「イングランドの議会にも外務大臣の敵がいるのは間違いない。大臣が今イングランドにいないせいもあって、議員のなかに、大臣を公然と非難する者が出てきた。閣僚のなかにも、彼の政策に反対する者がいる。だが、殺してまで大臣を追い払おうとするような輩は思いつかないんだ」

「だが、大臣が死んでキャリバンになんの得がある？」デアは尋ねた。

「単に復讐したいだけかもしれない。われわれの期待どおりナポレオンが退位したら、後継者を決めなければならない。カースルレー卿は、ナポレオンの息子ではなく、ブルボン家の当主を王位につけるべきだと主張している。そして、同盟軍やフランスの上院と話をつけるために、近々ショーモンからパリへ行く予定だ。それがキャリバンの動機かもしれない。ナポレオンの最大のライバルへの報復というわけだ。キャリバンがカースルレー卿の暗殺を計画している可能性はおおいにありうる」

「カースルレー卿が次の標的かもしれないというわけだな」

「それを考慮に入れなければならない。それに、キャリバンには間違いなく共犯者がいる。

やつは、他人の弱みを握り、それにつけこんで協力させるのを得意としているんだ。ぼくの知るかぎり、そこから抜けだしたのはブリンの兄のグレイソンだけだ。それも、死んだことにしてやっと抜けだした。それはそうと……ミス・ローレンとキャリバンの関係については結論が出たか？」

デアは思わず顔をしかめた。「ああ」

「それで？」

「彼女は無実だと思う。おれは誤解していた。リディンガムを容疑者から除外する証拠を見つけてくれたのは彼女なんだ。彼女がいなければ、今もまだ無駄な捜索を続けていたかもしれない」

「じゃあ、ぼくが正しかったんだな？」ルシアンはいささかおもしろがっているようだ。

「ああ、悔しいがな」デアは素直に言った。「おまえに言われたとおり、彼女との過去のせいで判断力が鈍っていたようだ。そのこともあって、彼女の見方が変わったよ。諜報員としていい仕事をしてくれると思う」

「本当か？　われわれに協力するよう彼女に働きかけてくれるのか？」

「おまえがまだ興味があるなら」

「あるに決まっているさ。ぼくが直接頼むべきなんだろうが、今日デヴォンシャーに発つんだ」ルシアンはいったん言葉を切った。「部下のフィリップ・バートンを知っているか？　何かわかったらフィリップに連絡をとってくれ。彼が対処する」

デアはうなずいた。「ブリンによろしく伝えてくれ」うわの空で言う。頭のなかはすでに、どうやってジュリアンヌに話を切りだすかでいっぱいだった。「おまえが戻ってくるまでには、報告できることが見つかっているだろう」

10

だが、デアはジュリアンヌに話をするまで一週間近く間を置いた。理由はいくつかある。まず第一に、ジュリアンヌをものにできそうだとリディンガムに信じさせるためだ。急に態度を変えたら、子爵は不審に思い、酔った勢いで友人や亡くなったコンパニオンの話をしたことを思いだすかもしれない。

第二に、ジュリアンヌをじらすためだった。彼女はリディンガムと話した結果を聞きたがっていた。それを遅らせれば、その分ジュリアンヌの好奇心は高まるだろう。

そして第三の、もっとも大事な理由は、彼女への欲望を抑える時間がほしかったことだ。だが、その努力は無駄に終わったようだ。今、デアはドルリー・レーン劇場のボックス席から『リチャード三世』を見ながら悟った。

すばらしい舞台だった。エドマンド・キーンが、殺人を犯して王位にのぼりつめたのち破滅したリチャード三世を見事に演じた。だが、リチャードが張りめぐらした罠から逃れようとするレディ・アンを演じたジュリアンヌも、キーンをうまく引きたてていた。

亡き王の弔い行列の最中にリチャードがアンに求愛する場面は、まるで狡猾な敵同士が人前で腹を探りあっているかのようで、とても官能的だった。

デアは、ほかの観客同様、舞台に釘づけになった。自分も人前でジュリアンヌに求愛をしているので、この場面には特別な意味を感じた。左右のボックスから、着飾った男女が探るようにこちらを見ているのがわかる。

もちろんシェークスピアの戯曲の結末は知っている。レディ・アンはリチャードとの闘いに敗れ、役目を果たしたあと毒殺される。ジュリアンヌの演技に見入っているうちに、デアは自分も負けが決まっている闘いをしていることに気づいた。

〝あなたの美しさが原因なのだ。あなたの美しさが、眠っているわたしにつきまとうのだ〟

いつかジュリアンヌのことをのりこえられる。そう自分に言い聞かせようとしたが、彼女はまたしてもデアの心をしっかりととらえていた。

いつも、いつまでもジュリアンヌがほしくてたまらない。この気持ちをとめることはできないだろう。彼女を追うことをやめることはできない。

最後に苦しみを味わうとわかっていても。

芝居が終わると、デアはすぐに劇場を出てジュリアンヌの下宿で彼女を待つことにした。馬車が来るのを待ちながら通りに立っていると、冷たい風が吹きつけてきた。

召使いが扉を開け、デアは馬車に乗りこもうとした。だがそのとき、ベルベットの座席の上で何かが馬車の明かりを受けて光っているのに気づいた。

宝石だった。どうやらブローチのようだ。彼は手にとってよく見てみた。花の形をしていて、茎と葉は金、花びらは真珠でできている。薔薇だろうか？

不意に疑念が湧いてきた。アリス・ワトソンの遺体を見に行ったとき、ルシアンはなんと言っていたか？ 〝ミス・ワトソンはあるときから、恋人からもらったらしい、薔薇をかたどった真珠のブローチをつけるようになったんだが、そのブローチが消えているんだ〟これは、死んだミス・ワトソンの襟からむしりとられたものだろうか？ なぜ、そんなものがおれの馬車の座席にあるんだ？

彼女を殺した犯人のしわざか？

デアは急いであたりを見まわし、劇場前の通りにいる人々をうかがった。二週間前、おれはキャリバンという危険な売国奴を捜していることを公言した。これは、それへの返答だろうか？

キャリバンは手がかりを残しておれを嘲っているのか？ 今もおれを監視しているのだろうか？ アリス・ワトソンを殺したのはキャリバンなのか？

デアは歯を噛みしめた。ふたりがまったくの無関係だとは信じがたい。

御者と召使いにきいてみようか？ いや、ブローチを置いた人間が見つかるとは思えない。キャリバンはばかではない。

だが今回は、やつもやりすぎたようだ。キャリバンは、敵を嘲り、その心に恐怖をかきたてるのが好きらしいが、デアは今回のことでやつを見つけてやろうという決意がさらにかたくなっていた。絶対につかまえて、裁きを受けさせてやる。

貸し馬車がジュリアンヌを下宿の前でおろし、霧に覆われた通りを走り去っていったのは、真夜中を少し過ぎたころだった。

不意に暗がりから人影が出てきて、ジュリアンヌは息をのみ、小さな手提げ《レティキュール》のなかにいつも入れている護身用の小さなナイフを探った。

「遅かったな」月明かりがデアのハンサムな顔を照らしだす。

ジュリアンヌは胸を手で押さえた。「デア！」声に安堵といらだちがまじる。「寿命が一〇年縮まったわ！」

「芝居は何時間も前に終わったじゃないか」

ぼんやりした明かりのなか、彼女はデアの謎めいた表情を読もうとした。「リディンガムが夕食に誘ってくれたの」彼が黙っているので、声をひそめてさらに続けた。「彼とつきあえと言ったのはあなたなんだから、文句は言わせないわよ。それにここ数日、あなたは姿を現さなかったじゃないの」

「寂しかったかい？」

「いいえ」嘘をついた。「でも、もっと早く連絡してくると思ったわ。こんな遅い時間だとは思いもしなかった」

「なかに入れてくれるか？」

ジュリアンヌはためらった。「ここはちゃんとした下宿屋なの。大家さんは、わたしが男性を……ましてあなたみたいな評判の悪い男性を招き入れたら、いい顔をしないでしょうね」

「大家に知らせなければいい」

「いつも監視しているのよ」

「リディンガムに関する調査の報告をしに来たんだ」ジュリアンヌがまだ迷っているのを見てとると、デアは言った。「だが、帰ったほうがいいと言うなら――」

「いいえ」ジュリアンヌはあわてて言った。「ただ、声は小さくして」

「今日、きみの芝居を見た」彼女について玄関へ向かいながら、デアが言った。

「知ってるわ。見えたもの」最初の日以来、毎晩観客のなかにデアを捜していることは黙っていた。今夜彼を見つけたとたんに喜びを感じたことも、終了後、楽屋に彼が来なくてがっかりしたことも、打ち明けるつもりはない。

ドアの鍵を開けると、ジュリアンヌは玄関広間の蠟燭に火をともした。先に立って暗い階段を静かにのぼり、廊下を歩いてシーズン中借りている部屋に入る。

居間は冷え冷えとしていた。どうせすぐに寝るのだからと、節約のため暖炉に火を入れていない。だが、寝室の暖炉では石炭が燃えているはずだ。毎晩、劇場から帰る時間を見はからって火を入れてくれるよう、大家に金を払って頼んである。

ジュリアンヌはマントをはおったまま、デアに座るようすすめたが、彼は立ったままだった。彼女がランプの火をつけると、デアは数少ない家具を見て眉をひそめた。

「それで、リディンガムのことはどうだったの？」ジュリアンヌは尋ねた。つつましい住まいのことも、贅沢をしないようにしていることも弁解したくなかった。「彼の友達がミス・ワトソンと知りあいだったかどうか、わかった？」

「オームスビーは、レディ・カースルレーのパーティで彼女と話しているところを目撃されている。だがもうひとり、彼女の関心を引いた男がいたらしいんだ。今、その男のことを調べてもらっている。運がよければ、キャリバンを見つけだす手がかりになるかもしれない」

「じゃあ、今は何をしているの？」

「捜索を続けている」

ジュリアンヌはいらだった顔をデアに向けた。「話はそれだけ？」

「それはきみ次第だ、ジュリアンヌ」

「どういうこと？」

「きみに仕事の話をするよう頼まれてきた」

「仕事？」

「政府の諜報員の仕事だ」

予想もしなかった答えに、ジュリアンヌはあっけにとられて彼を見つめた。

「外務省の諜報部を指揮している男が、きみを諜報員に適任だと考えている。きみはフランス人亡命者のなかに出入りできるからな。もし引き受けてくれるなら、王党派内の情報を集めてわれわれに流してほしい。もちろん、政府から報酬が出る」

デアが粗末な居間に目をやり、ジュリアンヌには彼の考えていることがわかった。もっと金を使ったほうがいい――そう考えているのだ。デアは、わたしのことを欲深いと思いこんでいる。お金のためならなんでもすると思われているらしい。

ジュリアンヌは唇をかたく引き結んだ。「今そんなことを言ってきたのは、リディンガムのことであなたに協力して、役にたつところを見せたから？」

「それもあるし、協力すればきみが無関係であることが証明される」

「無関係？」

デアのグリーンの瞳がジュリアンヌを見つめる。「最初、きみがリディンガムと親しくしているのを見て、キャリバンの共犯者なのではないかと疑ったんだ。おれはリディンガムをキャリバンだと思っていたし、きみが彼に協力しているかもしれないとも考えた」

ジュリアンヌは息をのんだ。「わたしを……反逆者だと疑っていたの？」

「その可能性が頭をよぎった。きみの名前がナポレオンの支持者と結びついたのは、これがはじめてではないからな」

体が震えた。「おじいさまがわたしを中傷したときのことを言ってるの？」

デアは黙ったままだった。ジュリアンヌは激しい悲しみと怒りを覚えた。七年前、わたしはまったくの無実だったのに、デアの祖父のたくらみにはまった。

自分でも声が冷たくなっているのがわかった。「おじいさまは、わたしを反逆者だと責めた。あなたはそれを信じたの？」

デアが肩をすくめた。「あのときはどう考えればいいかわからなかった。ただきみがほかにも嘘をついていたと知って、きみに関しては悪いほうに考えておくべきだと思った。今回も、キャリバンの共犯者かもしれないと思って、きみの忠誠心を信じることができなかった」

デアの返事にジュリアンヌはひどく傷つき、それを隠すために目を伏せた。たしかにわたしはデアを裏切った。それでわたしを憎むのはしかたがない。でも、ほかに恋人をつくって裏切るのと、国を裏切るのとではまったく話が違う。

わたしのことを、そんなに卑劣な人間だと疑うなんて。

ジュリアンヌは震えながら、七年前のあの忌まわしい日々を思いだしていた。悪意に満ちた噂のせいで売国奴だと疑われた日々を。わたしは反論することもできなかった。何も悪いことをしていないのに、あの下劣な中傷のせいでわたしの生活はめちゃくちゃになった。ただ一つ、犯した過ちといえば、デアを愛したことだけなのに。

彼には、わたしが犯罪にかかわっていると考える権利はない。たった今デアが告白したことは、それ自体が裏切りだわ。すべて嘘だとわかっていたはずなのに。

ジュリアンヌは顔をあげ、怒りをあらわにして言った。「あなたのおじいさまは、わたしを脅すためにそんな嘘をでっちあげたのよ。あなたが信じるなんて驚いたわ」

デアの瞳に一瞬、苦悩の色がよぎる。だが、すぐに冷ややかな目をして言った。「おれはきみの策略にだまされたんだ。たぶん、当時のおれはだまされやすかったんだろう。やはり祖父の言うとおりだったのかもしれない」

ジュリアンヌの怒りはさらに大きくなった。信じてくれようとしない彼を、なんとかして苦しめてやりたい。「わたしをそんな悪女だと思っているなら、ここにふたりきりでいるのは危険じゃないかしら？」

「おれは七年前より強くなっている」

「そう？」ジュリアンヌは危険なまでに穏やかな声で言った。自分で思っているほど強くないことをデアに思い知らせてやろう。「どれだけ強いか試してみない？」

デアの視線がゆっくりと彼女の体をたどる。「どうするつもりだ？」

答える代わりに、ジュリアンヌは彼に背中を向けて寝室のドアを開けた。足をとめ、挑発するように振り返る。「来るの？」

デアは一瞬ためらったものの、すぐに彼女のあとから寝室に入った。

寝室はあたたかかった。ジュリアンヌは暖炉の石炭をかきまぜてから、ランプに火を入れて炉棚に置いた。デアがドアを閉め、殺風景な部屋に置かれた家具を見る。狭いベッド、洗面台、衣装だんす、化粧テーブル、そして暖炉のそばに置かれた木の椅子ですべてだった。

「服を脱いでちょうだい」ジュリアンヌはマントを外して壁の釘にかけながら言った。振り返ると、デアがけだるい目で見つめていた。その目の奥には欲望と警戒心が光っている。

「いきなりか？　いきなり脱ぐのか？」

ジュリアンヌは誘惑するような、そして軽蔑するような笑みを浮かべた。「怖いの?」

「この状況で?」彼がにやりと笑った。「怖がるべきかもしれないな」

「そうよ」ジュリアンヌはからかった。

火遊びをしていることは自分でもわかっていたが、やめるつもりはなかった。無視できないほど大きな怒りに駆られていた。今にも爆発してしまいそうだ。デアをこらしめ、彼を傷つけたかった。

ここまで、彼との闘いではほとんど勝てていない。でも、それを今夜変えてみせよう。体を武器にして。

「どうする?」ジュリアンヌは腰に手をあててきいた。

デアはゆっくりと服を脱いだ。彼女が見守るなか、上着を脱ぎ、クラヴァットを外して椅子の背にかけてから、麻のシャツを脱ぐ。筋肉が波打つ裸の上半身が、火明かりのなかで金色に輝いている。

彼は腰をおろして靴と靴下を脱ぐと、ブリーチの前に手をのばした。ふと、ジュリアンヌが見つめているのを確かめるように目をあげる。

彼女はかすかに微笑み、デアの目を見つめた。彼はブリーチのボタンを外してから立ちあがり、ゆっくりとブリーチをおろしていった。かたく平らな腹部、そして濃い金色の茂みが現れる。デアがブリーチをさらにさげると、勢いよく屹立したものが早くも期待にかたくなっているのがわかった。

ジュリアンヌは口のなかが乾くのを感じた。動じまいと心に決めていたのに体がうずきだす。だが、自分の弱さをデアに知られるわけにはいかなかった。

「わたしがほしくてたまらないみたいね」

「いつだってそうだよ、かわいい人《シェリ》」デアが皮肉っぽい口調で答えた。「今にはじまったことじゃない」

彼はさらにブリーチをさげていった。筋肉質の太腿とふくらはぎがあらわになる。そしてブリーチから足を抜き、引きしまった力強い裸体をさらした。

美しい体だわ。ジュリアンヌは不本意ながらも感動した。しなやかで強くて官能的で、まさに理想そのものだ。彼女はデアの前に立った。激しい欲望にとらわれたが、それを隠すために嘲るような笑みを浮かべた。

筋肉の盛りあがった胸から平らな腹部、そして愛撫を待っているかのようなこわばりへと、ゆっくり指先を走らせる。

彼が目を細めたが、ジュリアンヌはそこに秘められた危険の色を無視して、なめらかでかたいこわばりをてのひらで包んだ。

「あなたがどこまで我慢できるか試してみる？」

「できるかぎりのことをしておれをさいなんでみろ」腹だたしいほど平然とデアは答えた。

そうするわ。あなたをめちゃめちゃにしてあげる。勘弁してくれと言わせてみせるわ……。

爪先立ちになり、やさしさのみじんもないキスをする。それから彼の唇を噛み、肌に歯をこすりつけた。

デアは驚いたように低いうめき声をあげたが、体をこわばらせただけで抵抗はしなかった。

ジュリアンヌはこわばりを握ったまま、彼の顎、たくましい首、なめらかな肩を軽く噛み、さらに胸、そしてその頂へと唇を滑らせた。頂を軽く噛むと、デアが鋭く息を吸いこむ。彼女は勝利の笑みを浮かべて、胸の頂を舌と歯で愛撫し、さらに下へと向かった。

だが、ジュリアンヌの唇が腹部までおりてくると、デアは彼女の腕をつかんでやめさせた。

「先にきみも裸になれ。きみも怖がっていないのなら」

ジュリアンヌの目がきらめいたが、彼女は黙ってデアに背を向け、ドレスのボタンを外すよう彼にうながした。そしてふたたびデアに向きあうと、かすかに微笑みながら、彼を挑発するようにゆっくり服を脱いでいった。

その官能的な動きに、デアは目が釘づけになった。ジュリアンヌをとらえている怒りや冷ややかな態度は理解できなかったが、その体が自分に及ぼす影響はわかりすぎるほどわかった。熱が体を走り抜け、脈が速くなる。

彼女が誘うように唇をなめるのを見て、デアの全身に火がついた。ジュリアンヌがシュミーズを頭から脱ぎ、リボンでとめたシルクのストッキングだけという姿になる。彼は平気なふりをするのがせいいっぱいだった。

ジュリアンヌが身をかがめてガーターの結び目をほどき、長い脚を包んでいるストッキングをおろしていく。豊かな胸が甘い果物のように揺れるのを見て、デアは全身から汗が噴きだすのを感じた。ああ、あの胸を味わいたい。張りつめた先端を口に含んで、彼女を熱くし、うずかせたい。

ふと、ジュリアンヌが上体を起こした。その目には官能的な光が宿っている。自分の裸体におれがどれほど心を奪われているか、じゅうぶん承知しているのだ。

無意識のうちに視線が彼女の全身をなめるように動く。しみひとつない胸、細いウエスト、豊かなヒップ、女性らしいふくらみを隠す茂み……。デアはただうっとりと眺めた。これ以上じらすのをやめさせたくてジュリアンヌをかき抱こうとしたが、なんとかこらえた。

しかし、彼女はもっとじらさないと気がすまないらしく、化粧テーブルの引きだしから小さな箱を出した。なかには、避妊のための海綿と液体の入った瓶が入っていた。液体は酢かブランデーだろう。おれの子どもを身ごもりたくないのだ――そう思うと胸がちくりと痛んだ。

ジュリアンヌが海綿を濡らし、秘めた場所の奥に入れる。それから髪をおろして頭を振った。輝くブルネットの髪がむきだしの肩にかかり、巻き毛が胸の横で躍る。

デアにとって、それはもっとも魅惑的な光景だった。体じゅうの筋肉が痛いほどこわばり、大きなうめき声をあげそうになる。ジュリアンヌは、シルクのような自分の髪がいかにおれを刺激するかを熟知している。そのやわらかい髪で体を撫でられると、おれがどれだけ悦ぶかを。

完全にデアの負けだった。自分と闘う強さはあっても、こんなふうに誘惑してくるジュリアンヌと闘うことはできない。

自制心を働かせようと歯を嚙みしめたが、彼女に抵抗することはできなかった。ジュリアンヌが近づいてきて、彼の下腹部をてのひらで包みこむ。すでに屹立しているものは、彼女の巧みな愛撫を受けて痙攣していた。

ジュリアンヌが身を寄せてきて、デアのこわばりに下半身を押しつけ、かたくとがった胸の先端を彼の胸にこすりつける。

デアはうめき声をあげた。ああ、ジュリアンヌをベッドに押し倒して彼女のなかに身をうずめたい。だが、主導権を握っているのはジュリアンヌだ。そしてデアは彼女の獲物にすぎなかった。

ジュリアンヌが脚を開いて彼の腿にまたがり、すでに潤っている場所を押しつける。デアは吐息をもらした。頭がくらくらし、どうにかなりそうだ。思わずジュリアンヌのウエストをつかんだが、彼女はその手から逃れた。

「だめよ」ジュリアンヌはからかうような目を向けてから、彼にふたたび体を押しつけた。

そして、胸から下へ向かってキスを浴びせていく。彼女の唇がたどった跡が、火がついたように熱かった。

情熱が爪をたててデアをとらえ、引っかく。ジュリアンヌが目の前にひざまずくと、彼女がしようとしていることを予想して、期待に体が震えた。

予想は間違っていなかった。ジュリアンヌが高まりの先端に舌を走らせ、熱い息をそっと吹きかける。その瞬間、めくるめく快感がデアの体を駆け抜けた。

思わず全身に力が入る。

そのとき、彼女がデアの下腹部を口に含んだ。

「ああ、ジュリアンヌ」デアは歯のあいだから声をもらした。

だがジュリアンヌは容赦しなかった。高まりは痛いほど脈打ち、全身が熱くうずいている。だが、彼女の舌と唇と歯は攻撃を続け、デアはその甘美な苦しみに屈した。

ジュリアンヌが口に含んだまま吸って、デアを炎の渦に誘いこむ。理性が頭から抜けでていき、自制心は砕け散った。

ジュリアンヌの名前を呼びながら、彼女の肩に指をくいこませ、上体を起こさせる。ジュリアンヌの口は勝利の笑みを浮かべているが、その体に渦巻いている緊張と、瞳にくすぶっている炎を見れば、デア同様、欲望にとらわれているのは明らかだった。

デアは両手を組みあわせてジュリアンヌのヒップの下にあてがい、彼女を持ちあげて脚を開かせた。目が合った瞬間、ふたりのあいだに稲妻が走ったような気がした。

彼はジュリアンヌの目を見つめたまま、シルクのようになめらかな秘所に自らをうずめた。熱くほてった彼女の感触に、今にも爆発しそうになる。ジュリアンヌが激しくあえぎ、彼の髪をつかんで背中をそらした。

話すことも息をすることもせず、デアは彼女を抱きあげてベッドに連れていき、一緒に倒れこんだ。しばらくのあいだ、ふたりは狭いベッドの上で組んずほぐれつしながら互いの情熱をさらに高めた。ジュリアンヌは彼の腰に両脚を巻きつけ身もだえしている。デアの興奮に拍車がかかった。

爆発してしまうのを恐れつつ、荒々しくキスをする。ジュリアンヌはデアの肩をつかみ、同じく激しいキスを返してきた。

やがてジュリアンヌが絶頂を迎えた。続いてデアも達し、際限なく押し寄せる快感の波に洗われた。

しばらくのあいだ、ジュリアンヌの上に体をあずけたまま動けなかった。だがようやく彼女からおりると、力の抜けたその体を抱きしめた。

ジュリアンヌはデアのたくましい腕に包まれながら余韻に浸っていた。体はぐったりしているが、頭のなかではいろいろな思いが錯綜していた。デアをこらしめる計画に失敗してしまった。体が彼を求めて、わたしを裏切った。怒りが欲望に変わるとともに、決意は崩れていった。

情熱に屈するなんて愚かだった。だが、長年抑えてきた怒りと苦しみを吐きだしたおかげで、気分はすっきりしている。デアとの愛の行為は爆発のように激しかったが、もともと彼にやさしく扱ってほしいとは思っていなかった。自分自身、デアにこたえようとみだらにふるまった。

燃えるような情熱のぶつかりあいも、そのあとの平安も、心ゆくまで堪能できた。デアとこうして体をからませながら寝ることをずっと望んできたのだ。彼の唇、彼の腕、そして彼の存在そのものが、とてもしっくりくる。彼の鼓動が自分の鼓動のこだまのように聞こえた。

　それなのに、彼はわたしを犯罪者だと思っていた。

　怒りを静めるのに時間がかかった。

「あなたがわたしをどう思おうと……」しばらくたってから、ジュリアンヌは低い声で言った。「わたしは今のフランス政府には絶対に協力しないわ。父を殺してわたしたちの将来を台なしにした革命派も憎いけれど、わたしたちがいつまでも貧乏なのはナポレオンのせいよ。もし、フォルモン家の土地と財産を少しでもとり返せていれば、わたしはけっして……」彼女は歯嚙みして口をつぐんだ。もしもの話はしてもしかたがないことはよくわかっている。

「けっして、なんだ？」デアが尋ねた。あたたかい息がジュリアンヌのこめかみをくすぐる。

「けっして、体を売るようなはめに陥らなかった」

　デアの動きがとまったのを感じた。意図したとおり、彼は衝撃を受けたようだ。

「どういう意味だ？」鋭い口調にジュリアンヌは驚いた。

　わたしのことを気にしてくれるわけ？　反発心が湧く。

「あなたのおじいさまから中傷されたせいで、わたしは人前に出られなくなってしまったの。友人にさえ、裏切り者の売春婦と言われたわ」怒りにまかせてさらに続けた。「わたしだけなら我慢するけれど、母がすっかりまいってしまったのよ。母をこれ以上傷つけたくなくて、わたしは町を出た。でも、帽子店の収入だけでは、母が生活するには足りなかったの。そのうえ病気もひどくなり、つきっきりで看護してもらわなければならなくなった。痛みどめも必要だったし。だから、母の治療費を払うために貴族の愛人になったの」

「愛人？」デアがしわがれた声で言った。

ジュリアンヌはごくりとつばをのんで、過去の悲しみと闘った。「ほかにどうしようもなかったのよ。母にはわたししかいなかったから」

デアは無表情のまま体を起こし、片肘をついて彼女を見おろした。

暖炉の火と涙のせいで、目の前の彼がにじんで見える。ジュリアンヌはあわてて涙をぬぐった。自分をあわれに思ってはだめよ。そして、デアがわたしを疑ったことを許してはだめ。

「わたしは体は売ったけれど、この国への忠誠心は売っていないわ」

怒りをそがれないよう、ジュリアンヌはデアから目をそらした。「わたしは売り物じゃないのよ！　心は売らない。そしてわたしは反逆者じゃないわ」

デアは黙ったまま、はじめてジュリアンヌに出会ったときのことを思い起こした。子どもを守る雌ライオンのように、母親を守っていた。彼女は、多くの娘たちよりもはるかに多くのことを犠牲にしたのだ。母親の最期の日々を支えるために体を売ったとは。ジュリアンヌがそこまでしなければならなかったことを思うと、激しい罪悪感を……。

いや、だめだ。ジュリアンヌの身に起こったことに罪悪感を覚えてはいけない。彼女がおれを裏切らなければ、たとえ結婚までたどりつかなくても、おれは彼女の母親の生活を面倒見るつもりだった。だが、そう申しでる機会すらジュリアンヌはくれなかった。

「あなたがおじいさまの嘘を信じたのがつらいわ」しばらくして彼女が言った。

〝おれだってつらい。きみはおれの心を傷つけたんだ〟——そう言いたかった。だが、祖父がジュリアンヌについて言っていたことは、当時から嘘だとわかっていた。そして、彼女がまだそのことにひどく腹をたてているのは、強烈な怒りをはらんだあの目を見れば明らかだ。

「きみが反逆者だという祖父の話を信じたことはなかった」デアは静かに言った。

「でも、今は国を裏切ることもできると思っているのね」

彼はため息をこらえた。「きみがリディンガムといるところをはじめて見たときは、たしかにきみが犯罪にかかわっていると考えたかった。七年前のおれに対する裏切りをまだ苦々しく思っていたからね」

そして、その苦い思いが消えることはないだろう。失ったもののことを考えると胸が痛んだ。デアはジュリアンヌの頰にかかる巻き毛を手にとり、甘い香りを吸いこんだ。

ずっとこうすることを夢見ていた。ジュリアンヌを腕に抱き、その体のぬくもりを感じ、なめらかな肌に手を走らせることを……。ほかのどんな女性とのあいだにも、これほどの親密さを感じることができなかった。自分が求める慰めを与えてくれるのは、ジュリアンヌしかいなかった。いまだに、体だけではなく心も彼女を求めている。

デアは目を閉じた。まだジュリアンヌを愛しているのだろうか？　なんということだ。こんなに弱くては、おれはおしまいだ。

ジュリアンヌを抱けば欲望がおさまり、勝利に満足して立ち去ることができると思っていたのは、大きな間違いだった。一度激しく愛を交わしただけでは、ジュリアンヌに対する情熱の炎を消すことはできなかった。いや、一生消すことはできないだろう。おれはけっしてきみから解放されない。デアは心のなかでささやいた。きみは、永遠におれを悩ませ続けるだろう。

だが、こちらもできるかぎりのことをしてジュリアンヌを悩ませてやろう。おれが彼女を求めるように、彼女にもおれを求めさせるのだ。

デアはジュリアンヌの胸にてのひらをあてた。彼女がびくりと身をこわばらせる。

ジュリアンヌは鋭く息を吸い、たちまち欲望がよみがえるのを意識した。目を閉じて、考えることも息をすることも、彼を求めることもやめようとする。だが、デアが欲望をかきたてるのをとめることはできなかった。

絶望的な気持ちになって、ジュリアンヌは彼に巻きつけていた脚をほどき、体を起こしてベッドに座った。

背後からデアがささやく。「ジュエル、おれたちは同じ側にいるんだ。敵同士じゃない」

「そうだったら話は簡単なのに」ジュリアンヌはかすれた声でこたえた。

彼が少しためらってから言った。「きみはどうだか知らないが、おれはこのばかげた争いをやめたいんだ」

「わたしだってそうよ」ゆっくり息を吐きながら彼女はこたえた。「わたしに本当に諜報員をしてほしいというなら……やるわ」

「いやいやではなく？」

ジュリアンヌは彼を振り返った。「無実であることをあなたに証明するには、そうするしかないんでしょう？」

デアは目を伏せた。「おれに無実を証明する必要はない」

「そう？」彼女はベッドからおりて衣装だんすへ行き、部屋着をとりだして裸の上に着た。

「さっきも言ったが、報酬はじゅうぶん支払う」

ジュリアンヌは肩をすくめた。「お金が入るのは大歓迎だけれど、それがなくても受けていたわ。あなたと同じくらい……いいえ、たぶんそれ以上にナポレオンの失脚を望んでいるんですもの」部屋着のサッシュを手荒く結ぶ。「それで、何をすればいいの？」

「亡命貴族たちのなかに入って、なんでもいいから情報を集めてほしい。とくに、反王党派による陰謀や、ナポレオン支持者に関する噂に興味がある」

「あなたはキャリバンの捜索を続けるのね？」

「そうだ。何かわかったらおれに連絡してくれ」

「わかったわ。じゃあ、帰ってちょうだい」

それは命令だった。ありがたいことに、デアは何も言わずに立ちあがって服を着た。

ジュリアンヌは暖炉の前に立って、不意に襲ってきた寒気を追いやろうと手をかざした。何かをたくらんでいる亡命者を見張るにせよ、キャリバン捜しに協力するにせよ、デアに頼まれたことならなんでもするつもりだ。どうしても、彼に対して無実を証明したかった。

そして、デアの心をもう一度奪いたかった。

でも、まずは自分の感情をどうにかしなければならない。今夜のようなことが続いては、自分の首を絞めることになりかねない。

感情に封をして、心の守りをかためなければ。

11

ジュリアンヌの任務はいきなりはじまった。翌日、ナポレオン・ボナパルトが退位したという大きな知らせが入ったためだ。

ロンドンの通りにはそれを祝う人々があふれ返り、数時間にわたって大混乱となった。高らかに吹き鳴らされるトランペットや、鍋をぶつけあう音、熱狂的な歓声にまじって、〝コルシカの怪物が倒された！〟という叫び声があがる。ヨーロッパじゅうが長年ナポレオンに踏みつけにされてきただけあって、その失脚は奇跡であるかのように受けとめられた。

その後の数日間は、ソランジュ・ブロガールが臨時に開いた亡命貴族の集まりもその話でもちきりだった。ほかの亡命者と違って、ジュリアンヌの将来は誰がナポレオンの後継者になるかに直接左右されるわけではないが、彼女もみなと一緒になって歓声をあげた。上院がルイ王を推したことで、多くの亡命貴族たちは祖国に帰れることになった。だがジュリアンヌには近い親族は残っていなかったし、フォルモン家の領地ははるか昔に没収されていた。

残念ながらその週末になっても、デアに報告すべき情報はたいしてなかった。彼は、郊外に出かけようとジュリアンヌを誘いに来た。

ふたりのあいだには緊張した空気が漂っていたが、デアはジュリアンヌの恥ずべき過去の告白に対して何も言わなかった。彼女は感情を抑え、あの晩怒りにまかせて抱きあったことなどなかったようにふるまった。

ロンドンの中心部を出たところで、ジュリアンヌは諜報活動がうまくいっていないことを伝えた。

「誰もが、ルイ王がアルトワ伯爵やコンデ公やそのほかの亡命貴族たちと一緒にフランスに戻ることを喜んでいて、疑わしい人とか、ナポレオンを支援していそうな人は見つけられなかったわ。ごめんなさい」

デアが首を振った。「謝ることはない。きみががっかりするのはわかるよ。キャリバンの捜索のほうも進展はないんだ」

「ミス・ワトソンの恋人もわからないの？」

デアが一瞬ためらったところを見ると、新たな候補が見つかったのかもしれない。だが、彼はこう答えただけだった。「ああ。そんなにすぐには見つからないさ」

それからデアは、まったく関係ない質問をしてジュリアンヌを驚かせた。「いい帽子だな。きみがデザインしたのかい？」

彼女は、小さな薔薇の飾りのついたボンネットに触れた。「わたしじゃないわ。ものを創るのが得意なのは母のほうだったの」

「そしてきみはお店の経営のほうに才能を発揮したのか」

「まあ、そうね」デアが話題を変えたことに戸惑いながら答えた。

フランスからケントへ逃げてから数年間、ジュリアンヌと母は遠い親戚の世話になりながら、つましい生活を送った。だがそれも、体は弱いが芸術的な才能がある母に帽子をデザインしてもらい、それを売ることをジュリアンヌが思いつくまでのことだった。伯爵夫人だった母のデザインした帽子は大人気となり、ふたりはついに店を持ち、店員を雇うまでになった。生活のために商売をしていることで、貴族階級からは白い目で見られたが、母の薬を買うことができるようになった。

それはそうと、なぜ今デアがそんな話をはじめたのかわからなかった。キャリバンのことを根掘り葉掘りきかれるのを避けるためとしか思えない。

「それに、きみには演技というすばらしい才能があるじゃないか」

「ありがとう」デアをしつこく問いつめるのはやめようと心に決めた。

「明日の晩の芝居を楽しみにしているよ」

「同じ演目をもう五回は見ているのに?」『リチャード三世』は好評だったため、上演期間が一週間延長されていた。「わたしを見るのに飽き飽きしたんじゃない?」

「きみを見飽きることなんかないよ」

「あら、そう」

ジュリアンヌがそっけなく言うと、デアの目が皮肉っぽく光った。「またおれを誘惑する機会をやろう。五月の第一週に、ニューマーケットのレースを見に行く予定だ。子馬を二頭出走させるんでね。ぜひ、きみに一緒に来てほしい」

ジュリアンヌは眉をひそめた。「そんなに長いこと劇場を休めないわ。先月も、ブライトンでのパーティのために長く休んだばかりだもの」

「政府がきみを必要としていても?」

「あなたが必要としていても、と言いたいんでしょう?」

「きみは、われわれに情報を提供することに同意した」

「ニューマーケットにはフランス人移民はほとんどいないわよ。あなたは単に、自分に都合のいいように話をすり替えているだけじゃないの」

「たしかにそうだ」デアは認めたが、引きさがる気はなさそうだ。「きみが一週間休めるよう、おれが劇場にかけあおう」

「あきらめるつもりはないのね?」ジュリアンヌは腹をたてて言った。

彼がにやりと笑う。「もちろんだ。おれのことはよくわかっているだろう?」

「悔しいけれど、わかっているわ。一週間、わたしを誘惑し続けるんでしょうね」

「決まってるじゃないか。だが、付き添い役《シャペロン》が必要なら、マダム・ブロガールについてきてもらってもいいぞ」

「ソランジュはシャペロンとしては今ひとつだけれど」ジュリアンヌはつぶやいた。「どういうところに泊まるの?」

「毎年、ニューマーケットの一軒家を借りている。贅沢ではないが、居心地はいい」

「そんなのだめよ。あなたと一緒に滞在する気はないわ。まるで、あなたが賭けに勝っているみたいじゃないの。ソランジュとわたしは宿に泊まるわ」

「今ごろ宿を探そうとしても、どこも部屋はいっぱいだぞ。〈二〇〇〇ギニー・ステークス〉は大きなレースだから、競馬関係者がこぞって見に来るんだ」

「わたしを連れていきたいなら、なんとかしてちょうだい」彼女はいたずらっぽく微笑んだ。

「ウォルヴァートン侯爵ほどのお金持ちなら、なんとかできるでしょう?」

「わかったよ。きみを満足させられるよう努力してみる」

「わたしを満足させるのは大変よ」ジュリアンヌは甘い声で言った。


次の晩、ジュリアンヌの芝居を見てもデアの不安は消えなかった。アリス・ワトソンの恋人のことをきかれてはぐらかしたのは、彼女を無意味に怯えさせたくなかったからだ。

馬車で真珠のブローチを見つけたことや、そこに置いたのはキャリバンだと思われることをジュリアンヌに話す必要はない。その安っぽいブローチが、実際にアリス・ワトソンがつけていたものだということは、レディ・カースルレーが保証した。キャリバンが、デアを挑発するために馬車に置いたのは間違いない。

そんなことを考えているうちに、舞台ではレディ・アンが毒を飲まされるシーンになっていた。ジュリアンヌがワインをひと口飲んでから、リチャードの悪意を嘆く長いせりふに入った。五分ほどたったころだろうか、声が急に震えだし、彼女が喉もとに手をやった。なんとか数語は発したが、その後、完全に黙ってしまった。せりふを忘れたのだろうか？

ジュリアンヌの体が大きく傾き、失神したかのように舞台の床にゆっくりと沈みこんだ。

台本では、ここで倒れるようになっていない。

共演者たちは突然のことに戸惑っているようだ。護衛兵役のひとりが、彼女の脇にひざまずいてアドリブで言った。「王妃陛下！　ご気分がすぐれませんか？」

ジュリアンヌの反応はなかった。デアの背筋を戦慄が走った。無意識のうちに席を立ち、ボックスを出て舞台に急ぐ。

デアが舞台に飛びのったときには、すでに俳優たちがジュリアンヌのまわりに集まっていた。観客席はざわついている。

デアは俳優たちをかき分け、彼女の横に膝をついた。

ジュリアンヌの意識は朦朧としていた。呼吸が浅く、脈はとても弱い。

「医者を呼べ！」デアは恐怖に満ちた声で叫んだ。

彼女の手首をこすったが、脈は弱いままだ。彼は、誰かが渡してくれた気つけ薬をジュリアンヌの鼻の下にかざした。彼女のまぶたが動き、小さなうめき声がもれたものの、体はまだぐったりしている。

デアはジュリアンヌを抱きあげ、心配そうに問いかけてくる支配人のサミュエル・アーノルドを無視して、楽屋に運んだ。

長椅子に横たわらせ、青白い顔を見つめながら、ドレスのボディスをゆるめてやる。ジュリアンヌは何か言おうとしているが、まっ青な唇はほとんど動かない。こんなに色を失った顔を見たのは、アリス・ワトソンの遺体を見たとき以来だった。

ありがたいことに、すぐに医師だという観客が現れた。医師がジュリアンヌを診察するあいだ、デアは部屋を歩きまわった。舞台は続行しており、キーンのせりふが遠くから聞こえてくるけれど、デアの耳にはほとんど入らなかった。

医師が眉をひそめて言った。「舞台で飲んだワインが原因でしょう。もしかしたら……閣下、もしかしたら毒を飲まされたのかもしれません」

「毒？」デアとアーノルドが同時にきき返した。デアは、心臓をつかまれたような衝撃を受けた。

「ええ。トリカブトを摂取したときの症状とそっくりです」

「死ぬのか？」デアは声をしぼりだすようにして尋ねた。

「致死量にはいたっていないと思いますが、体から毒を抜かないと、心臓の動きが悪くなってしまいます」

デアは、弱々しく横たわっているジュリアンヌを見つめた。彼女が舞台に倒れたときは心臓がとまりそうになった。そして彼女が毒を盛られたかもしれないとわかった今、今度は恐怖と怒りで激しく打ちはじめた。

「どなたか酢を持ってきていただけませんか？」医師が言った。「なければ、石鹸と水でもけっこうです」

支配人があわてて出ていき、酢が入った瓶を持って戻ってきた。医師が準備をするあいだ、デアはアーノルドだけ残して、野次馬を全員、部屋の外に出した。

医師はジュリアンヌに酢を飲ませ、うつぶせにした。そして彼女の背中を何度も押して、胃のなかのものを全部吐きださせた。

「これで大丈夫だと思います」

医師がそう言って場所を空けると、デアはジュリアンヌの脇に座り、濡れた布で顔と唇をそっとふいた。

ついにまぶたが震えながら開き、ジュリアンヌは片手を弱々しくあげてこめかみにやった。

「わたし……どうしたの？」

デアは彼女の額から髪をどけてやった。「きみが飲んだものが体に合わなかったようだ」

ジュリアンヌを不安がらせないよう、医師に目配せしながら答える。「あとで話そう。馬車で家まで送っていくから、今は休んでおくんだ」

彼女は眉間にしわを寄せたが、安心したようにうなずき、目を閉じた。

デアは毛布をかけてやってから、ジュリアンヌをゆっくり眠らせるため、医師と支配人と一緒に部屋を出た。

医師が誤診している可能性もあるとはいえ、デアは偶然の一致など信じるつもりはなかった。キャリバンが警告のためにしたことではないだろうか？

デアは唇をかたく引き結んだ。警告はもちろん心にとめておくつもりだ。もしおれのせいでジュリアンヌが命を落とすようなことがあったら……。それ以上は考えるのもつらかった。だが、捜索をあきらめる気はない。ただ、キャリバンとの闘いに勝つためには、戦略を変えなければならないようだ。

デアはジュリアンヌを家まで送り、夜のあいだ様子を見るよう、大家の女性に頼んだ。翌朝訪ねたときには、ジュリアンヌはすでにベッドのなかで体を起こし、何があったのか尋ねるまでに回復していた。

デアは、毒を盛られた疑いがあること、芝居のあと支配人が関係者に話を聞いたが何もわからなかったことを話した。なぜ彼女のワイングラスに毒が入ったのか、わかる者はいなかった。怪しい人間を見た者もいないという。

「キャリバンはわたしを殺すつもりだったのかしら?」

「いや、おれに警告したかっただけだろう。だが、油断は禁物だ。きみに従者をひとりつけて、劇場の行き帰りや、それ以外の外出にも必ずつきそわせるようにする」

「大げさすぎるわ」

「きみの身を心配したくないんだ」デアは力をこめて言った。

だが、キャリバンが本当にジュリアンヌの命をねらっているとしても、思いとどまらせるすべはない。そう思うと不安だった。

デヴォンシャーにいるルシアンには報告を送り、彼の部下のフィリップ・バートンとも話しあいを持った。だが、事件から二週間たってもなんの手がかりも得られなかった。またしても、キャリバンは捜査の手をかいくぐったのだ。

この二週間、同じような事件は起こらなかった。デアはニューマーケット行きを中止しようかとも思ったが、ロンドンにいてもジュリアンヌがキャリバンにねらわれる危険がある。それなら、しばらくよそへ出かけたほうがいいと判断した。それに、ロンドンを出れば、捜索をあきらめたとキャリバンに思わせることができる。実際は、そんなつもりはかけらもなかったが。

だがキャリバンの脅しは、デアが自覚している以上にきいていた。外にいるときは何度も後ろを振り返り、物陰を探らずにはいられない。旅先でもおそらく同じようにし続けるのだろう。

ニューマーケットに着いたのは、午後も遅い時間だった。デアはもう一度、自分と一緒に泊まるようジュリアンヌとソランジュにすすめたが、ソランジュが断った。大勢の客と一緒に彼の別荘に滞在した前回のパーティと違い、今回は数人の召使いしかいないのに、悪名高い独身男性とひとつ屋根の下に寝ることはできないというのがその理由だった。それに、ロンドンでジュリアンヌに毒を盛った犯人が、こんな場所に現れるとは考えられないという。

デアはしぶしぶ承知した。キャリバンがここまで追ってくるとはデアも思っていないが、念のため、ふたりによく目を配るよう宿の主人に言っておくことにした。

デアの予言どおりどこの宿も満室だったものの、ウォルヴァートン侯爵に不可能はなかった。〈ハリフォード・アームス〉という宿が上等な部屋をふた部屋用意してくれたのだ。

デアの馬車は座り心地がよかったとはいえ、八〇キロの旅は長かった。ソランジュが疲れたと訴えると、デアは七時までゆっくり休むといいと言った。そして、七時に馬車で彼の借りている家へ行き、夕食をともにすることになった。

女性たちが部屋で紅茶を飲んでくつろいでいるあいだ、丸々と太った宿の主人がデアと彼の馬をほめそやした。

「閣下は何度か持ち馬を優勝させておられます。今週のレースでも、わたしは閣下の馬にかなり賭けましたよ。閣下はジョッキー・クラブの会員でもあるんです。閣下が部屋を借りたいとおっしゃれば、わたしは喜んでお貸ししますよ。賢い人間は、閣下の頼みを断ったりしません」

「そのジョッキー・クラブというのは何？」ソランジュが尋ねた。

「イングランドの競馬界を支配している人たちの集まりじゃないかしら？」ジュリアンヌは顔をしかめて言った。「きっと、今夜デアが詳しく説明してくれるわ」

ジュリアンヌが予想していたとおり、デアが借りている家は大邸宅だった。そしていつものように、彼の料理人が見事な料理を用意していた。

夕食の席での会話も楽しかった。ジュリアンヌはこの旅を、自分の身に迫っている危険を忘れて楽しむための休暇ととらえることにしていた。競馬の大会に参加するのははじめてなので、レースについて説明するデアの話に夢中になった。

「今週のレースは、まっすぐなコースを一・六キロ走る。優勝者には二〇〇〇ギニーが入った袋が贈られることから、レースの名前がついたんだ」

大昔の競馬では、六キロにもわたる熱戦が繰り広げられたという。だが近年は距離が短縮され、金のために走るレースと、賞杯のために走るレースがあるということだった。金曜日に開催される〈二〇〇〇ギニー・ステークス〉は前者で、二三頭が出走することになっている。もちろん、賭けも行われているという。デアは、このレースで動く金は二〇万ポンドに達するだろうと言った。

「そんなに？」ソランジュが叫んだ。

「賭けるかい？」

「わたしはやめておくわ」ジュリアンヌは先に答えた。「必死で稼いだお金を、どこかの貴族みたいにくだらない賭けで失いたくないもの」

デアが笑った。「きみたちがよければ、明日の朝はコースでの調教を見学し、午後はジョッキー・クラブの本部へ行こう。夜にはパーティがある。ニューマーケットには国内でも有数の種馬がそろっているんだが、それを見に行くのはあさってにしよう」

ソランジュが鼻にしわを寄せる。「くさい廏舎へ行くのはわたしは遠慮したいわ。パーティならもちろん大歓迎だけれど」

翌朝、三人は貸し馬に乗ってニューマーケット・ヒースでの調教を見に行った。ちょうど靄が晴れ、広大な芝生と立派なぶなの雑木林が見えた。その向こうには、飼育場や廏舎の屋根がある。

太陽の光を受けて走る馬はとても美しかった。

「イングランドじゅうのサラブレッドのおそらく三分の一は、ここで調教を受けている」デアが言った。

コースの横では、大勢の調教師や馬主たちが馬を見守り、騎手に指示を与えている。観客席も、食べ物を売る屋台もない。そのため、女性は少なかった。観客の大半は、馬の背や、馬車の屋根に乗ってレースを見守るという。

「まさか、わたしたちに馬車の屋根に乗れとは言わないわよね？」ソランジュがきくと、デアは愉快そうに笑い、居心地よく過ごしてもらえるようにすると請けあった。

三人は、デアが出走させる二頭の子馬がたてがみをなびかせながら走る姿を、息をのんで見守った。そのあと、デアはジュリアンヌたちに調教師を紹介すると、彼とふたりで話をはじめた。

「すまなかった」話が終わるとデアは言った。「あの男はサラブレッドみたいに気分屋でね、慎重に扱わないとならないんだ。だが、調教師としての腕は最高だ」

それもジュリアンヌには意外ではなかった。デアなら、一流の人間しか雇わないだろう。

三人はニューマーケットの酒場で昼食をとったあと、ハイ通りにあるジョッキー・クラブを訪れた。ここは、馬の血統書や国内の競馬の記録を管理しているという。

夜は、地元の貴族の家で開かれたパーティで、夕食やダンスを楽しんだ。みんながみんな、デアと顔見知りのようだった。舞踏室に足を踏み入れたとたん、デアのもとへ人々がやってきて、挨拶をしたり自分の馬についての意見を求めたりした。

それでも、ジュリアンヌとソランジュは楽しく過ごすことができた。人々はみな陽気で愛想がよく、ふたりにダンスを申しこんでくる紳士もあとを絶たなかった。

やがて、ジュリアンヌはデアとワルツを踊った。ふたりでビュッフェの料理も食べた。だが、別の紳士からダンスを申しこまれ、彼女はふたたびデアと引き離された。

集まりも終わりに近づき、ジュリアンヌがダンスフロアを離れてソランジュのもとに戻ろうとしたときのことだ。長身で黒っぽい髪をした男性の姿が視界の隅に入り、ジュリアンヌは凍りついて足をとめた。

アイヴァースだわ。

彼はすぐに視界から消えたが、ジュリアンヌは不安に駆られた。急に寒気がして、息苦しくなる。

「気分が悪いの？」ソランジュが心配そうに尋ねた。「顔がまっ青よ」

「いいえ、大丈夫」目の錯覚よ、とジュリアンヌは自分に言い聞かせた。アイヴァースは彼女にとって、悪夢そのものだった。

七年間一度も会わなかったし、これからも会わないことを祈っていたのに。アイヴァース伯爵アンソニー・ゲールは、デアの祖父の隣人だった。アイヴァースはあの夏、デアに敵対心を燃やしていた。

どちらも放蕩者と呼ばれ、どちらも目をみはるほどハンサムだったが、アイヴァースのやさしさはどこか計算されたもののようにジュリアンヌには感じられた。もっとも、彼女にもアイヴァースがどれほど卑劣な男であるかを見抜くことはできなかった。それが今も悔やまれてならない。

ジュリアンヌは身震いしながら唇に笑みを張りつけ、ソランジュのダンスの相手に挨拶をした。集まりが終わり、〈ハリフォード・アームス〉へ向かうデアの贅沢な馬車に乗ると、ジュリアンヌは胸を撫でおろした。

デアは宿のなかまでふたりを送り、明日は飼育場へ行くので一〇時に迎えに来るとジュリアンヌに言ってから帰っていった。

ジュリアンヌがソランジュのあとから階段をのぼろうとすると、酒場から様子をうかがっていた宿の主人が追いかけてきた。主人からメモを渡され、ジュリアンヌは戸惑った。

「先に行ってて、ソランジュ」ジュリアンヌは薄暗い明かりのなかでメモを読もうとしながら言った。「明日、朝食のときに会いましょう」

暗くて字が読めなかったので、ジュリアンヌは階段をのぼって壁の燭台まで廊下を進んだ。メモを読むにつれ、鼓動が激しくなった。

〝わがいとしのミス・ローレン

ぼくたちには話しあうことがたくさんあるはずだ。明日の夜明けごろ、宿の裏で会おう〟

殴り書きで〝アイヴァース〟と署名がされていた。

背筋がぞくりとした瞬間、こっそりと近づいてくる足音に気づいた。

振り返ったジュリアンヌは、心臓が口から飛びだしそうになった。アイヴァースがこちらへ向かってくる。

ジュリアンヌのすぐそばまで来て、彼は足をとめた。七年前とほとんど変わっていないように見える。ただ、すさんだ生活のせいか顔にはしわが増え、目が血走っていた。

「マドモワゼル・ローレン」

アイヴァースの笑みに、ジュリアンヌは寒気を覚えた。息もできず、言葉も出ない。ひと言叫べばすぐに誰かがやってくるのに、ショックのあまり動くことすらできなかった。

「ひとりでいるところに行きあえるとはうれしい驚きだ。明日の朝まで待たなければならないと思っていたよ」

「何を……」言葉がつまった。彼女はつばを飲んでからもう一度言った。「何をしに来たの？」

「きみと話したいんだ」

ジュリアンヌは拳を握りながら、落ち着いているふりをしようと努めた。怯えているのを悟られたら、ますます危険だ。「わたしにいったいなんの話があるというの？」

「助けてほしい。負債がたまっているんだ。どうも競馬に弱くてね。金を集められないと、国外に逃げなければならなくなる」

「それがわたしにどう関係あるわけ？」

「このところロンドンにいて、きみの名前があちこちでとり沙汰されているのを聞いた。女優として有名になったようだな。それに、金持ちのパトロンもいるとか。ウォルヴァートンもそのひとりらしいじゃないか。やつの金を少しばかり手に入れるのは難しくないはずだ」

「どうかしているわ」ジュリアンヌは噛みしめた歯のあいだから言った。「わたしが一シリングでもあなたにあげると思う？」

「どうもしていないさ。ただやけくそになっているだけだ」アイヴァースが目を伏せた。

「〝ロンドンのジュエル〟……過去の非道な行いが公になったら、その名声はどうなるかな？きみの反逆行為が公になったら？」

「それが嘘なのは、あなたもよく知っているじゃないの！」

「だが、その気になればぼくがいくらでも証拠を出せるのはわかっているはずだ」

ジュリアンヌは胃が締めつけられるような気がした。たしかにアイヴァースなら、次から次へと嘘をつくりだすだろう。だが、今回は彼の脅しに屈するつもりはない。「あなたの脅迫には二度と負けないわ」

「ぼくの頼みを無視するなんて、愚か者のすることだ」

「じゃあ、わたしは愚か者なのね。とにかくお金は渡さないわ」

彼はさらに一歩近づいた。「どうやらきみを説得しなければならないようだな」

ジュリアンヌはあわてて肩越しに振り返ったが、廊下には誰もいなかった。アイヴァースが満室の宿で自分に近づいてくるとは信じられなかった。だが考えてみれば、罪の意識などほとんど持ちあわせていない悪党だ。

彼が手をのばして肩をつかむと、ジュリアンヌはびくりとした。触れられるだけで恐怖に襲われる。

でもわたしはもう、七年前の若くて無知な娘ではない。今では戦い方を知っている。

ジュリアンヌは夢中でレティキュールのなかを探り、ナイフの柄を握った。鞘から抜き、鋭い刃をアイヴァースの顔の前で振りまわす。

「アイヴァース卿、あなたにはわたしを説得することなんかできないわ」低く鋭い声で言った。「あなたみたいな人間のくずから身を守る方法を学んだの」

アイヴァースが残忍な笑みを浮かべる。「きみにはそんなもの使えないさ」

「そうかしら？」

ジュリアンヌは軽蔑の目で彼の顔を見た。左耳の下にうっすらと傷跡が残っている。昔、彼女に引っかかれた傷だ。「わたしがつけた傷がまだ残っているみたいね。もしもう一度わたしにさわろうとしたら、それよりずっと深い傷を負わせるわよ」

アイヴァースが真顔になり、目を細めた。

「喉を切り裂かれたくなかったら、さがりなさい」

言いながら、ジュリアンヌは笑いそうになった。同じようなせりふは仕事で何度も口にしてきたが、今ほど満足感を覚えたことはない。しかも、これは芝居ではないのだ。もう一度彼に傷つけられるぐらいなら、殺してやるつもりだった。

アイヴァースにも、本気なのが伝わったらしい。「後悔するぞ、ミス・ローレン」

「七年間、あなたを野放しにしてきたことのほうがよっぽど後悔しているわ。今度あなたが脅してきたら、その間違いを正すから覚えておいて」

彼はためらったまま、永遠とも思われるあいだそこに立ちつくしていた。ジュリアンヌの耳に自分の鼓動が響く。ついに、アイヴァースはあとずさりしてから向きを変え、腹だちまぎれに大きな足音をたてて階段をおりていった。

膝の力が抜け、ジュリアンヌはぐったりと壁に寄りかかった。宿敵とふたたび対決したショックで体が震えていた。

ああ、神さま……。

すすり泣くような声がもれた。拳を胃のあたりにあてて吐き気をこらえる。自分が弱く、無力に感じられた。

気持ちを落ち着けるために深呼吸をしたが、ナイフを鞘に戻す手は情けないほど震えていた。これからは、ナイフは手首に縛りつけておいたほうがよさそうだ。

それでも自分を守るすべがあると思うと、慰められた。実際、自力でアイヴァースを追い払うことができたのだ。だが、ふと新たな考えが浮かび、ジュリアンヌははっとした。彼はさっきの脅しを実行するかしら？

頭のなかがめまぐるしく動く。アイヴァースはまたつくり話をしてわたしを中傷するかもしれない。でも、わたしはもう無力な娘ではない。今は助けてくれる友人たちがいる。そしてデアが……。

かすかな安堵感がジュリアンヌを包んだ。わたしにはデアがいる。彼はわたしを信じてくれるはず。アイヴァースのような恥知らずからわたしを守ってくれるはずだわ。

デアを見つけなければ。わたしが安心できる場所はただひとつ、彼の腕のなかだけだ……。デアを捜しに行こうと向きを変え……そして足をとめた。

廊下の先にデアが立って、こちらを見ていた。

「マダム・ブロガールが手袋を馬車に忘れていたので届けに来たんだ」彼が言った。「階段をおりてくるアイヴァース伯爵を見ておれがどんなに驚いたかわかるか？」

「あなたが考えているようなことじゃ……」

「そうか？」デアはじっと立ちつくしたまま、手袋で腿を軽くたたいている。その目には鋼鉄のような冷たい光が宿っていた。「おれはかつて、きみがおれに隠れて恋人と何かをたくらんでいることにも気づかない愚か者だった。だが、もう二度とだまされるつもりはない」

「違うのよ、デア。そうじゃないの」

彼は突き刺すような冷ややかな目でジュリアンヌを見すえながら近づいてきた。「きみたちは恋人同士じゃないのか？」

デアの言葉がふたりのあいだに漂い、苦い過去をよみがえらせる。

「違うわ」ジュリアンヌは、目の前に来た彼にもう一度言った。「アイヴァースは恋人じゃない。もう何年も会ったこともなかったのよ」

「じゃあ、やつはここで何をしていたんだ？　きみをとり戻そうとしていたのか？」

「いいえ」

彼が唇をゆがめる。「そんなことをおれが信じると思っているのか？」

「信じてちょうだい。わたしは絶対に彼を恋人にしたりしない。それどころか嫌悪してる。見ただけで鳥肌がたつの」

だが、デアの表情はやわらがなかった。

彼の燃える瞳に浮かぶ非難の色を見て、ジュリアンヌは目をそらした。これ以上反論しても無駄だわ。七年前の裏切りのことがある以上、デアはけっしてわたしを信じないだろう。

ジュリアンヌは胸の奥深くに激しい痛みを感じた。今夜は彼の非難に反論する気になれなかった。それに耐えられるほど強くない。

彼女はデアに背を向けて部屋に戻ろうとしたが、手首をつかまれた。反射的にあとずさりしようとすると、彼はその手を引っ張ってジュリアンヌをかたく抱きしめた。

「デア、やめて！」

だが、デアは意に介さなかった。さらに強く彼女を抱きしめて頭をさげる。唇が重なると、ジュリアンヌのなかで欲望と絶望が同時に爆発した。彼のむさぼるようなキスには、情熱が感じられなかった。感じられるのは、ジュリアンヌを罰し、自分のものにしようとしていることだけだ。

暗い記憶がよみがえり、ジュリアンヌは身をよじった。思わずデアを拳で殴る。「やめて！」なんとか逃れようと、彼を押した。「わたしにさわらないで！」

その叫び声にわれに返ったのか、デアが突然、手を離した。

ジュリアンヌはよろめき、あとずさりして壁にもたれた。

長いこと、そのまま震えながら、デアの怒りに満ちた厳しい顔を見つめていた。それから、すすり泣きながら自分の部屋に戻った。

デアは逃げていくジュリアンヌを見送った。ドアが閉まり、彼女がふたりの関係を絶つように錠をかけるのが聞こえる。彼は悪態をついた。まだ嫉妬に燃えていると同時に、彼女を乱暴に扱った自分にうんざりしていた。

ジュリアンヌを怖がらせてしまった。彼女はこの腕のなかで身をすくめ、おれを押しのけたときには目に怒りをたたえていた。

なんということをしてしまったのだ。これまで、無理強いしてまでジュリアンヌに手を触れたことは一度もなかったのに。

何を言っても言い訳にならない。ジュリアンヌにまた裏切られていると思ったことも、ふたたび彼女を失うことが怖くて心臓がどきどきし、現実を否定したいという本能に突き動かされたことも、今の自分の行動を許してもらう理由にはならない。

デアは目を閉じて、七年間の苦悩を思いだした。またあの苦しみに耐えることはできない。

できることなら、アイヴァースを二度とジュリアンヌに近づけたくなかった。

いや、絶対にアイヴァースを彼女には近づけない。デアはそう心に誓った。


翌朝デアが迎えに来たとき、ジュリアンヌはソランジュと一緒に食堂で朝食をとっていた。ジュリアンヌは、デアが昨夜の出来事を無視するつもりなのかどうかわからず、用心深く彼を見た。だが、表情から彼の機嫌を推しはかることはできなかった。

ただ、ソランジュに挨拶し、ジュリアンヌのことは今日一日まかせてくれと請けあったときの彼は、とても感じがよかった。

デアにエスコートされて宿の中庭まで出ると、ジュリアンヌは思わず振り返ってアイヴァースを捜した。たとえ、今愛想よく話をする気分ではなさそうだとしても、デアが隣にいるのはありがたかった。黙っているところを見ると、彼は昨夜の荒々しいキスを謝る気はないらしい。なので、自分も忘れることにした。

デアのふたり乗り馬車に乗ると、ジュリアンヌはほっとして座席のクッションに体をあずけた。昨夜はアイヴァースが何度も夢に出てきて、よく眠れなかった。一流の馬を繁殖する厩舎を訪ねるのは、いい気晴らしになるだろう。

馬車が走りだしてしばらくしてから、ジュリアンヌは、郊外をのんびり走るような速度ではないことに気づいた。

窓から外をのぞくと、ロンドンから来るときに通った道を走っている。

「楽にしているといい」デアが彼女の無言の問いかけに答えて言った。「長旅になるから」

ジュリアンヌは驚きのあまりしばらく声が出なかった。

「誘拐なの?」やっとのことで尋ねる。

デアの返事は、質問に直接答えてはいなかった。「きみの休暇はあと五日残っている。それをアイヴァースのやつに邪魔されたくない」

「わたしだってそうよ」ジュリアンヌはなんとか落ち着いた笑みを浮かべた。「ソランジュは知っているの?」

「ゆうべ話した。賛成してくれたよ。きみが朝食をとっているあいだに、きみの荷物をまとめて馬車に運んでおいた」

今朝のソランジュは様子がおかしく、なんだか後ろめたそうだった。だがジュリアンヌは、厩舎を見学するのを断ったせいだろうと思っていた。「ソランジュは、あなたがわたしを連れ去ることに賛成したの?」

「頭のいかれた男がきみにつきまとっていて危険だと説明した。毒のこともあるから、すぐに信じてくれたよ。彼女は、おれと一緒にいたほうがきみは安全だろうと判断したんだ」

「どこへ向かっているの?」

「バークシャーに家敷を持っているんだ。人目につかないところだ」

「恋人たちとの愛の巣ね?」

「そのとおり」

ジュリアンヌは唇をかたく引き結んだ。こんな横暴なまねをしたデアに激怒するべきなのだろうが、ニューマーケットを離れることができて内心ほっとしていた。またアイヴァースに会うかもしれないと思うと、怖くてたまらなかったのだ。なので、抗議はしなかった。

「あなたは、当然の権利みたいにいろいろなことをするのね」

デアが宝石のように澄んだ目で彼女を見つめる。

「おれはきみを独占したい。誰がきみの恋人か、はっきりさせたいんだ」

彼の言葉が意味することを考えると体が熱くなった。ジュリアンヌは、自分を守るように胸の前で腕を組んだ。「アイヴァースのことはあなたと話したくないわ」

「おれもそんな気はない。やつのことは考えてほしくないんだ。これからの数日は、やつのことを完全に忘れさせてやる」

冷静な口調だが、デアが本気なのはわかった。

「わたしが一緒に行くのを断ったら？　わたしを監禁するの？」

「きみが断るとは思えない。おれと同じことを望んでいるはずだ」

ジュリアンヌは眉をつりあげた。「同じことって？」

「快楽だよ」誘惑するようにささやいたが、デアの浮かべた笑みは残忍だった。「四日間、何も考えられないほど激しい快楽に身をまかせるんだ。きみが叫び声をあげるほど、熱くて生々しくて強烈な快楽に」

彼のそそるような言葉に腿の内側がこわばる。四日間にわたる、デアとの親密な時間。恋人同士だったあの夏でさえ、そんな時間は持てなかった。苦しく、そしてめくるめく日々となるだろう。

「きみが決めればいい」彼が言った。

監禁するわけではないらしい。わたしが求めれば、解放してくれる。わたしに決めさせようとしてくれているのだ。

ジュリアンヌは答えず、窓から外を眺めた。デアの提案を受け入れたくてたまらないのを知られたくなかった。

それから数時間、ふたりともあまりしゃべらなかった。馬を替えて軽食をとるために途中で馬車をおりたときでさえそうだった。

その後、ジュリアンヌは眠りに落ちた。デアは後悔と緊張がないまぜになった妙な気分で彼女を見つめた。ふたりの関係に進展があったと思った矢先に、彼女が完全に身を引いてしまったことが、デアを悩ませていた。だが彼は、自分が選んだ道に背を向けるつもりはなかった。

ジュリアンヌの心から、ほかの男のことをすべて追いだそうと決めたのだ。うまくいけば、彼女はおれ以外の恋人などほしがらなくなるだろう。

昔と同じく、ジュリアンヌを自分のものにして独占したいという本能が、おれを動かしている。これからの数日、ジュリアンヌはおれのものだ。

彼女の静かな寝息を聞きながら、デアは大きな満足感を覚えた。ジュリアンヌが寝ているところは、片手で数えられるぐらいしか見たことがなかった。眠っている彼女は驚くほど魅力的だ。象牙のような肌に濃いまつげが映え、薔薇色の唇がかすかに開いている。

我慢できなくなって、そっと手をのばして抱き寄せると、ジュリアンヌはかすかなため息をついて体をあずけてきた。

彼女への強い欲望に加え、守ってやりたいという気持ちがこみあげてきた。バークシャーの隠れ家へ彼女を連れていくことには、もうひとつ利点がある。キャリバンがもたらす危険から遠ざけることにもなるのだ。あそこなら、アイヴァースも含めて誰も知らないから、ジュリアンヌを守るのに好都合だ。

昨夜、アイヴァースのことを調べるようルシアンに伝言を送った。昔の宿敵が、よりによってこの時期にニューマーケットに姿を見せたのは、偶然の一致ではないだろう。この旅の本当の目的はなんとしてもジュリアンヌを守らなければならない。だが心の底では、この旅の本当の目的がそれよりずっと身勝手なものであることを自覚していた。

デアは目を閉じて、彼女のやわらかい体とかぐわしいにおいを堪能した。これから四日間ジュリアンヌを独占できると思うと下腹部がこわばる。そこに彼女の体の感触が加わって、今にも正気を失いそうだった。

今ジュリアンヌを興奮させようと思えば、間違いなくできるだろう。豊かな胸を撫で、スカートをまくりあげてなめらかな秘所に指を滑りこませれば、彼女は目を覚まし、欲情するはずだ……。

デアは小さくののしりの言葉を吐いた。やっとの思いで、湧き起こる欲望を抑えた。待たなければならない。昨夜のように、けだものみたいにふるまってはいけない。

もし、狂気に満ちた快楽の日々を過ごそうという提案を彼女が拒絶したら？

そのときは、彼女を説得して考え直させるだけのことだ。


馬車がとまったのは昼さがりだった。ジュリアンヌははっとして目を覚ました。とてもあたたかく、大事にされているような気がする……。

彼女はまっ赤になってデアを押しのけ、体を起こした。

窓の向こうでは、蜂蜜色の石でできた大きな屋敷が、ぶなの森に囲まれて宝石のように輝いている。

だが、デアは馬車をおりようとしなかった。

「ここは、ヘルファイア・リーグの集まりをするところ？」

「そのなかのひとつだ」

「放蕩の館ね」

「体験してみるかい？」彼の明るい瞳がジュリアンヌをとらえる。「ここに残るか？　それともロンドンに帰るか？」

ジュリアンヌは目をそらした。アイヴァースはロンドンに帰るつもりかもしれない。ここなら安全だわ。ここなら、噂好きな人々にも、嫉妬深い求愛者たちにも、危険な売国奴にも悩まされずに、デアの情熱に身をゆだねることができる。

ためらっていると、デアが彼女の手をとってズボンのなかのふくらみに押しあてた。「これに触れてから、ここに残りたくないと言ってみろ」

ジュリアンヌの体を炎が駆け抜けた。ほかに選択肢などなかった。

彼女はデアの挑発を受け入れ、冷静に彼の目を見つめた。「ここに残るわ。あなたが約束したものがほしいの。叫び声をあげるほど、熱くて生々しくて強烈な快楽が」

12

デアはうっとりするような笑みを浮かべると、ジュリアンヌに手を貸して馬車からおろした。

「こういう快楽の館を何軒持っているの？」正面の階段をのぼりながら彼女は尋ねた。

「いくつかある」彼の瞳に宿ったけだるい光は背徳のにおいがした。「放蕩者という評判を保たなければならないからな」

玄関で、執事と数人の召使がふたりを迎えた。召使いは、荷物を運ぶために馬車に走っていく。

「どの部屋をお使いになりますか、閣下？」執事が尋ねた。

「レディに選んでもらおう」

デアが名前を言わなかったことに気づき、ジュリアンヌは問いかけるように彼を見た。

「ここの使用人はとても口がかたい」彼女をエスコートして玄関広間を歩きながら、デアがささやいた。「だが、わざわざきみの身元を宣伝することもないだろう」

「わたしたちが来るのをわかっていたみたいね」

「昨夜、使者を送っておいたんだ」

ジュリアンヌは眉をつりあげ、笑いをこらえた。ずいぶん自信があるのね。そして、わたしのこともよくわかっている。だけど、それでおじけづくのはやめよう。ふたりで過ごすこのひとときを利用して、デアの心を虜にする計画を実行に移すのだ。

彼は屋敷のなかを案内してくれた。調度品は上品で趣味がいいが、退廃的な雰囲気が強く、なまめかしい彫像や裸の酒宴を描いた絵画などが廊下や広間に飾られていた。

寝室は二〇部屋ほどあり、どれも、みだらな享楽にふけることを目的にしているのは一目瞭然だった。二階の続き部屋はトルコのハーレムのような内装だし、悦びより苦痛を楽しむためにつくられたとおぼしき部屋もある。

その部屋で見た道具は衝撃的だった。革の鞭や、鋼鉄の手錠、中世の拷問道具を模した器具……。

「変わった形の娯楽を好む客もたまにいるんだ」デアが説明した。

「あなたは？」

「おれは痛みで興奮したことはない。だが、拘束具を使うのは興味があるな」ジュリアンヌを見る目が光る。「何年も前から、きみの手足をベッドに縛りつけて、好きなようにもてあそぶことを夢見てきた。今も、すごく興味がある。けっして、復讐のためだけじゃない」

ジュリアンヌは顔がほてるのを感じて背を向けた。

「実を言うと……」彼女が次の部屋へ進むと、デアが挑発するようにささやいた。「きみが逃げないよう縛ろうかと思っていたんだ」

「逃げたりしないわ」

驚いたことに、次の部屋は壁と天井がすべて鏡で覆いつくされていた。

「今夜はこの部屋を使ったらどうだろう？」デアが言った。

「なぜこの部屋なの？」

「誰が自分の恋人なのか、きみがどこからでもわかるように。ここなら、おれをほかの男と見間違えたりしないだろう」

ジュリアンヌは傷ついたが、また言いあいになるのはいやなので黙っていた。

自分用にジュリアンヌが選んだのは、三階にある、ピンクとアイボリーとゴールドでまとめられた寝室だった。官能度がもっとも低い部屋だったからだ。

「メイドに来させるから、ひと息つくといい」デアは言った。「一階の客間で会おう。一時間後でどうだ？」

「いいわ」

「じゃあ、また、シェリ」

デアがていねいにお辞儀をして、彼女の指先にキスする。敏感な指に彼のあたたかい舌が触れて、ジュリアンヌは息をのみ、あとで仕返しをしようと心に誓った。

入浴し、着替えることができるのがうれしかった。物静かで控えめなメイドの手を借りて身支度を整えると、ジュリアンヌは客間へ向かった。髪は簡単に小さくまとめるだけにした。

デアといたら、どんな髪形にしたってすぐに崩されてしまうだろう。

だが、その点ではジュリアンヌの予想は外れた。ふたりの時間は穏やかにはじまった。シェリー酒を飲みながら、とりとめのない会話を交わす。夕食はいつものように申し分なく、給仕はいるのかいないのかわからないほど静かに動いた。

デアはこの領地の歴史を長々と語った。クロムウェルの統治時代、ちょっとした争いの場となったのだという。ジュリアンヌは礼儀正しく耳を傾けたが、心のなかはあふれそうなほどの期待でいっぱいだった。もしじらすためにわざと時間稼ぎをしているのなら、効果的な戦略だ。デアが椅子から立ちあがろうとするころには、彼女の神経は悲鳴をあげていた。

「終わったなら階上《うえ》に行こう」

デアは立ちあがると、テーブルをまわってきてジュリアンヌの椅子を引いた。「先に行って準備をしておいで」そうささやいて、彼女のうなじに軽くキスをする。「鏡の部屋で待っている。ああ、それから……」向きを変えかけたジュリアンヌを呼びとめた。「まだ脱ぐな。おれの楽しみにとっておいてくれ」

落ち着きを失うまいと心に決めたにもかかわらず、ジュリアンヌは興奮を覚えた。

寝室に戻って避妊の準備をすると、鏡の部屋を探した。デアは約束どおり待っていた。大きなベッドの上で、その引きしまった体を枕にあずけて寝そべっている。赤いシルクのシーツを腰まで引きあげているが、その下は何もつけていないようだ。枝つき燭台がいくつか部屋を照らしており、蠟燭の炎がおびただしい数の鏡にきらきら反射していた。

ジュリアンヌが後ろ手にドアを閉めると、デアは寝そべったまま両手を頭の下で組んだ。

「じゃあ、服を脱いでいいぞ」

「自分で脱がせたいって言ってなかった？」

「気が変わった。ここから見るのでも、じゅうぶん楽しめる。それに、これであいこになるからな」

ジュリアンヌは、前回彼と愛を交わしたときのことを思いだした。反逆者だと疑われたことにひどく腹をたてていたので、自分の目の前で脱ぐようデアに命じたのだ。

だが、彼が今考えているのは仕返しだけではないらしい。「舞台に立っているきみをはじめて見たときから、おれだけのために演じてもらうことを夢見てきた。ゆっくりやるんだぞ、ジュエル。きみの美しい体を隅から隅まで見たい。その、そそるような曲線をすべて見たいんだ」

そんな無礼な命令には反抗するべきところだが、からかうような笑みがどんな反抗心もとかしてしまう。それに、ジュリアンヌ自身そうしたかった。

まず、ドレスの留め金を外して床に落とした。コルセットはつけておらず、シュミーズしか着ていない。

「胸の先端がかたくなっているか？　見せてくれ」ジュリアンヌがボディスをおろすと、かたくなった胸の頂が飛びだした。デアが賞賛するようにゆっくり微笑む。「やっぱりかたくなっていたな。じゃあ、残りも脱げ」

ジュリアンヌはついに全裸になって彼の前に立った。デアの視線が下に向かってゆっくり彼女の裸体をたどり、さらに時間をかけて上へ移動する。

「次は何をしたらいい？」ジュリアンヌは挑むようにささやいた。

「何がしたい？」

「あなたを見たいわ」

「じゃあ、喜んでしたがおう」

デアはシーツをはねのけて体を起こし、彼女の前に立った。彼は驚くほど高まっていた。情熱の証がかたく張りつめている。ジュリアンヌは口のなかがからからになった。「大きいのね」

「そのほうがきみを悦ばせられる」

デアが彼女に近づいた。「こいつを、きみのなかに感じたいか？」

ジュリアンヌは、血が湧きたつような興奮を覚えて唇をなめた。「ええ……」

デアはジュリアンヌの肩を軽くつかんで、彼女を後ろに押していった。ジュリアンヌの背中が壁にあたる。熱い肌に触れる鏡のひんやりとした感触に、震えが走った。その冷たさを忘れさせたのは、エメラルドのようなデアの瞳だった。彼の視線がゆっくりと全身をなめると、ジュリアンヌは体に火がついたような気がした。

「おれの目の前には、抑えられないほど興奮した女が立っている」デアが彼女の喉から鎖骨にかけて指でたどりながらささやいた。

そして、まるで自分のものであるかのように胸に手を置く。めくるめく悦びがジュリアンヌの体を突き抜けた。

「きみの胸の頂を吸って、高みに連れていきたい」

彼なら間違いなくできるだろう。そして、ジュリアンヌもそうしてほしかった。

「連れていってほしいか？」

誘惑に体がうずく。うめきながら答えた。「ええ」

「おれの名前はデアだ。言ってみろ」

「ええ、デア……」

デアの手が胸をゆっくりと撫でる。彼はとがった胸の先端を愛撫しながら、目を細めてジュリアンヌを見た。力強い指にさすられるたびに、欲望が募っていく。デアが頭をさげ、やさしくじらすように胸にキスをする。ジュリアンヌは、うずく胸を彼の唇に向かって突きだした。

指での愛撫が口に変わった。彼の唇と舌がとがった頂をもてあそぶ。

デアの口がたてるやわらかい音がとても官能的に聞こえ、ジュリアンヌはうめいた。背後の鏡に手をついて、背中を弓なりにそらせる。デアは彼女の要求にこたえるように体を動かした。膝がジュリアンヌの腿にあいだに入り、高まりが腹部にあたる。ジュリアンヌは、脚のあいだの震えが激しくなるのを感じた。

「ひどく興奮しているな」デアが腿のつけ根に指を移動させる。静けさのなか、彼女の激しい息づかいだけが響いていた。「そうだ、聞かせてくれ。興奮して息を切らしたきみの声が聞きたい」

彼の口による愛撫とかたく引きしまった体の感触は、まるで甘い拷問のようだった。デアを体の奥深くに迎え入れたいという欲求がジュリアンヌの下腹部に燃えあがる。

デアにはそれがわかったらしい。

「脚を開くんだ」かすれたささやき声で命令する。ジュリアンヌがそれにしたがうと、彼は潤っている秘所を高まりでさすった。

ジュリアンヌの抵抗はそこで完全に崩れた。「デア、お願い」

「おれがほしいか？」ベルベットのようななめらかな声が、彼女の体に火をつける。

「ええ……」

デアがゆっくり微笑んで高まりを秘所にあてると、ジュリアンヌの鼓動は激しくなった。脚をさらに開き、彼が入ってくると叫び声をもらした。

デアはジュリアンヌの胸を手で包みながら、さらに深く彼女のなかに入っていく。ジュリアンヌは甘い声をあげながら体の力を抜いた。快感のあまり頭がくらくらし、思わず目を閉じる……。

「目をつぶるな。おれを見ていろ」

彼女は右側の鏡になんとか焦点を合わせた。いきりたった彼のものが自分のなかに入っているのが見える。

ジュリアンヌはふたたびうめき声をあげ、デアの肩越しに反対側の鏡を見た。彼女の脚のあいだでゆっくり動くデアのヒップが映っている。こんなみだらな光景を見たのははじめてだった。

ジュリアンヌは身をよじり、もっと速く動くようデアをうながしたが、彼は応じなかった。デアが腰を引くたびに、力をこめて彼をとどめようとしても、思いどおりにはならなかった。デアをなじりたかった。わたしが必死で求めているものが何かわかっているくせに、わざとじらしている。悦びを長引かせることにかけては天才的だ。持てるテクニックをすべて使って、わたしの欲望を最高潮まで高めようとしている。

何度、絶頂の寸前まで連れていかれては引き戻されたかわからない。ジュリアンヌは荒い息を吐きながら、デアに懇願した。

「今から、きみを官能の極みに連れていく」ついに彼が言った。

「お願い！」ジュリアンヌは叫び、デアの背中に爪をくいこませた。

ジュリアンヌが激しくデアに腰を押しつけると、彼はふたたび彼女を貫いた。「おれを求めて叫べ。叫びたいように叫ぶんだ」

ジュリアンヌは叫んだ。絶頂を迎えた瞬間、体が震えだす。デアも到達しているのが感じられたが、彼女はただ彼の広い肩にしがみつくことしかできなかった。

ジュリアンヌの体の震えがおさまっても、彼の高まりはまだ彼女のなかで脈打っていた。

デアはうめきながらジュリアンヌに体をもたせかけた。そして、彼女の髪に顔を押しあてながら微笑む。

「おれを求めて叫んだな」満足げにつぶやいた。「だが、まだはじまったばかりだ。夜が終わるころには声も出ないほどにしてやる」

彼の指が髪をかき分けてピンを探る。「次は、きみをシーツの上に寝かせ、この美しい髪を枕の上に広げるつもりだ。きみの香りと息を肌に感じたい……」

そう言うと、デアは唇を重ねた。今度はジュリアンヌも抗うことなく屈した。


この夜が続く日々のすべての始まりだった。デアは容赦なくジュリアンヌを悦ばせたが、彼女も負けてはいなかった。ジュリアンヌも貪欲に、彼の、そして彼女自身の欲望を解き放った。

鏡はデアの意図した目的を果たした。あれ以来、ふたりの裸体がからみあっている光景がジュリアンヌの頭にくっきりと刻みこまれている。彼を見るだけで、その光景と、ふたりのあいだに燃えあがった炎がよみがえった。

暗黙の了解のうちに、どちらも自分たちに迫る危険のことは口にしなかった。だが、ジュリアンヌはじきに、別の危険に気づいた。いい思い出がたくさんできすぎることだ。

二日目は、荒れ模様の天候だった。雨が激しく降り、冬の寒さが戻ってきて、外に出ることができなかった。

ゆっくり朝食をとったあと、ふたりは薔薇の香りが漂う温室のなかを散歩した。ガラスに打ちつける雨の音を聞いていると、ジュリアンヌの頭に七年前の夏、デアとふたりで小屋で過ごした嵐の午後がよみがえった。

デアと目が合った瞬間、彼も同じことを思いだしているのがわかった。

「ヨークでどんな生活をしていたのか聞かせてくれ」デアが空気を変えるかのように言った。

だが彼が選んだ話題も、ジュリアンヌにとっては愉快なものではなかった。

デアとつきあっていたときは、自分が何を考えているか、何を感じているかに彼がつねに関心を持ってくれることがうれしかった。だが今では、デアの関心は迷惑でしかない。にもかかわらず気づくと、彼女はかけだしの女優だったころの思い出話を彼にしていた。いやな思い出よりもいい思い出のほうがずっと多かった。おそらく、すぐに女優として成功したからだろう。

「あなたのほうはどうしていたの?」今度はジュリアンヌがきいた。「ずっと放蕩と快楽の日々を過ごしていたのかしら?」

デアがひるんだ。「ああ。きみと別れたあと、何にも興味を持てなくなった」

ジュリアンヌはゆっくり息を吸いこんでから低い声で言った。「ごめんなさい、デア」

彼を傷つけたことを謝ったのは、これがはじめてだった。だがデアは、肩をすくめて笑みを浮かべた。「そのことは忘れよう。ここにいるあいだは、過去のことなどなかったようにふるまうんだ」

だがジュリアンヌには、忘れることなどできなかった。むしろ、デアと過ごす時間が増えた分、過去を思う気持ちは強くなった。

そのあと、デアはさまざまなテクニックを駆使してジュリアンヌを悦ばせることにすべての時間を費やした。彼は飽くことのない欲求でジュリアンヌを夢中にさせる。ゲームをしかけてきた、あの魅力的で意地悪な放蕩者とは別人のようだった。やさしいながらも情熱的に誘惑する姿はむしろ、かつてジュリアンヌの心をとらえた恋人に近かった。

デアのやさしさが、ジュリアンヌにとってはもっとも危険だった。彼への対抗心はほかの何よりもふたりを興奮させるが、彼のやさしさは心に張りめぐらしたどんな防御も貫いてしまう。デアのやさしい愛撫やキスを受けるたび、彼女は自分を守るのが難しくなっていることに気づいた。

デアはただ過去の復讐をしているだけ――自分にそう言い聞かせようとしても、心は違うことをささやく。ジュリアンヌが心から望んでいることをささやくのだ。

デアもまた、同じことを望んでいた。三日目の夜、彼は別の部屋を選んだ。狩猟小屋を模した部屋で、壁には牡鹿の角や猪の頭が飾ってある。

「これもおれの夢なんだ」ジュリアンヌが暖炉の前に敷いてある黒テンの毛皮に目をやると、デアは言った。

ふたりはパンとチーズを焼き、熱いキスの合間に互いに食べさせた。それから、ゆっくり時間をかけて楽しみながら服を脱がせあった。

デアは最後にジュリアンヌの髪のピンを抜き、輝く髪が肩に落ちるのにまかせた。シルクのようなその髪に指をからませ、彼女の頭を後ろに傾けてあたたかい唇を味わう。そして、ジュリアンヌを暖炉の前にそっと横たえ、うっとりするほどやわらかい肌を撫でた。

贅沢な毛皮と、その上に横たわる彼女の輝くような体が見事な対照をなしていて、デアは目が離せなくなった。彼女の麝香《じゃこう》のようなにおいが鼻孔を満たし、全身の筋肉が欲望にこわばる。

「そこに横たわっていると、きみは罪深いほど魅力的だ」

あなただってそうだわ、とジュリアンヌは思った。炎のあたたかい光を受けてデアの瞳は輝き、髪はとけた金のように光を放っている。

デアが彼女の隣に片肘をついて横になった。そして、真剣な目でジュリアンヌを見つめる。デアに見つめられると、見つめられた箇所が彼のものになっていく気がした。デアの熱を帯びた指が、視線と一緒にジュリアンヌの体の探索をはじめる。肌を撫でる指は、彼の声に負けないぐらい魅力的だった。

息もつけずにいるうちに、デアにうつぶせにされた。彼が背骨にそって指を走らせる。ジュリアンヌが思わず背中をそらすと、彼は彼女の腰をやさしくつかんで四つん這いにさせ、自分もその後ろにひざまずいた。

デアがしようとしていることがわかり、ジュリアンヌは毛皮をつかんだ。脚のあいだが熱くうずき、脈打ちはじめる。

彼はしばらく、自分の前にさらけだされたなめらかなヒップを撫でていた。やがて彼の高まりが秘所を探りはじめると、ジュリアンヌの体はこわばり、心臓は早鐘を打ちはじめた。

「デア?」

「力を抜くんだ」デアが彼女を落ち着かせるように言った。下腹部を握り、その先端をジュリアンヌの入口に滑らせる。

ジュリアンヌの呼吸が浅くなった。デアのものが侵入し、少しずつ奥に進むと、心地よい衝撃が波となって彼女の全身に広がった。

奥まで貫かれた瞬間、欲望が体のなかに渦巻いた。デアが腰をうねらせるようにゆっくり動きはじめると、欲望は耐えがたいくらいに高まった。

彼はみだらな愛の言葉を耳もとでささやきながら、ジュリアンヌの胸に手をのばし、かたくなっている先端を愛撫して彼女を燃えあがらせる。

デアが秘所に手を滑らせると、さらに体が熱くなった。そのあいだも、彼はジュリアンヌのなかで愛のリズムを刻み続けている。

ジュリアンヌは体がとろけるような気がした。後ろにいるデアに力いっぱいヒップを押しつけると、彼の動きが速くなった。ジュリアンヌのすすり泣きに合わせるように、デアがさらに深く体をうずめる。そのたびに、彼女の喉からかすれた叫び声がもれた。そのとき、ジュリアンヌはめくるめく悦びに襲われた。デアも同じく激しい悦びにとらえられたのが感じられる。官能の波が絶え間なくやってきて、ジュリアンヌは頭をのけぞらせた。

毛皮の上にぐったりと崩れ落ちたあとも、しばらくのあいだ悦びが体のなかで脈打っていた。

デアも続いて崩れ落ちたが、全体重が彼女にかからないよう、手をついて体を支え、指を彼女の指にからませた。ジュリアンヌの肌は汗で湿っている。デアは彼女の背中に唇を押しつけた。

静かな部屋で聞こえるのは、火の燃えるぱちぱちという音と、ふたりの荒い息づかいだけだ。デアはまだジュリアンヌのなかに入っていた。興奮はまったく覚めておらず、もっと彼女がほしくてたまらなかった。

いつまでも、こうしてジュリアンヌと一緒にいたかった。そして、心ゆくまで彼女を愛したい。それは魂の奥深くにある、原始的な欲求だった。

これは愛だ。もはや疑いの余地はない。

そう気づくと胸が痛んだ。あれだけのことがあったのに、今も自分はジュリアンヌを愛している。いや、ずっと愛してきたのだ。

デアは目を閉じた。ほかの恋人たちのことを忘れさせてやると心に誓ってジュリアンヌを自分のものにしようとしたのに、結局、彼女のほうがおれを虜にした。

ジュリアンヌの勝ちだ。

自分がおれに対してどれほど力を持っているかを彼女が知ったらどうなる？　それを利用しようとしたら？　そして、ふたたびおれを裏切ったら？

デアは胸にナイフを突きたてられたような恐怖を感じた。新たな心の痛みには耐えられないだろう。

そう考えると、今自分が急いでしなければいけないことがはっきりとわかった。おれも、ジュリアンヌを虜にしなければならない。

だが、彼女との時間は終わりに近づいていた。


翌日はやっと雨があがり、太陽がふたたび顔を出した。午前中、ふたりは若い恋人たちのように林のなかを散歩し、若葉がつくりだす色鮮やかな天蓋の下で笑ったりキスをしたりした。

デアはジュリアンヌのために野の花をつんでやった。彼女がそれで花の冠をつくり、頭にかぶる。その姿はまるで、異教の女神のようだった。

彼がそう言うと、ジュリアンヌは挑発的な笑みを浮かべて首を振った。

「女神じゃないわ、妖精の女王よ。『夏の夜の夢』のタイターニアを演じるのが好きだったの。でも、ロンドンにいるかぎり、もう演じることはできないわね」

演劇界の掟が厳しいことはデアも知っている。ロンドンでは、悲劇を上演することを許されている劇場はドルリー・レーンとコヴェント・ガーデンのふたつしかない。そのため、このふたつの劇場に出演している役者は、喜劇には出演しないことが慣例となっている。観客は、役柄がころころ変わるのを好まないのだ。

「おれをきみのオーベロンにしてくれれば、きみはタイターニアを演じられる」デアは、甘い香りのする髪をかきあげてうなじにキスをした。

ジュリアンヌが肩越しに彼を見てささやく。「わたしをつかまえられるならね」そして、笑いながら森に駆けこんだ。デアは彼女を追いかけた。

デアはその日、あとでお楽しみがあると言ってジュリアンヌをじらし続けた。牧草地の端にピクニックの用意がしてあるのを見たとき、彼女はこれがデアの言うお楽しみだと思ったが、彼は否定した。

屋敷に戻ると、ジュリアンヌは二階の、見たことのない部屋へ連れていかれた。

「これがお楽しみなの?」ドアを開けるデアに尋ねる。

「まあね」

なかの空気はあたたかく湿っていた。長方形の大きなプールから湯気がたちのぼっている。

「トルコ風呂ね?」彼女は歩きながら大はしゃぎで言った。「聞いたことがあるわ」

「あたためたパイプがプールに湯を送りこんで、つねに冷めないようになっているんだ」

「乱交パーティには最高ね」ジュリアンヌはいたずらっぽく言った。

デアの目が光る。「それはもう少し待て」

専用の中庭に続くフランス窓が開いているため、春の甘い香りが漂い、あふれる陽光があたたかい部屋をさらにあたためている。陽光は、プールの脇に広げて置かれているクッションにもさしていた。

デアがクッションのほうに誘うと、ジュリアンヌはけげんそうな目で彼を見た。「何をするつもり？　お湯には入らないの？」

「いずれ入るが、先にオイルマッサージの気持ちよさを教えてやろう。きっと気に入ると思う」

クッションの横には、香油らしきものが入った大きなガラスの瓶が置かれていた。早くはじめたくてジュリアンヌは服を脱ごうとしたが、デアはその指に一本一本キスをして彼女をとめた。

「きみは手伝わなくていい。くつろいで、おれに務めを果たさせてくれ」

「務め？」

「主人役としてきみに奉仕するのがおれの務めだろう？」

ジュリアンヌは、体のなかを熱いものが駆け抜けるのを感じた。

デアの誘惑にのることにして、彼が服を脱がせるのにまかせた。デアは彼女の髪をおろす代わりにピンでとめた。

「きみの肌に余すところなく触れるためだ」そう説明した。

ジュリアンヌが一糸まとわぬ姿になると、デアは彼女を寝そべらせた。ブルネットの豊かな髪は、輝きを放ちながら高い位置で渦を巻いている。

彼はジュリアンヌを見おろし、その体にうっとりと目を走らせた。下腹部がかたくなるのがわかる。「タイターニアがこれほど魅力的に見えたことはない」

デアの目に宿る炎に、ジュリアンヌは顔が赤くなるのを感じた。脇に腰をおろして瓶に手をのばすデアから目が離せない。

香油はジャスミンの香りがした。デアが少量をてのひらに注ぐと、その甘い香りが部屋を満たす。彼の手に胸を包まれ、ジュリアンヌは小さくあえいだ。

「楽しんでいるかい？」

「わかっているでしょう？」彼女は荒い息をしながら答えた。

「おれも楽しんでいる。きみの体が好きなことは知っているだろう？」

「女性の体なら誰だっていいんでしょう？」

「今は違う。きみのせいでほかの女性では満足できなくなったんだ」

わたしだって、あなたのせいで何年も前からほかの男性では満足できなくなっているわ。だが、すぐにそんなことは考えられなくなった。デアが、香油をつけた指先で体じゅうにゆっくりと円を描きはじめたからだ。肌が期待にうずき、腿のあいだに痛みが広がる。

ジュリアンヌは思わず唇を噛んだ。デアの視線が彼女の口に移ったかと思うと、彼は頭をさげて短いキスをした。そしてまた、ジュリアンヌの体に注意を戻した。デアの手が、ありとあらゆる箇所をゆっくりとさまよっていく。彼に触れられたところが、強烈な熱を持って燃えあがるような気がした。

それから、デアはオイルでぬるぬるした手を内腿にすべらせた。なんとも言えない甘美な感覚に、体がとけていくようだ。

彼の親指が秘所を探しあてると、ジュリアンヌははっと息をのんだが、デアは彼女がすすり泣くまで、敏感な場所を愛撫し続けた。そのあと彼の唇が指にとって代わると、ジュリアンヌの体を悦びが貫き、ぞくぞくするような興奮に包まれた。

突如、絶頂に達し、気を失いそうになる。

ジュリアンヌの悲鳴が室内にこだましてから消えると、体の震えも次第におさまってきた。目を閉じ、ぐったりとクッションに体をあずけた。

「まだ眠る気じゃないだろうな」デアがからかうようにささやく。

「ひどい人ね」ジュリアンヌは弱々しく言い返した。

もう動く気にもなれなかった。じゅうぶんに満たされた今、わたしは完全に彼のものであり、彼のなすがままだ。だが、くらくらする頭のどこかで、ジュリアンヌはこのめくるめく快感を彼にも味わわせたいと思っていた。

彼女は無理に目を開けた。「あなたは服を着すぎているわ」

デアが悪魔のような笑みを浮かべる。「おれの服を脱がせたいのか?」

「ええ。でも、もう元気がないわ。わたしの代わりにやってちょうだい」

デアはその言葉にしたがい、全裸でジュリアンヌの前に立った。情熱の証がそそりたっている。「きみはおれを迎える準備ができているようだ。願いをかなえてやろう」

ジュリアンヌは脚を広げ、彼のほうに腰を突きだした。「そうして」

デアの瞳が欲望に輝く。

「でも、まだよ」ひざまずく彼を、ジュリアンヌはじらした。「その香油を体のなかに感じてみたいの。わたしの目の前で自分を興奮させて」

デアが低い笑い声をあげる。「おおせのとおりに、女王陛下」

香油をつけた手がかたくなった下腹部の上を滑るように動くと、ジュリアンヌは乾いた唇をなめた。彼の指が高まりを包むのを目のあたりにして、自分も同じことがしたくなる。

「気持ちいい？」彼女はかすれた声で尋ねた。

「きみがしてくれれば、もっと気持ちいいと思う」

「いいわ」しばらく間を置いてからジュリアンヌはこたえた。「わたしの番ね」

「きみが折れてくれるとは思わなかったよ」

ジュリアンヌは膝立ちになり、手にオイルを塗ると、高まりに指を巻きつけた。

彼女の官能的な指に、デアの体はかっと熱くなった。興奮を抑えようとしながらも、思わず彼女のほうに腰を突きだす。

「そんなことをされ続けたら、きみの上で爆発してしまいそうだ」

「まだだめよ」ジュリアンヌはそっと言った。「もう少し待って。お風呂を試してみたいの」そして彼から手を離して立ちあがり、プールへ向かった。

欲求不満を感じてデアの体がこわばった。歯を噛みしめ、形のいいヒップが揺れるのを見つめる。ジュリアンヌはタイル張りの階段をのぼって湯のなかに入った。湯の深さはちょうど胸まであるが、彼女の白いふくらみを完全には隠さなかった。薔薇色の頂が誘うように揺れている。

「何を待っているの?」

からかうような声がデアをさらに高みへと押しあげる。彼はすばやくプールに入った。あたたかい湯がうずくこわばりを包んだとたん、うめきそうになった。

ありがたいことにジュリアンヌはそこから動かず、微笑みながら待っている。

デアが手をのばすと、彼女の瞳に暗くけだるい光が宿った。その肩をつかみながら、彼は興奮の波が訪れるのを感じた。オイルを塗ったジュリアンヌの体はしなやかですべすべしている。だが、ジュリアンヌの胸をゆっくり楽しむ余裕もなく、すぐに腰をつかんで持ちあげ、彼女のなかに入った。

ジュリアンヌがデアに脚を巻きつけて上下に体をすべらせる。デアが唇を重ねると、彼女はキスを返してきた。

舌と脚をからませあいながら、ふたりはしばらくのあいだ、さざ波のたつ湯のなかで体を揺らし、官能のダンスを続けた。

デアがもう我慢できないと思った瞬間、ジュリアンヌの体が収縮し、さらに強い力で彼をとらえた。と同時に、彼女の手がデアの引きしまったヒップを撫でる。

デアは荒々しいうめき声をあげ、顔をゆがめながら自らを解き放った。ジュリアンヌの体が小刻みに震えだす。彼女もうめき声をあげ、デアの首に顔をうずめて肩に歯をたてた。

デアは荒く息をつきながら、湯のなかに体を沈め、プールの縁にもたれた。つながったままのふたりにあたたかい波がやさしくぶつかり、なんともいえない安らぎを覚える。

「寝ているの？」しばらくしてから、ジュリアンヌのささやく声が聞こえた。

「夢を見ていた。官能的な夢だ」

「わたしの夢？」

「ほかに誰がいる？」

彼女は答える代わりに、挑発するように腰を動かした。「わたしがまだ満足していないと言ったらどうする？」

「少し待ってもらわないとならないな。今は動けない」

ジュリアンヌがデアの肌にふたたび歯をたてる。「力を使い果たさないでね。あとひと晩残っているんだから」

彼女の言葉に、デアの疲れはあっという間に消えた。少し離れて、まじめな顔でジュリアンヌを見つめる。「もっといてもいいんだ」

「仕事を続けたかったら、土曜日までにはロンドンに帰らなくちゃ。でも、たしかに……」

ジュリアンヌはデアの肩に頭をのせ、彼が考えていることを口にした。「終わってほしくないとは思っているわ」

デアは彼女の胸を撫でながら言った。「終わらせなくていいんだよ、ジュリアンヌ。ぼくと一緒にここに残ればいい」

「そんなことをしたら、仕事を首になるわ」

「きみの仕事はおれと一緒にいることだ」

ジュリアンヌは微笑んだ。「愛人になれというのね。でも、それではあなたが賭けに勝つことになるわ」

「だから？」

ジュリアンヌは小さく笑って、自分の切ない気持ちを隠した。

デアと魔法のような日々を過ごしたあとでは、日常生活に戻るのはひどく難しいだろう。この数日間、わたしは、彼との仲を引き裂かれたことなどなかったかのようにふるまってきた。それどころか、将来のことまで夢見ている。

長いあいだ、夢を見ないようにして生きてきた。だが、こんなふうにデアの腕に包まれていると、想像力が自由にさまよう。彼と一緒にここに残り、いつまでも官能的な時間を過ごしたくなってしまう。

これまでわたしが求めた人、愛した人はデアだけだった。わたしに幸せをもたらしてくれたのは彼だけ。彼のことを心から愛していた……。

だが、その幸せははるか昔に壊れた。魔法のようなこのひとときは、幕を閉じなければならないのだ。

こんな日々が続くなどと考えるなんてどうかしている。これ以上何かを望むのも。デアと一緒に未来を歩んでいくことなどありえない。彼は、けっしてわたしを妻にすることはできないのだ。わたしは悪名高い女優であり、はじめて彼に会ったときのような無垢な処女ではない。ふたりのあいだに起きたこと、その苦しみや痛みを考えると……。

デアはわたしを愛人にしたいのだ。だが、それを受け入れることはできない。それでは、金銭的にも、そして精神的にも彼に支配されることになってしまう。そんな関係では、わたしはまた彼に恋してしまうだろう。

ジュリアンヌは黙って頭を振った。自分の心をさしだすのは正気の沙汰ではない。相手は、それを容赦なく傷つけようとしている放蕩者なのだから。

それでも……。デアの濡れたなめらかな肌に唇をすりつけながらジュリアンヌは思った。それでも、まだ夢を見ていたかった。

13

ジュリアンヌにとって、ロンドンに帰るのは、冷たい現実を突きつけられることだった。実際、仕事の心配さえなければもっと離れていたかったと思うほどだ。

まず、キャリバン捜索のためにデアがおとりとなって自らを危険にさらすのが心配だった。さらに、人々の前でデアとのゲームを再開し、あの情熱的な日々などたいしたことがなかったようなふりをするのは、いくら自分が女優であるとはいえ大変だった。

ゴシップ紙に噂を書きたてられているのも厄介だった。ふたりがニューマーケットから姿を消したことが大きく注目されていた。デアの子馬のうち一頭が〈二〇〇〇ギニー・ステークス〉で優勝したのに、彼の姿がどこにも見あたらなかったからだ。ロンドンの街は、デアがロンドン一の輝ける宝石、ジュエルとともに人目を忍んでどこかへ行ったという噂でもちきりだった。

ジュリアンヌは、記事の真偽について崇拝者たちには何も言わなかったが、下宿を訪ねてきたソランジュに教えないわけにはいかなかった。

「それで？」陰鬱な応接間の椅子に腰を落ち着けると、ソランジュが言った。「〝快楽のプリンス〟は伝説どおり背徳的だったの？」

ジュリアンヌは顔が赤くなるのを感じた。「テクニックについての噂は、誇張じゃなかったわ」

「あら！　それはつまり、彼の愛人になることに同意したってこと？」

「まさか。彼を賭けに勝たせるつもりはないわ」

ソランジュが眉をひそめた。「それがいいかもしれないわね。ウォルヴァートン卿は最高の獲物よ。うまくいけば、結婚も期待できるかも」

ジュリアンヌは眉をつりあげた。「侯爵がただの女優と結婚するなんて、絶対にありえない」

「過去に例があるわよ。それに、彼みたいにスキャンダルにまみれた貴族は、ちょっとぐらい評判の悪い女性と結婚したからって敬遠されたりしないだろうし」

でも、自分を裏切った女とは結婚しないだろう。

「もし、彼が本当にあなたと結婚したがっているなら――」

「そんなことは絶対にないわ」ジュリアンヌはきっぱり否定して、話を終わらせた。デアとの過去は、友人にも打ち明けたくなかった。あの夏のことは、きれいさっぱり忘れてしまいたい。

でももしかしたら、それはもう無理なことかもしれない。ニューマーケットで過去の悪夢と再び出会ってしまったのだから。

アイヴァースのことを考えるだけでぞっとする。でも、いつかは対決しなければならないのかもしれない。アイヴァースは今、ロンドンにいる。リディンガムが、ギャンブル好きが集まるホテルで見かけたらしい。

ジュリアンヌはどこへ行っても、アイヴァースがいないかあたりを見まわしたり、無意識のうちに暗がりをうかがったりしていた。いつでも使えるように、ナイフを手首に縛りつけてもいる。劇場から夜遅く帰るときは、デアがつけてくれた従者にしろほかの崇拝者にしろ、誰かに送ってもらうようにした。

とくに、リディンガムから離れないようにした。彼といるのがいちばん安心できるし、彼はよけいな質問をしない。

バークシャーから帰って以来、デアが姿を見せていないことに、ジュリアンヌはほっとしていた。彼の強烈な嫉妬を思うと、アイヴァースから守ってくれなどと頼むことはできなかった。

デアが距離を置いているのは、そうするのが賢明だと思ったからだった。快楽の館で濃密な時間を過ごしてからというもの、ジュリアンヌとどう接するべきか決めかねていた。何週間も前から、彼女への思いが心につきまとって離れない。どうすればその思いを捨てられるのか、そもそも捨てることができるのかと、デアは悩み、苦しんでいた。

冷静なときは、どうするべきかはっきりわかる。愛なんていうものは妄想だと切り捨て、ジュリアンヌのそばにいたいという欲求も捨てればいいのだ。

ジュリアンヌを愛すると理性を失うのはわかっている。彼女を求める気持ちを抑えるには、ロンドンから離れるしかなかった。

ちょうど街を出ることを考えていたとき、ルシアンから緊急に呼びだされた。デアがすぐに彼の屋敷を訪ねると、ルシアンは書斎で仕事中だった。

「どういうわけだ？」ルシアンはいきなり尋ねた。「先週、わざわざニューマーケットから、アイヴァース伯爵に関する問いあわせをしてくるとは」

デアはソファに腰をおろした。「一年以上も見かけていなかったのに、おれがキャリバンを捜していることを公表したとたん現れたのが妙だと思ったからだ」

「少なくとも、アイヴァースとアリス・ワトソンを殺した犯人につながりがあることはわかった。カースルレー家に常駐している部下が探しだした目撃者によると、アリス・ワトソンとひそかに会っていた恋人はアイヴァースであることを確認したんだ。それから、アイヴァースがレディ・カースルレーの持ち物を探っていたこともわかった。召使いに金を渡してやらせていたらしい」

〝長身で黒っぽい髪をした男〟アリス・ワトソンに言い寄っていた男の特徴とぴったりだ。デアは眉をひそめた。「アイヴァースがキャリバンだとは思っていないだろう？　おれは子どものころから彼を知っている。ウォルヴァートン・ホールから二〇キロほどのところに彼の家族の屋敷があるんだ。殺人だけならまだしも、反逆行為の黒幕になるほど狡猾だとは思えない」

ルシアンは考えこみながら頭を振った。「ぼくも同じ意見だが、冷酷さではアイヴァースもキャリバンにひけをとらない。去年、アイヴァースの元愛人が彼を捨てて裕福な男にのり替えたら、何者かに顔を傷つけられたというんだ。それに、アイヴァースがこのところ金に困っているのは周知の事実だ。街の半分の店に負債があるうえに、賭けでつくった借金も返せずにいる。紳士クラブから退会するよう申し渡されたという噂もあるほどだ。金のためにキャリバンに雇われた可能性はある。あるいは、キャリバンのほかの犠牲者と同様、脅迫されたのかもしれない」

「スティーヴン・オームスビーとマーティン・ペリンはどうなった？」デアは尋ねた。「どちらかがかかわっていることを示すような手がかりは見つかったか？」

「調べてみたが、オームスビーについては、あれ以上の事実は出てこなかった。ペリンのほうは、コンパニオンが殺された週末も、おれの部下が殺された一月もロンドンにいたことがわかった。だが、そのふたつの事件と彼を結びつける証拠は見つかっていない。もっとも、キャリバンはいつも、かなり慎重に自分の足跡を消す。ほかの人間に命令を実行させておいて、自分は裏に隠れているというのがいつものやり方だ。とにかく、有力な手がかりが見つかった。おまえのおかげだよ」

デアはしばらく黙ったまま、アイヴァースについて知っていることをどこまで明かすか考えたのち、ルシアンにはすべて話すことにした。「アイヴァースは、かつてジュリアンヌ・ローレンと関係があった」淡々とした声で言った。

「本当か？」ルシアンは興味を引かれたようだ。

「恋人同士だったんだ」

ルシアンが眉をつりあげた。「おまえの婚約破棄はそれが原因なんだな？」

「ああ。だから正直なところ、復讐したくてたまらない。アイヴァースを追うには、おれはふさわしくないだろう。間違った判断をするかもしれないからな。だが、二、三日ケントに帰ろうかと思うんだ。クリスマス以来帰っていないんでね。よければ、そこでアイヴァースについて調べてくる」

「ぜひそうしてくれ。おれのほうは監視を強化する。アイヴァースは今、〈リマーズ・ホテル〉に泊まっているが、もしあそこを追いだされたら、身を隠してしまうかもしれない」


デアはその日の午後ロンドンを発ち、夜遅くにケントに着いた。ウォルヴァートン家の広大な領地のなかに、上品なれんがづくりの大きな屋敷が立っている。美しい敷地には、たくさんの畑や果樹園もあった。だがここにはいやな思い出があるため、彼はめったに訪れなかった。

調査をはじめるには時間が遅いが、朝になったらまず使用人たちに話を聞くつもりだった。一番は、祖父の秘書だったサミュエル・バトナー。近隣の貴族について知っている者がいるとしたら、彼をおいてほかにいないだろう。バトナーはデアが称号を継いだときに引退したものの、今もまだ領地内で生活していた。

長旅の疲れと興奮のせいでなかなか寝つけず、デアは図書室へ行った。そして祖父が残した最上級のブランデーを飲みながら、最後にこの部屋で祖父と対峙したときのことを振り返った。

デアの結婚をめぐって言い争いをはじめて三日目のことだった。第六代ウォルヴァートン侯爵だったロバート・ノースは、後継者である孫が、狡猾なフランス人女と結婚すると言いはったことで、卒中を起こさんばかりに怒り狂っていた。

〝あの女はおまえをだましている！　おまえの財産がほしいだけなんだ。全部しぼりとられるぞ！〟

〝おじいさまは間違っておられます〟デアは、相手が老人であり家長であることを考慮して、かろうじて怒りを抑えていた。

〝わしは許さない。聞いているか？　あの女をわが一族に招き入れるというなら、おまえを勘当する！〟

〝何度も申しあげていますが、そんなふうに脅されても、おれの気持ちは変わりません〟デアは言った。

〝あの女のほうはそうではないぞ。わしの財産が一ペニーも手に入らないと知ったら、彼女のおまえを見る目は大きく変わった〟

デアは目を細めた。〝ジュリアンヌと話したんですか？〟

祖父の眉間にしわが寄った。〝おまえと無理やり結婚したらどうなるかを説明したんだ〟

その瞬間、デアはジュリアンヌと最後に会ったときのことを思いだした。たしかに彼女は駆け落ちに消極的だった。だがあのときはまだ、勘当すると脅されていることは話していなかったから、ジュリアンヌも知らなかったはずだ。デアは首を振った。〝彼女はおじいさまの財産には興味がありません〟

〝そんなわけがないだろう！〟祖父は声を張りあげた。〝おまえは下半身でしかものを考えていない！〟

〝いいえ。今回に限っては、心で考えています〟

祖父は怒りでまっ赤になりながらも、辛抱強く言った。〝いいか、よく聞くんだ。あのローレンという女は恋人がいるくせに、おまえをだましているのだ。おまえが彼女を追いまわすようになるはるか以前から、アイヴァースとベッドをともにしている〟

デアは嫉妬心に駆られて体をこわばらせた。たしかに、アイヴァースがジュリアンヌに言い寄るところは何度も見ていて、そのたびに苦々しく思っていた。だが、彼女がおれをだましているなんて、とんでもない。

デアがばかにしたように鼻を鳴らすと、祖父は言った。〝わしの話が信じられないなら、アイヴァースにきけばいい〟

デアは冷たい笑みを返した。〝おれが彼女を嫌うよう仕向けたいなら、もうちょっとましなつくり話を考えたほうがいいですよ〟

怒りにまかせてうなりながら、祖父は拳を振った。〝じゃあこの話はどうだ？　あの女は反逆者だ。おまえがどうしても結婚しようとするなら、あの女を監獄にぶちこんでやるからな〟デアの背中を冷たいものが走った。祖父は、その脅しを実行するだけの権力を持っている。

〝嘘だ！〟

デアがためらった様子を見せると、祖父の目が細くなった。〝先月ホイットスタブルで、ふたりのイングランド人船乗りが反逆罪で縛り首になったが、あの女はその仲間だった〟

〝亡命者どもはつねに困窮しておって、金のためなら喜んで国を裏切るんだ。あの女の有罪を示す証拠などすぐに見つかる〟

デアは思わず拳を握ったが、努めて冷静な声で言った。〝軽率じゃありませんか？　彼女を脅迫するなんて〟

〝じゃあ、わしにそんなことをさせるな。婚約は解消しろ。わかったな！〟

祖父の叫びを無視して、デアは部屋を出た。ジュリアンヌに会いにいつもの小屋へ行く前に、怒りを静めたかった。

さっきまでは、財産を継げなくても自分の幸せには関係ないと思い、祖父の怒りに反抗することだけを考えていた。

だが今、祖父が彼女に対して脅しをかけてきたことで、ためらいが生まれた。駆け落ちをするのは本当に賢明なことだろうか？　ジュリアンヌと結婚したいが、そのせいで彼女を危険にさらす気はない。祖父には、ジュリアンヌを窮地に追いやるだけの力がある。反逆の罪をでっちあげることだってしかねない。

デアは、自分が重大な決断を迫られているのを悟った。ジュリアンヌが傷つくのをただ黙って見ているわけにはいかない。それに、たとえ祖父の反対にそむいて駆け落ちするとしても、彼女の病身の母親の問題もある。ジュリアンヌの母親は家を離れたくないと言うだろうし、彼女も母親を捨てたりしないだろう。

ひとつだけ、はっきり決めたことがある。祖父のたくらみのせいでジュリアンヌが苦しむぐらいなら、婚約を解消する。ジュリアンヌを本気で愛しているにもかかわらず、いや、本気で愛しているからこそ、彼女が傷つく前にあきらめるのだ。

それから七年たった今、デアは自分がいかに愚かだったかを振り返った。この件に関しては祖父が正しかったのだ。

苦い思い出に喉がつまりそうになった。ジュリアンヌはあの午後、店を空けられたら小屋に来ると約束した。だが来なかったので、デアは自らホイットスタブルの店へ行った。そこでジュリアンヌの裏切りを――彼女の恋人を見たのだ。それまで、ジュリアンヌがアイヴァースとつきあっているという祖父の言葉をまったく信じていなかった。

あのときの苦悩がよみがえってきて胸が痛む。デアは、空になったブランデーグラスを見おろした。祖父の思惑どおり、婚約は解消された。だが、デアはその後すぐにケントを離れ、祖父が亡くなって埋葬されるまで、一度も屋敷に足を踏み入れなかった。

陰気な笑い声をあげながら、デアはグラスを暖炉に投げつけ、火のなかに飛び散る破片を見つめた。第六代ウォルヴァートン侯爵は墓のなかで喜んでいるだろう。そのためにたったひとりの孫を失ったとはいえ、フランス女の血が一族に汚点を残すのを防げたのだから。

その夜は祖父の張った邪悪な蜘蛛《くも》の巣にかかった夢に悩まされ、デアはよく眠れなかった。翌朝、朝食をとるとさっそく、祖父の秘書だったサミュエル・バトナーを図書室に呼んだ。アイヴァースとキャリバンの関係を証明するような話が聞けるかもしれない。

しばらく世間話をしてから、デアは切りだした。「きみはここにもう長いこと住んでいるが、アイヴァース伯爵のことには詳しいのか?」

「さようでございます」年配の秘書はうやうやしく答えた。「よく存じあげております」

「アイヴァースについて、なんでもいいから教えてくれないか。このところ、賭け事で多額の借金を抱えているらしいな。それに、忠誠心をフランス人に売っているとの噂もある」デアは鋭い目で秘書を見つめた。「おれがここで過ごした七年前の夏を覚えているだろう?ホイットスタブルで、ナポレオンの支持者に協力したとしてふたりの船乗りが処刑された。アイヴァースがそのふたりとつながっていたとか、反逆らしいことにかかわっていたということはないだろうか?」

バトナーが眉根を寄せた。「アイヴァース卿は困った方ですが、わたくしの知るかぎりでは、敵に協力するほど落ちぶれてはいないかと思います。ただ……」

「ただ?」デアは先をうながした。

「当時から、しょっちゅうお金に困っていました。ですがあの夏は、懐はあたたかかったはずです。ウォルヴァートン卿が賭けの借金を肩代わりなさいましたので」

「なぜ知っているんだ？」

「わたくしが小切手を書きましたから。六〇〇〇ポンドという大金でした。そのおかげで、アイヴァース卿は借金地獄から抜けだすことができたんだと思います」

「祖父はなぜそんなに親切にしたんだ？」

「はっきりとは存じません。ですが、あなたさまの……あの若い女性に関係があったのではないでしょうか。帽子店の店主だった女性です」

デアの心臓が早鐘を打ちはじめた。「続けてくれ」

バトナーは記憶を探ろうとするように眉をひそめた。「ある日、侯爵閣下がアイヴァース卿をここにお呼びになり、三〇分ほどおふたりでお話しになりました。六〇〇〇ポンドは、閣下が何かをお頼みになった報酬だと思います。なんらかの目的があって、アイヴァース卿を雇われたのではないかと」

「だがその目的は、きみには見当がつかないんだな？」

秘書はしばらくためらってから言った。「わたくしなりの考えならあります。正直に申しあげてよろしいでしょうか？」

「もちろんだ」

「あの夏、あなたさまがウォルヴァートン・ホールに滞在されることになり、侯爵閣下は大変お喜びになりました。ご自分のあとを引き継ぐのにふさわしいよう、あなたさまを教育なさるおつもりだったのだと思います。当時、あなたさまは放蕩のかぎりをつくしておられましたから……」

デアは皮肉っぽい笑みがもれないよう唇を引き結んだ。「ところが、おれは祖父をひどく失望させてしまった。おれは祖父が気に入るようなまじめな人間じゃなかったんだ。身を落ち着けて、りんご園を経営する気にはならなかった」

「ええ。ですが、侯爵閣下がいちばんショックを受けられたのが、あなたさまがあのフランス人女性と婚約されたことなんです。閣下は誇りの高い方でしたから――」

「他人を操るろくでなしだ」

「そうかもしれません。とにかく、あなたさまとあの女性が結婚なさるのが許せなかったのです」

「非の打ちどころのない血筋を、フランス女に傷つけられるかもしれなかったからな」デアは皮肉たっぷりに言った。

「ええ。それに……閣下は、彼女が反逆の罪を犯しているのではないかと疑っておられました。彼女が、処刑されたスパイたちとかかわりがあったことを、わたくしにほのめかされました」

デアは歯嚙みした。「それは、おれに結婚をあきらめさせるためにでっちあげた嘘だ。ミス・ローレンは反逆行為にもスパイ活動にもいっさいかかわっていなかった」

「わたくしもそうではないかと思っておりました。正直に申しあげまして、侯爵閣下があなたさまの恋愛にあれほど介入なさろうとするのが、わたくしにはどうしても理解できませんでした。ですが、閣下はかたくなでした。あなたさまは閣下の希望であり、誇りでした。あなたさまが……いえ、失礼しました。口が滑ってしまいました」バトナーは落ち着かない様子で顔を赤らめた。

「いや、正直に話してくれていいんだ。なんと言おうとしたんだ？」

「閣下は、あなたさまがお父上のように地獄へ落ちるのを見たくなかったと」

「それで、父にしたように、おれにも横暴に接したというわけか」

「侯爵閣下は、あなたさまに結婚を思いとどまらせたかったのです」

「おれを勘当すると脅してな。おれはずっと、実際に勘当になったのだと思っていた」

「閣下は一度も遺言を変更されませんでした。あなたさまの婚約が解消された以上、そうする理由はありませんから。ですがあのときは、何がなんでも結婚をやめさせるおつもりでした。いくらかかってもかまわないとおっしゃっていました。あなたさまを〝ずる賢い財産目当ての女から助けだす〟と……たしかそうおっしゃっていました」

デアは不安が募るのを感じながら静かに言った。「アイヴァースを利用してミス・ローレンに反逆の罪を着せようとしたんだな」

「おそらくそうだと思います。あなたさまが、二度と戻らないと言ってケントを出ていかれたあと、アイヴァース卿がお金を受けとりに来ました。そして二年後には、借金の申しこみに来ました。またしても財布が空になってしまったようです」

「祖父は応じたのか？」

「いいえ。きっぱりとお断りになりました。おふたりが言い争っているのが聞こえたのですが、アイヴァース卿は、払ってくれないならあなたさまのところへ行くと言っていました。あなたさまが真実を知りたがるだろうと」

「なんの真実だ？」

「よくはわかりません。ミス・ローレンの名前が聞こえたので、あの方に関係のあることなんでしょう」

「とにかく、アイヴァースが祖父を脅迫していたのは間違いないんだな？」

「そのように聞こえました。閣下はひどくお怒りになって、アイヴァース卿を屋敷からほうりだされました。それ以降、わたくしの知るかぎり、アイヴァース卿は姿を見せていません。ですが、あの方が何かの疑いをかけられていると聞いてもわたくしは驚きません。いつかそんなことになると思っていました」

「ありがとう、ミスター・バトナー。助かったよ」

年配の秘書がさがると、デアはじっと座ったまま、心の奥に湧いてきた恐怖と闘おうとした。祖父は本当に、おれに婚約を破棄させるためにアイヴァースを雇ったのだろうか？　そしてアイヴァースのせいで、ジュリアンヌが反逆罪で絞首刑になるかもしれなかったのか？

胃のあたりがきりきり痛む。あの日おれは、ジュリアンヌとアイヴァースの関係を誤解したのだろうか？　ほんの一瞬でも嫉妬を忘れて冷静に考えれば、秘書の話を聞く前から、ふたりの関係に疑問を感じることができたのではないだろうか？　ニューマーケットで、ジュリアンヌはアイヴァースのことを憎しみの目で見ていた。

それは、七年前にアイヴァースに捨てられたからだろうか？　あのころ、ふたりは恋人同士だったはずだ。おれはこの目で見た。この耳で、ジュリアンヌの口から聞いた。

落ち着かない気分のまま、デアは馬車を呼ぶために立ちあがった。ジュリアンヌのことと、あの夏に起きたことにもっと詳しい人物と話をする必要がある。


牡蠣《かき》で有名な小さな港町、ホイットスタブルには、立派な宿や、二〇軒ほどの店、それに小規模の造船所がある。町は、デアが最後に来たときとさほど変わっていなかったし、彼の人生が根底からくつがえされた帽子店も昔のままだった。

馬車をおりたデアは、帽子店のドアの前でためらった。ジュリアンヌが雇っていた店員がいるのを期待して来たのだが、どんな事実を知らされるかと思うと不安で、肌がじっとりと冷たくなってくる。彼は勇気を奮い起こしてドアを開け、店に入った。

とたんに、最後に来たときの光景がよみがえる……。

その日、ドアに鍵がかかっていないのに店に誰もいないのを、デアは妙に思った。ジュリアンヌの姿も店員の姿も見えない。ふと二階から声がしたので、彼は階段をのぼり、倉庫兼作業場で、ときには仮眠室としても使われていた広い部屋へ行った。

ジュリアンヌが髪を振り乱して簡易ベッドに座っており、その横にはアイヴァースが彼女にのしかかるようにして立っていた。デアに気づいた彼女は、手で胸を押さえた。

ジュリアンヌはデアを見てうろたえたようだが、アイヴァースと一緒にいる彼女を見たデアのほうがはるかにうろたえていた。

だが、アイヴァースは落ち着いた表情で彼女の肩に手を置いた。〝クルーン……来てくれてよかった。ジュリアンヌがきみに話をしたいらしい〟

デアはしかたなくアイヴァースに注意を向けた。まっ先に浮かんだのは、この男の首を絞めてやりたいという思いだった。

〝話してやれ〟アイヴァースがジュリアンヌにうながした。

〝何を話すんだ？〟デアの怒りは危険なまでにふくれあがっていた。

〝彼女はきみとの婚約を解消したがっている〟ジュリアンヌが黙っていると、アイヴァースが言った。〝そうだな？〟彼女の肩をつかんできく。

ジュリアンヌは一瞬、目を閉じた。それから、震える息をゆっくり吐いて肩をこわばらせ、デアの目を見あげた。〝ええ。デア、あなたとはもう結婚したくなくなったの〟

ショックのあまり、デアは突然口のなかがおがくずでいっぱいになったような気がした。

〝どういうことだ？〟

〝あなたは……わたしと結婚したらおじいさまに勘当されることを話してくれなかったわね〟

デアは彼女を見つめながら、その言葉の意味を理解しようとした。ジュリアンヌはそんなにウォルヴァートン家の財産がほしかったのか？

ジュリアンヌがデアに向かって、震える手をのばした。〝デア……あなたとは結婚できないわ〟

彼女を慰めるかのように、アイヴァースが肩を軽くたたいた。〝こんな形で真実を知ることになったのは気の毒だが、知ってもらってよかった。ジュリアンヌはぼくの恋人だ。きみと出会うずっと前から、ぼくと彼女は愛しあっていたんだ〟

デアは息もできず、動くこともできなかった。ショックと信じられないという思いで体が麻痺したようになった。

〝ジュリアンヌ？〟やっとのことで、かすれた声が喉から出た。〝嘘だろう？〟

ジュリアンヌは一瞬アイヴァースを見てから、床に目を落とした。〝ごめんなさい〟

アイヴァースが勝ち誇った笑みを浮かべた。デアは殴られたかのような衝撃を受け、あとずさりした。ジュリアンヌは、アイヴァースのとんでもない言葉を否定すると思っていた。まさか肯定するとは……。

アイヴァースの得意げな声が、デアの混乱している頭を突き刺すように言った。〝ぼくもつらかったんだ。きみが彼女に言い寄っているのを黙って見ていなければならなかったからな。ジュリアンヌに邪魔をするなと言われたんだ。幸い彼女は、きみが相続権を失うならと、ぼくのほうを選んでくれた〟

でいる。

デアはあとずさりしながらアイヴァースを見つめた。浅黒い顔にはゆがんだ笑みが浮かんでいる。

吐き気を覚えて、デアは背を向けて部屋を出た。あまりの衝撃に、アイヴァースに決闘を申しこむことすら思いつかなかった。胸から心臓をつかみだされたような気がした……。

当時のことがよみがえると頭がくらくらし、デアはこめかみに手をあてた。おれは早合点してしまったのだろうか？　ジュリアンヌはアイヴァースの言葉を否定しなかった。それは間違いない。だが正確にはなんと言っていた？　〝ごめんなさい〟だ。おれはそれを、罪を認める言葉だと思って聞いたが……。

判断を間違ってしまったのだろうか？　彼女はずっと被害者だったのか？　それとも、間違っているのはおれの記憶なのか？　遠い昔の話だ。それに、ショックのあまり、長年のあいだに記憶をゆがめてしまったのかもしれない……。

「ウォルヴァートン閣下？」女性の険しい声が、デアの乱れる思いに割って入った。

目をあげると、カウンターのそばで、二〇代なかばとおぼしき黒髪の女性がボンネットに羽根飾りをつけていた。そのふっくらした顔には、なんとなく見覚えがある。

「おれを知っているのか？」彼は眉をひそめて尋ねた。

彼女が険しい表情で答えた。「ええ、閣下。前の店主に求婚なさっていましたから。忘れることなんてできません」

彼女のブルーの目に嫌悪感が宿る。デアは当惑して、さらに一歩店のなかに入った。「七年前はここの店員だったね？」

「ええ。レイチェル・グリンブルです。今はわたしがこの店の店主です」

彼女の口調には、通常、商店の主が貴族に向ける敬意はかけらも感じられなかった。

「おれを嫌っているようだな、ミス・グリンブル」

「当然ですわ、閣下。あなたがミス・ローレンになさったことを考えれば。いいえ、なさらなかったことを、と言ったほうが適切ですわね」

「いったいなんのことだ？　説明してくれ」

「あなたはミス・ローレンを、狼のなすがままにさせました」

デアは眉根を寄せた。「それだけではなんのことだかわからない」

「あの野獣の手に彼女を置き去りにしていったじゃないですか。あの日、わたしは……」店主は深く息を吸いこんだ。「あの日、ミス・ローレンに外出の用事を頼まれて、帰ってきたら……アイヴァース卿が出ていくところでした」そう言うと、店の奥の、階段があるほうに目をやった。「アイヴァース卿は彼女に乱暴しようとしていたんです」

デアは歯のあいだから鋭く息を吐いた。ナイフを突きたてられたかのように胸が痛む。

ああ、なんということだ。心臓が早鐘を打ち、恐怖が波のように襲ってくる。

「ご存じなかったんですか？」

「知らなかった……」デアはかすれる声で言った。「まったく知らなかった。知るべきだったのに」

「ええ、わたしもそう思います、アイヴァース卿は野獣でしたが、あなたは……。ミス・ローレンはあなたを愛していました。それなのに、あなたは彼女を捨てたんです」

デアは両手で頭を抱えた。真実を知った今、あまりに恐ろしい現実に体が麻痺し、このまま膝をついてしまいそうだった。

あの日、逃げるようにそのままケントを発った。自分が受けた傷にばかり気をとられて、ジュリアンヌの運命に思いをはせることもしなかった。その後は、ほんのわずかでも彼女のことを考えまいと努めた。

デアが罪悪感と闘っているあいだ、店主は黙って立っていたが、彼女が彼を非難しているのはひしひしと感じられた。

「なぜ彼女はおれに話さなかったんだろう？」しばらくしてデアは言った。

「わかりません。わたしはあなたのところへ行こうとしたのです。アイヴァース卿にあんなことをされたあとでも、あなたなら彼女を守ってくださると思って。でも、ミス・ローレンが許してくれませんでした。きっと恥ずかしかったんだと思います」ミス・グリンブルの声が厳しくなった。「それだけではありません。ウォルヴァートン卿に国を裏切っているという噂を流されたせいで、店はすっかり評判が落ちてしまいました。注文は来なくなったし、スキャンダルがこたえてお母さまの具合も悪くなってしまったんです。結局、ミス・ローレンは町を出ていくしかなくなりました。侯爵が追いだしたんです。あなたはとっくに出ていったあとでしたが」

デアは何も言えなかった。言えることは何もない。自分の無知や罪を謝る言葉もなかった。よろよろと店を出て、馬車に戻った。情けなさに涙が出そうになりながら、座席のクッションにもたれる。

ジュリアンヌがあの卑しいろくでなしに乱暴されかけたのに、おれは彼女を置いて出ていった。

ふたりは恋人でもなんでもなかったのだ。だがジュリアンヌは、おれには恋人だと信じこませたかった。なぜだ？　アイヴァースに、痛い目にあわせると脅されたのか？　やつの言い分を肯定するよう強制されたのか？　いや、そうではないだろう。ジュリアンヌの身を守るためならおれがどんなことだってするのは、彼女だって知っていたはずだ。

それなのに、おれはジュリアンヌを守れなかった。それどころか、最悪の形で彼女を見捨ててしまった。

デアはかたく目を閉じた。ジュリアンヌはおれを裏切っていなかった。ずっと誠実だったのだ。だが、嫉妬のせいでおれは理性を失い、彼女を裏切り者と非難した。

ジュリアンヌが何も言わなかったのはそのせいだろうか？　おれの反応が予測できたから？　それとも、乱暴されかけた自分を、おれが妻にしたがらないと考えたのだろうか？　いや、おれがアイヴァースに決闘を申しこみ、やつを殺してしまうのを防ぎたかったのかもしれない。

デアは拳を強く握りしめた。ほんのわずかでも真実に気づいていれば、アイヴァースを殺していただろう。

怒りと恥ずかしさがこみあげる。知らなかったとはいえ、ふたりの情熱が引き起こした苦しみをすべて、ジュリアンヌひとりに負わせてしまった。祖父の怒りと残忍な策略のもとにジュリアンヌを置き去りにしてしまったのだ。祖父が結婚を阻止するためにアイヴァースを雇ったのは間違いない。

おれはなんと愚かだったのだろう！　祖父が無慈悲な男なのは知っていたはずなのに。だが、そこまで無慈悲だとは思っていなかった。

デアは長いこと座ったまま、悲しみと怒り、憎しみ、自己嫌悪といった感情の嵐に魂を揺さぶられていた。あまりにも強烈な真実に、そのほかのことは考えられなかった。

「閣下？」

心配そうな声にはっとわれに返り、デアは目をあげた。御者が振り返って、困惑した顔で見つめている。

「ご気分がすぐれないのでしょうか？　医者のところまでお連れしましょうか？」

医者では、おれのこの気持ちをどうすることもできないだろう。デアは苦笑した。「いや、いい」

「それではどこへお連れしましょうか？」

御者はおれが目的地を告げるのを待っているのだ。今すぐロンドンに戻らなければならない。ジュリアンヌに会うのだ。

荷物をまとめるために、ウォルヴァートン・ホールへ戻るよう御者に命じた。だが、ふたたび物思いに沈んだとき、あるひとつの疑問がはっきりと頭に浮かんできた。

どうしたらジュリアンヌに許してもらえるのだろう？

14

デアは、ジュリアンヌの下宿のみすぼらしい応接間で、彼女が劇場から帰るのを待った。ついに馬車の音が聞こえてくると、彼は窓から外を見おろした。

リディンガムがエスコートしてきたのを見て嫉妬がこみあげてきたが、必死に静めた。彼女が誰をパトロンにしようと、反対する権利は自分にはない。そんな特権ははるか昔に失ったのだ。

デアは吐き気を覚えながら、ジュリアンヌが鍵を外してドアを開ける前に、すりきれた長椅子に戻った。ランプの明かりがともっているのを見て、彼女は不意に足をとめ、恐怖と闘争心を目にたぎらせて部屋を見まわした。

ジュリアンヌの手にはナイフがあった。その意味を悟ったとたん、デアは改めて大きな衝撃を受けた。

デアの姿を認めた彼女の顔に浮かんだ安堵感は、少なくとも本物に見えた。

「どうやって入ったの?」ジュリアンヌがドアを閉めながら尋ねた。

「大家が、ここで待っていていいと許可してくれたんだ」

「どうして――」デアは彼女の言葉をさえぎった。

「ケントから……ホイットスタブルからさっき帰ったところだ」

ジュリアンヌはひと言も発しなかった。ただ黙って彼を見つめている。

「帽子店の以前の店員に、アイヴァースのことを聞いた。きみとやつは恋人同士ではなかったんだな」

ジュリアンヌの顔から血の気が引いていき、ナイフをテーブルに置く指は震えている。彼女はよろよろと歩くと、デアの向かいの椅子に沈みこむように座った。

しばらくのあいだ、彼は感情を隠すために目を伏せていた。自分の気持ちを悟られたくなかったのだ。ジュリアンヌを見るだけで、自分がしてしまったことの重大さ、彼女の受けた傷の大きさが思い知らされてつらかった。目にした光景になんの疑問も抱かなかった自分に嫌気がさすが、ジュリアンヌはジュリアンヌで、アイヴァースの嘘を訂正しなかった。なぜあのとき、あるいはあとからでも、訂正しなかったのだろう？

「なぜだ、ジュリアンヌ？」その声には痛みがまじった。

ジュリアンヌはびくっとしたが、こちらを見ようとはしなかった。代わりに、膝の上でしっかり組んだ自分の手を見おろす。「嘘はつかなかったわ」

「アイヴァースと恋人同士だと思わせた。やつの言葉を否定しなかったじゃないか」

「ほかにどうしようもないと思ったの。母を傷つけると脅されたから」

「言ってくれればおれが守った。そうは考えなかったのか？」

こちらを見あげた彼女の目はとてもつらそうで、デアは胸が張り裂けそうになった。

ジュリアンヌは小さく首を振った。「どっちにしても同じことだったのよ。あなたとは結婚できないとわかっていた。わたしのために自分を犠牲にしてほしくなかったの。あなたが勘当されるのを阻止するには、婚約を解消するしかなかったのよ」

彼は胸が締めつけられるような気がした。「祖父の財産がおれにとってそんなに大事だと思っていたのか？」

「あのころはそうではなかったかもしれないけれど、わたしとの結婚のせいで相続権を失ったら、いつかそのことを後悔する日が来ていたはずよ」

〝わたしのために自分を犠牲にしてほしくなかったの〟その言葉が頭から離れなかった。ジュリアンヌはおれが苦しまずにすむように、自分が犠牲になったのだ。

「ウォルヴァートン家の土地は、相続人が限定される限嗣相続の対象となっていた」デアは穏やかだが皮肉をこめた口調で言った。「祖父が亡くなれば、自動的に爵位と一緒におれのものになると決まっていたんだ。それにどっちにしろ、祖父が亡くなったときにはおれも自分でかなりの財産を築いていたから、たとえ相続できなくても困りはしなかった」

ジュリアンヌは真剣な顔で彼を見つめ返した。目には困惑の色が浮かんでいる。

「なぜ、話しあう機会すらくれなかったんだ？」

ジュリアンヌは膝の上の手をさらにかたく握りあわせた。デアの強い視線にさらされると、裸にされたみたいで落ち着かない。「あっという間のことだったのよ。あなたが来る直前に、アイヴァースに脅されたの。侯爵はわたしたちを別れさせるつもりだ、絶対に結婚させないだろうって。そこへあなたが入ってきて、アイヴァースがわたしを恋人だと言い……」気持ちを落ち着かせるよう息を吐いた。「わたしはあなたにそれを信じさせたかったの。わたしを不実な女だと思わせたかった。そうでなければ、あなたは婚約を解消しないとわかっていたから」

目を閉じて、あの日デアの顔に浮かんだ苦しみを思い返した。あの顔が、何年も脳裏から消えなかった。

「あなたに嘘はつきたくなかった。悪く思われるのもいやだったわ。心の底では、あなたがアイヴァースの嘘を見破って、わたしがあなたを愛していることをわかってくれるんじゃないかと期待していたの。でも、あなたが出ていったあとであの男は……。わたしは本当に甘かったわ」

自分を笑おうとしたが、笑いは喉もとでとまった。「アイヴァースがどれだけ腹黒い悪人なのか、わかっていなかったのよ。彼の言うとおり婚約を解消したから、それで満足だろうと思った。でも、それだけではまだ足りなかったの。彼は、あなたが二度とわたしとの結婚を考えないようにしたかったのよ。あなたのおじいさまが、そうしろと言ってお金を渡したから。だからわたしを……もちろん必死に抵抗した。血が出るまで顔を引っかいたわ。でも、彼は力が強くて……」

「なんということだ」

デアのつらそうな声に、ジュリアンヌは目を開けた。彼は手に顔をうずめ、髪をぎゅっとつかんでいる。

「彼があんなことをするなんて、あなたにはわからなくて当然よ」彼女は静かに言った。

デアがうめいた。「おれのせいだ。きみをあの悪魔とふたりきりにして置いてくるべきではなかったんだ」

「あなたは悪くないわ。悪いのは、まんまとだまされたわたしよ。ショックで記憶もあいまいだけれど、もう一度わたしにさわったり母を傷つけたりしたら殺すと言ってやったことは覚えているわ。それを信じたみたいで、彼は出ていった。でもわたしは、あなたと将来をともにする望みが完全に絶たれたのを悟ったの」

デアが顔をあげた。その目に浮かぶ苦悩は、ジュリアンヌ自身の苦悩を映しているようだった。「話してくれればよかったのに」

「話せるわけがないじゃない。もともとわたしたちの結婚に反対したのはおじいさまだけれど、アイヴァースのしたことで事態ははるかに悪くなったのよ。あなたがわたしを求めることは二度とないと思ったわ。逆に、責任を感じて無理に結婚しようとするかもしれないとも思った。だけどそんなことになればあなたはスキャンダルと嘲笑の的になり、おじいさまからは勘当されてしまう。それだけは絶対に避けなければならないと思ったの」

やるせなさと絶望がよみがえってきて、ジュリアンヌの目に熱い涙が浮かんだ。あのとき、わたしは本心を打ち明けたくてたまらなかった。デアを裏切るぐらいなら死んだほうがましだと思っていることを伝えたかった。でも、そんな危険は冒せなかった。

思いだすと苦しみが押し寄せてきて、涙がこぼれだす。

デアが近づいてきて抱きしめた。

抵抗したかった。こんなに弱い自分を彼に見られたくなかった。だが、もう抵抗する力は残っていなかった。ジュリアンヌはデアにしっかりしがみついて、ふたたび泣いた。

デアにとっても、耐えがたい苦しみだった。ジュリアンヌを傷つけた張本人である自分に、こんなふうに彼女を抱き、慰めようとする資格があるとは思えなかった。だが、泣いているジュリアンヌを見るのはつらくてたまらない。彼女の恐ろしい記憶を消してやりたかった。

しばらくすると、ジュリアンヌの泣き声が小さくなった。やがて彼女は体を離し、涙をぬぐって言った。「あなたのあわれみはいらないわ、デア。耐えられないから」

暗い目の奥に苦しみが見えたが、その中心には無限の勇気があった。

「わかった」デアはささやいた。「あわれんだりはしない」

今感じているのはあわれみではなかった。恥ずかしさだ。ジュリアンヌが耐えてこなければならなかった悪夢に対する、恥ずかしさと後悔、そして自責の念だった。

大きなショックを受け、希望を失った彼女の姿が目に浮かぶようだ。アイヴァースの乱暴、それに続く祖父の中傷に耐えるのにどれだけの強さが必要だったか、自分には想像することしかできない。さらにジュリアンヌは女優という難しい職業で生計をたて、母親の最期の日々が平穏に過ぎるようにと愛人に自分の体を売った……。どれだけつらかったことだろう。

デアは、これまで感じたことのないような悲しみに襲われた。狡猾な魔性の女に裏切られたと思ったときでさえ、これほど苦しくはなかった。

彼はジュリアンヌを長椅子まで連れていき、抱きしめたまま一緒に腰をおろした。ジュリアンヌの髪に顔をうずめ、彼女の震えがおさまるのを待つ。

やがてデアは口を開いたが、その声は震えていた。「ジュリアンヌ、許してもらえるとは思っていない。ただひとつだけわかってほしい……おれは、きみを傷つけるぐらいなら命をさしだしたってよかった」

ジュリアンヌが震える息を吐きながら首を振った。「あなたのせいじゃないのよ、デア」

「おれのせいだ。おれは若くて愚かでせっかちだった。何があろうと、どんな結果が待っていようと、祖父に反抗しようと決めていた。だが、祖父を怒らせた代償を払ったのはきみだったとは」

ジュリアンヌの頬にかかった巻き毛をそっとどかすと、キスで涙をぬぐった。そして、ふたたび彼女を抱きしめた。

あの午後を振り返り、デアはさらに厳しい口調で言った。「おれは、きみがアイヴァースといるところを目撃する前から、婚約を解消するつもりだった。祖父が、きみを反逆罪で訴えると脅したんだ。祖父なら本当にやりかねないと思った。そのことをきみと話しあいたかったんだ。だが……きみとアイヴァースが一緒にいて、やつにきみが恋人だと言われて、激しい嫉妬に襲われた。きみに触れたというだけでやつを殺したいと思った」

「あなたが彼の言葉を信じたのは、わたしが否定しなかったからだわ」

デアは口もとをゆがめた。「おれには、きみがおれを裏切っているという先入観があったのかもしれない。おれの母は、結婚してからも数えきれないほど愛人をつくっていた。母には不貞を美化する傾向があって、おれもそれがあたり前だと思って育ったんだ。だが、きみが母とは違うということをわかっておくべきだった」彼の声はさらに暗くなった。「祖父の策略も疑うべきだった。愚かだったのはおれだ。祖父が自分の思いどおりにするためにあそこまでやるのを予見できなかったのだから。そして、そのあとのことにもきみひとりでたち向かわせてしまった。きみの人生を台なしにしたのは祖父だが、それを許してしまったのはおれだ。きみを守るべきだったのに」

「知っていたら、あなたは絶対に守ってくれたわ」

デアは苦々しく笑った。「あのとき、おれは自分の受けた傷のことしか考えていなかった。できるだけきみから遠ざかることしか頭になかったんだ。あそこに残っていたら……少なくとも、祖父がきみの評判を落とすのは阻止できただろう。店員から聞いたよ。祖父が商売をつぶし、きみを町から追いだしたと」

「ええ。おじいさまと争うお金はなかったし、母の生活も支えなければならなかったから。あれだけ評判を落としてしまったら、まともな仕事につけるとも思えなかったわ」

「だから女優に転向したんだな」

「あの騒ぎのなかで唯一よかったことがそれよ」かすかな笑みが浮かんだ。「天職を……本当に好きだと思える仕事を見つけることができたの。演じることでわたしは救われた。演技がわたしの苦しみを消してくれたのよ」

思いだすと、新たに涙が浮かんできた。はじめは悲しみのあまり死ぬのではないかと思っていたが、生きるために必死でやってきた仕事が、その後、生き続ける理由となった。

そしていつしか、自分をのみこむかと思われた苦しみと羞恥心をのりこえることができていた。残酷な仕打ちを受けたことによる傷も癒えていた。体はともかく、心はアイヴァースの魔手に触れられてはいなかったのだ。

そして、愛の営みに対する情熱も損なわれはしなかった。デアだけが本当の快感を味わわせてくれた。彼は、生きているとはどういうことかを教えてくれた。愛の営みが暴力とは無縁であることも。

ジュリアンヌは彼の頬に触れた。「あの夏のことで、後悔していないこともあるのよ。あなたは愛と情熱をわたしに教えてくれた。それがなかったら、いろいろなことをのりこえられなかったわ」

デアが目をかたく閉じる。「それでもおれの罪は消えない」

彼の苦しげな表情に、ジュリアンヌは胸が痛くなった。デアを抱きしめ、慰めてあげたかった。彼は、壊れやすいガラスのように、触れるのが怖いとでもいうように、やさしくわたしを腕の中に置いてくれている。

ジュリアンヌは顔をあげ、唇を重ねた。「デア……わたしを抱いて」

デアが体を離して彼女を見つめた。「あんなことをしたおれを、ほしいというのか？」ジュリアンヌはかすかに微笑んだ。彼がほしくてたまらない。それしか考えられなかった。デアに、暗い記憶を追い払ってほしい。これまでの孤独をぬぐい去ってほしかった。答える代わりに、無精ひげののびた頬を撫でる。「ほしくないわけがないわ」そう言うと、ふたたび唇を重ねた。

彼の唇がむさぼるようにジュリアンヌをとらえる。救いを求めるようなキスだった。唇を重ねたまま、デアは彼女を抱きあげ、隣の寝室に入って狭いベッドに寝かせた。

暖炉の火明かりのなかで、彼はジュリアンヌの服を脱がせた。だがその手つきはためらいがちで、伝説となっている情熱的な恋人の手つきとは似ても似つかなかった。彼女が一糸まとわぬ姿になっても、デアはその横に座ったまま何もせずにいた。

「デア……わたしは壊れたりしないわ」ジュリアンヌはじれったそうにささやいた。おそらくそうだろう。だがデアは、初恋の相手を前にしたうぶな少年のように不安だった。それを察したのか、ジュリアンヌが体を起こし、彼の顔を両手で包んでささやいた。「あなたはわたしを傷つけたりしない。けっしてわたしを傷つけることはできないわ」

デアの胸はひどく痛んだ。彼女はおれを慰めようとしてくれている。

ジュリアンヌはやさしくキスをして、あたたかい唇を重ねたまま彼のクラヴァットをほどき、床に落とした。デアはキスにわれを忘れそうになりながら、自分で上着を脱いだ。

彼がベストのボタンを外すあいだに、ジュリアンヌは化粧テーブルへ行って避妊の処置をし、髪のピンを外した。シルクのような髪が背中に流れ落ちるさまに、デアの目は釘づけになった。

ベッドに戻ると、ジュリアンヌはひざまずいてデアのブーツを脱がせ、次いでブリーチも脱がせた。デアはジュリアンヌに手をのばしたが、彼女はその肩に手を置いて、あおむけになるようにうながした。「お願い、わたしにさせて」

デアは、主導権を握りたいという彼女の思いを察して、あおむけに寝た。ジュリアンヌは、自分が無力でも傷つきやすくもないことを証明してみせたいのだろう。

ジュリアンヌはベッドにのぼり、彼をまたいでひざまずくと、裸の胸に唇をつけた。そして全身に、ゆっくりとキスをしていった。彼女が下へ向かうにつれ、髪がデアの体を撫でる。

ジュリアンヌの愛撫はやさしいのと同時に、刺激的で官能的だった。早くもデアは下腹部がこわばるのを感じたが、彼女が腿の内側の敏感な場所に舌で円を描きはじめると、さらにかたくなった。そのあと、ジュリアンヌはまた上に戻っていった。彼女の唇が脚のあいだから腹部へ、そして胸へと移動する。

舌でじらされるあいだじっと動かずにいるのは至難の業だった。ジュリアンヌが胸の先端に舌を走らせてから彼の口に戻り、羽根のように軽いキスをする。彼女への愛情と欲望で、デアの胃はきりきりと痛んだ。

ジュリアンヌがキスを深めると、デアは彼女の髪に指をからませた。やさしくしようと努めるものの、緊張が耐えがたいほど高まってくる。ジュリアンヌの体を引き寄せ、彼女の名前をささやく。それにこたえて、ジュリアンヌはデアの上にゆっくり体をおろし、彼を迎え入れた。

まるで天国にいるかのような気分だった。目もくらむような感覚に、デアの喉から荒々しい声がもれ、心臓が激しいリズムを刻む。ジュリアンヌのなかの欲望、デアとひとつになりたいという欲求を感じとり、彼はさらに奥まで彼女のなかへ入っていった。

ふたりは激しく、だがやさしく互いを求め、またたくまに悦びの嵐に包まれた。情熱のままに動き、互いの叫び声をのみこみ、永遠に続くかと思われる歓喜のうねりに身をまかせた。うねりがおさまると、ジュリアンヌは体を震わせながら、デアの上に力なく崩れた。あたたかく力強い体に包まれながら、彼の鼓動に耳を傾ける。

ついにデアが真実を知った。わたしが裏切っていなかったことを知った。やっと苦しみから解放される。ふたりの愛の営みはいつもと同じく最高だったが、今までとは違う、やさしさや気づかいがあった。

ジュリアンヌはゆっくりと息を吐いた。デアはもう、あのときのことでも、そしてアイヴァースにされたことでも、わたしを責めていない。母のために愛人にならなければならなかったことについても、彼はわたしを責めなかった。ジュリアンヌは心が軽くなったような気がした。大きな荷物をおろした気分だ。

この気持ちは何かしら？　希望だわ。もう何年も味わったことのない感情だった。ついに、苦しいことばかりの過去から解放されたのだ。

だが、デアはなおもあおむけのまま、長いあいだ天井を見つめていた。

「おれが憎くてたまらなかっただろうな」しばらくしてデアが言った。

「いいえ、憎かったのはあなたじゃないわ」ジュリアンヌは静かに言った。「アイヴァースよ」

「おれが殺してやる」デアがつぶやく。

不安がこみあげ、ジュリアンヌは彼の肩にのせていた頭をあげた。「デア、だめよ」

「なぜだ？」

「そんなことをして満足感を得ても割に合わないからよ。もし彼を殺したら、あなたは国外に逃げなければならない。わたしのためにあなたが犠牲になるなんて、耐えられないわ」

デアがつらそうに彼女の目を見つめる。「ほんのわずかでも復讐したいと思わないのか？」

「以前は思っていたわ。でも今は……ただ、過去を葬り去って前に進みたいだけ」

「アイヴァースが過去をほじくりださないと言いきれるか？　ニューマーケットで何を言われたんだ？」

ジュリアンヌははっとした。「借金の肩代わりをしろと言われたの。払わなかったら、また反逆の罪をかぶせると脅されたわ」

デアの目に怒りがたぎる。「その脅しに屈するつもりなのか？」

「もちろんそんな気はないわ。喉を切り裂いてやると言ったわよ。もう、彼に傷つけられたりしない」

デアの表情がかたくなった。「アイヴァースは自分のしたことの報いを受けるべきだ」

デアの言うとおり、アイヴァースには罰を受けさせなければならない。それはわかっている。でも、その結果デアが苦しむと思うと耐えられなかった。

ジュリアンヌはすがるように彼を見た。「デア、お願い。彼を殺さないと約束して」

デアは歯を噛みしめた。「わかった……殺しはしない」

ジュリアンヌは不安げに彼を見つめた。

「信じてくれ」デアは静かに言った。「もうばかなまねはしない」

ジュリアンヌはやっとデアの肩に頭を戻し、彼の抱擁に身をまかせた。だがデアはジュリアンヌを抱きながらも、彼女を傷つけた悪党への憎しみを募らせていた。

ほうっておくことはできない。どんなことをしても、ジュリアンヌを傷つけた代償を払わせてやる。アイヴァースがアリス・ワトソンを殺したのなら、確実に絞首刑にしてやろう。そしてもしキャリバンの共犯者なら、それを証明して、正義が果たされるのを見届けるのだ。

キャリバンとアイヴァースがつながっている可能性は、まだジュリアンヌには話していない。アイヴァースをとらえるまでは話さないつもりだ。これは、おれひとりで片をつける。彼女を巻きこみたくはない。

しばらくすると、ジュリアンヌの静かな寝息が聞こえてきた。デアの思いは、復讐から自分の罪へと移った。ジュリアンヌをあんな悪魔の手に渡したおれは、鞭打ちの刑になってもいいぐらいだ。あと何年たてば、思いだしても吐き気を覚えずにすむのだろう？

目を閉じて、忍びこんでくる感情を遮断しようとした。これほど自分が役たたずで価値のない人間に思えたことはない。ジュリアンヌは、おれが勘当されるのを防ぐために自分を犠牲にした。気高い行動だ。そしてそのせいで、彼女の人生はめちゃくちゃになってしまった。

デアはゆっくりと息を吸いこんだ。過去をやり直すことができるなら、持っているものをすべてさしだしてもいい。

眠っているジュリアンヌの髪に手をのばし、黒テンの毛皮のようなその髪を撫でる。なんとかして許してもらわなければならない。彼女が受けた苦しみ、これまで無駄にしてきた年月をすべて償うことはできないが、償う努力はしなければ。

またジュリアンの心を手に入れたいという欲求で胸がいっぱいになった。とてつもなく運がよければ、それも不可能ではないかもしれない。

努力すると心に誓ってベッドをおりると、デアは彼女を起こさないようにそっと毛布をかけた。アイヴァースと対決するつもりだった。そのあとに、持てるものをすべて――金も力も意志の力も――かけて、ジュリアンヌの心をとり戻すのだ。

15

ジュリアンヌが目を覚ましたのは、それからしばらくたったあとだった。デアのぬくもりが感じられない。こんな遅い時間に、いったいどうしたのかしら……。

次の瞬間、パニックに襲われた。アイヴァース。デアは彼と対決しに行ったの？

アイヴァースの宿泊場所は知っている。伯爵につきまとわれて困ると訴えたときに、リディンガムが突きとめてくれたのだ。

毛布をはねのけると、ジュリアンヌは大急ぎで服を着た。


デアはアイヴァースが泊まっているホテルの部屋の暗がりのなかで、眠っている彼を見つめていた。

〈リマーズ・ホテル〉は暗くていかめしいが、ロンドンの酒とギャンブルを好む男たちに人気がある。賄賂を渡して伯爵の部屋に忍びこむのは簡単だった。

デアの動く音は、アイヴァースのいびきにかき消された。アイヴァースはベッドにうつぶせになって寝ていた。ブーツとブリーチは脱いでいるがシャツは着たままで、寝具からは白い尻がのぞいている。

デアは火打ち石を打って蠟燭に火をつけた。炉棚の時計が朝の四時をさしている。デアは剣を鞘から抜きながら、アイヴァースの頭に水差し一杯分の水をかけた。

アイヴァースは飛び起きて、驚きのあまり早口で何かつぶやいたが、すぐに、デアが剣の先端を喉もとに突きつけていることに気づいた。

アイヴァースは凍りつき、目を丸くした。「ウォ……ウォルヴァートン、なんのつもりだ？」

デアは歯をむきだして冷たい笑みを浮かべた。「わかっているはずだ。おまえはジュリアンヌ・ローレンの恋人じゃなかった」

「そ……そんなことはない。恋人だった。彼女が違うと言ったのか？　そうだとしたら嘘をついているんだ」

デアは怒りを爆発させるのをかろうじてこらえた。剣の先端で、アイヴァースの左頰の傷跡をなぞる。「もう一度答えるチャンスをやろう」

アイヴァースは痛みに息をのんだ。「決闘を申しこむ気か？」怯えた目で剣を見る。「きみは剣の達人だ。不公平じゃないか」

「おまえがジュリアンヌ・ローレンに乱暴したことは、不公平じゃなかったのか？」

「わ……悪かった。個人的な恨みがあったわけじゃない。侯爵が……」

怒りが炎となってデアの体を駆け抜けた。剣の切っ先を股間へと移動させる。

アイヴァースが悲鳴をあげて股間を押さえた。指のあいだから血がしたたり落ちる。

「声は抑えたほうがいい」デアは冷たい声で諭した。「そうでないと、次は心臓をねらう。おまえは彼女を無理やり奪おうとした。そうだな?」

アイヴァースが逃げ道を探すかのように部屋を見まわす。

デアは頭を振った。「誰も助けに来ない。おまえは完全におれのなすがままだ。おまえは彼女を汚そうとした。そうだろう?」

「そうだ! 頼む、やめてくれ……」剣が喉もとに戻り、アイヴァースは泣き声をあげた。

「ぼくを傷つけないでくれ!」

「なぜだ?」デアは静かな声できいた。「なぜおれが今おまえを殺してはいけないのか、教えてくれ」

アイヴァースは泣きはじめた。

「おまえを細かく切り刻んで、テムズ川の魚の餌にするべきだと思うんだが。テムズ川には詳しいんだろう、アイヴァース? なにしろ先月、レディ・カースルレーのコンパニオンをあそこで殺したんだからな」

「違う! ぼくは殺していない。本当だ」剣が喉もとにくいこむと、アイヴァースはベッドにひっくり返って身をすくめた。「だが、誰がやったかは知っている」

デアは剣をおろした。「少し興味が湧いてきた」

アイヴァースは涙をこらえて、震える息を吸いこんだ。「ぼくは殺していない。たしかに彼女に言い寄った。あの晩は、会う約束をしていたんだ。ところが行ってみたら、彼女はすでに死んでいた」

「それで、誰が殺したんだ？」

「ペリン……マーティン・ペリンだ」

デアは体をこわばらせた。「ペリンが遺体のそばにいるのを見たのか？」

「いいや。だが、彼が殺したのはたしかだ」

デアは少しためらってから言った。「彼がキャリバンなのか？」

「知らない。本当だ。ぼくはペリンからキャリバン卿の命令を伝えられ、あの娘を誘惑するよう指示された。したがうしかなかった。ペリンはぼくの借用証をほとんど買いとって、キャリバンの言うことを聞かなかったらすべてとりたてると脅したんだ」

「アリス・ワトソンから何を手に入れたかったんだ？」

「カースルレー卿の計画を知りたかったんだ。戦争が終わったら、ナポレオンをどうするつもりなのか、どこに連れていくつもりなのかを」

「それで、カースルレー卿が妻に宛てた手紙を彼女に盗ませたんだな？　そして彼女が死んだあとは、召使いに金を渡して情報を得ていた」

「そうだ」

「ニューマーケットでは何をしていた？　おれをつけたのか？」

「ああ。ペリンは、きみがキャリバン探しに鼻を突っこんでいることを聞きつけて、理由を知りたがった。それで、ぼくが調べることになったのさ」

「だが、おまえは代わりにミス・ローレンに近づいた」

アイヴァースはふたたび泣き声を出した。「彼女には触れていない！」

「そうだな。ただ、つくり話を広めると脅して彼女から金を引きだそうとしただけだ。それにはどんな罰がふさわしいかな？」

「頼む……殺さないでくれ」

「その必要はないだろう。おまえのしたことは反逆だ。絞首刑になるのは間違いない」

「もし……もしカースルレー卿の命を救えるような情報を教えたら？　カースルレー卿には危険が迫っているんだ」

「続けろ」

「ぼくが召使いから情報をききだせなかったから、ペリンは怒って……」

そのとき、デアの背後で物音がした。デアはわずかにドアのほうに体を向け、剣をかまえた。だが、入ってきた人物を見た瞬間、心臓が跳ねあがった。

ジュリアンヌが心配そうな目をして立っている。

彼女は部屋に入り、静かにドアを閉めた。その手にはナイフが握られている。ジュリアンヌはアイヴァースの頬の傷とマットレスにしみこんだ血を見ると、探るような視線をデアに向けた。「彼を殺したかと思ったわ」

「殺しはしないと約束したはずだ」デアは感情を表さずに言った。「だが、考えを変えてもいいぞ」

ジュリアンヌは、ベッドで身をすくめているアイヴァースを見つめた。「正直に言うと、この人が死ぬのを見てもなんの悲しみも覚えないわ」

アイヴァースは胸を大きく上下させて泣いている。

デアは微笑んだ。「彼女に命乞いをしたほうがよさそうだぞ、アイヴァース。勘弁してくれるかもしれない」

「頼む」アイヴァースが弱々しい声で懇願した。「勘弁してくれ」

「デア、殺さないで」ジュリアンヌは軽蔑のこもった声で言った。「あなたの手をこんな人の血で汚すことはないわ」

デアは眉をつりあげてアイヴァースを見た。「運がよかったな、アイヴァース。彼女はおれよりはるかに寛大だ。それに、死などという慈悲に満ちた処分は、おまえにはもったいない」

執行猶予を受けて、アイヴァースは目をかたく閉じた。

デアは床に落ちたブリーチを拾って、アイヴァースにほうった。「服を着ろ」

「どこに連れていくんだ？」

ルシアンのところへ連れていくと決めていた。「外務省の人間が、ペリンとキャリバンについておまえの話を聞きたがるだろう。そのあとは……監獄にほうりこまれるのを待つことになるだろうな」

「だが……監獄に入れられたら、きみに話したことがペリンに知られてしまう。ぼくは間違いなくペリンに殺されるだろう」

「それなら、おまえを絞首刑にする手間が省けるな」

「頼む……逃がしてくれ。国を出ると約束するから」

ジュリアンヌの無言の問いかけに、デアは答えた。「どうやらわれらがアイヴァース卿は、首まで反逆につかっているというのに逃げだしたいらしい。彼は、マーティン・ペリンと、彼とキャリバンの関係について情報を持っていると言いはっている」

「本当だ！　キャリバンは外務大臣を殺そうとしているんだと思う」

「キャリバンは誰なの？」ジュリアンヌが鋭い声できいた。「ペリンなの？」

「わからない」アイヴァースが答えた。「彼である可能性もある。ペリンは、この任務に関してキャリバンが信用しているのは自分だけだと言っていた。それに、昨日ロンドンを発っている」すがるような目でデアを見た。「頼む、逃がしてくれ。死にたくない」

「それを決めるのは外務省だ。さあ、立て」

アイヴァースはうめきながらベッドから立ち、服を着るためによろよろと暖炉の前へ行った。デアは、ジュリアンヌが背を向けてドアに向かうのを見た。自分に危害を加えた相手をこれ以上見ているのは我慢できないのだろう。

「解体された豚みたいに血だらけだ」アイヴァースが文句を言った。

「おれに同情しろというのか？」

アイヴァースは身をかがめて、震える手でブリーチをはきはじめた。だが次の瞬間、デアの視界の隅に、火かき棒を振りあげるアイヴァースの姿が映った。同時にジュリアンヌが叫び声をあげる。「デア！」

アイヴァースが向かってきたが、デアは横に飛びのき、剣を彼の腰に突き刺した。

アイヴァースが苦闘の表情を浮かべ、脇腹を押さえたまま床に沈みこんだ。体を丸めて泣きながら言う。「ぼくを殺した……」

「残念だが、殺していない」デアは言った。

乱雑に脱ぎ捨ててあった服の山からクラヴァットを探しだすと、アイヴァースの横にひざまずき、傷口に押しあてた。

「不運にも、おまえは生きのびるだろう。おまえが言ったとおり、おれは剣の達人だ。おまえを殺さずに傷つけるよう細心の注意を払ったからな。だが、おまえのせいで、わざわざ医者を呼んでこなければならなくなった」

そのときドアが勢いよく開き、男がピストルを振りかざしながら飛びこんできた。めかしこんでいるが、顔つきは荒々しい。彼は部屋をすばやく見まわし、状況を把握した。喉もとに手をあてているジュリアンヌ。けがをして、まっ赤なしみのついたシャツだけという姿で床に転がっているアイヴァース。そして、血にまみれた剣を持っているデア。

「すみません、閣下」男がデアに向かって言った。「悲鳴が聞こえたものですから。殺人があったのかと思いました」

「殺人未遂と言っていいだろう」デアは立ちあがった。「きみは?」

「ヘンリー・ティールです。ウィクリフ卿のもとで働いています。わたしは、この下劣なねずみやろうが……」彼はアイヴァースに視線を投げて続けた。「逃げださないよう監視していたんです。仲間がウィクリフ卿を呼びに行きました。じきに来られるはずです」

「それはありがたい。ルシアンならうまく処理してくれるだろう」デアはドアへ向かった。

「おれの代わりにこいつを見張っていてくれるか?」

「承知しました、閣下」

「こいつは殺したくないんだ。もし逃げようとしたら、急所を外して撃ってくれ」

ティールがにやりと笑った。「了解です」

デアはジュリアンヌの腕をとって部屋を出ると、ドアを閉めた。寝巻姿の客が数人、薄暗い廊下に集まってきている。

「ちょっとした事故だ」デアは彼らに言った。「心配するほどのことじゃない」

客がそれぞれの部屋に戻るのを待ってから、デアはジュリアンヌを抱き寄せた。

「あなたがアイヴァースを殺すんじゃないかと心配だったわ」ジュリアンヌが彼の肩に向かって言う。

「殺しはしない。犯した罪を償わせてやる」

彼女が身を震わせる。

「もう終わったんだ」デアはやさしく言った。「きみは、もう二度とアイヴァースとかかわらなくていい」

「ありがとう。でも……完全に終わったわけじゃないわ」ジュリアンヌは体を離して彼の顔を見ると、小声で尋ねた。「本当にペリンがキャリバンなの？」

「ありうることだ。温厚だったパーティ客が第一容疑者になった」不意に、なぜ彼女がここに来たのか不思議に思いはじめて、デアは眉をひそめた。「おれがここにいることがどうしてわかったんだ？」

「リディンガムのおかげよ。アイヴァースを監視するよう頼んだら、ここに泊まっていることを教えてくれたの。こんな時間でもなんとか貸し馬車をつかまえられたわ。部屋を探すほうが大変だった。主人はなかなかわたしを上にあげようとしなかったの」ジュリアンヌは皮肉っぽい笑みを浮かべた。「あなたに呼ばれたと言ったら、やっとあげてくれたのよ。間違いなく、わたしのことをあなたの愛人だと思っているでしょうね」

デアはふたたび彼女の腕をとった。「行こう。家まで送るよ」

ジュリアンヌが首を振った。「帰らないわ。キャリバンの件がまだ解決していないんですもの」

「キャリバンの捜索にかかわりたいというのか？」

「すでにかかわっているわ。政府に雇われているのよ。忘れたの？」

デアはためらった。

「あなたはペリンを追ってフランスへ行くことになるんでしょう？　わたしはフランス人よ。

ペリンを捜す手助けができると思うわ」

彼が眉をひそめると、ジュリアンヌは顎をあげて言った。「わたしを追い払うことはできないわよ」

「廊下で話すのはやめよう」

彼女は、今度は楽しそうな笑みを浮かべた。「じゃあ、主人を探して部屋を借りましょうよ。ふたりきりで話せるわ」


ウィクリフ卿ルシアン・トレメインがふたりの部屋にやってきたのは、それから三時間ほどたったころだった。

「やっと会えたね、ミス・ローレン」デアの紹介が終わると、ルシアンは言った。「ぼくも妻も、きみの舞台を楽しませてもらった」

「ありがとうございます、閣下」

「朝食をとるといい」デアはルシアンに言った。「そのあいだに、アイヴァースからききだした情報を教えてくれ」

ルシアンはサイドボードに並んだ料理を皿に盛りながら、ふたりに新たな情報を話した。アイヴァースは、医師による傷の縫合が終わると、厳しい尋問を受け、ルシアンのふたりの部下に連れられて外務省へ向かった。そこでさらに尋問されてから、司法官の告発を受けて投獄されるという。

「おまえは、キャリバンとペリンが同一人物だと思うか？」ルシアンがテーブルにつくと、デアは尋ねた。

「ぼくの勘では同一人物だ。爵位を持たない次男坊のペリンが、人を操れば、権力を持ち金を手に入れることができると知ったんじゃないだろうか。それに、彼は政治家ともつながりがある。アバディーン卿の親友なんだ」

「アバディーンは去年、駐オーストリア大使に任命されたんじゃなかったか？」

「そうだ」ルシアンの声には嘲りがまじっていた。「若すぎるし、たいして経験も積んでいないのにな。アバディーンが無能なせいで、同盟国との交渉がすんでのところで失敗するところだった。それで、カースルレー卿があとを引き受けたんだ。で、ペリンのことだが……彼を監視させていた部下から、昨日彼がロンドンを発ってドーヴァーへ向かい、カレー行きの定期船に乗ったとの報告が来た。カースルレー卿のいるパリへ向かっている可能性は高い」

「たしか……」ジュリアンヌが言った。「外務大臣は今行われている会議を主導しているんですよね？」

ルシアンがうなずいた。「ナポレオンは退位したが、同盟国はまだ、ブルボン家と平和条約を結ばなければならない。われわれは以前から、カースルレー卿を殺したがっている人間がいると考えてきた。実際、先月は毒殺をからくも逃れた。それ以来、カースルレー卿の身辺警護は強化されている。ペリンはその警護の目をかいくぐる機会をねらっているのかもしれない」

「ただ逮捕するわけにはいかないんだろうな」デアは言った。

「逮捕はできるが、アイヴァースの供述以外に、彼の有罪を示す証拠がない。それに、もしペリンがキャリバンじゃなかったら、キャリバンはまだ野放しになっていることになる」ルシアンは唇をぎゅっと引き結んだ。「われわれとしては、カースルレー卿の暗殺を阻止するだけじゃなく、キャリバンをおびきだして、ペリンであろうとほかの誰であろうと、その正体を暴きたいんだ」

「ペリンをフランスまで追うつもりか？」

「ぼくが行くのは賢明とは言えないだろう。キャリバンをつかまえたいのはやまやまだが、ぼくはその任務には向いていない。やつに顔を知られているからな。近づくこともできないだろう」

「それに、おまえはすでに国のためにじゅうぶん犠牲を払ってきた。ブリンの出産も間近だし、フランスへ行っている場合じゃないよ」

「代わりに、いちばん優秀な部下を送りこむつもりだ。フィリップ・バートンは最初からキャリバンを追ってきた。だが、彼も顔を知られている」

「おれが行こう」デアは言った。「だがペリンは、おれがキャリバンに興味を持っていることを知っている」

ルシアンが眉根を寄せて考えた。「おまえと彼が知りあいなのをうまく利用する計画をたてなければならないな」

「罠をしかければいいんじゃないかしら？」ジュリアンヌが静かに言った。

デアは不安を覚えながら彼女を見た。その決然とした表情に、さらに不安が募ってくる。

「きみがかかわる理由はない。自分の身を危険にさらすだけだ」

ジュリアンヌは冷静にデアを見つめ返した。「理由ならいくらでもあるわ。わたしはずっと、反逆者の疑いをかけられてきた。これは、その疑いを晴らす絶好のチャンスなのよ」

「何か考えがあるのか、ミス・ローレン？」ルシアンが尋ねた。

ジュリアンヌはルシアンのほうを見た。「ペリンが手のうちを見せるよう、罠にかけるんです」

「きみがおとりになるというのか？」

「絶対にだめだ」デアは強い口調で言った。「やつはすでに一度きみを殺しかけたんだぞ」

「手伝いたいのよ」

デアは鋭く息を吸いこんだ。ジュリアンヌが命を懸けて危険な反逆者をおびきだそうとしていると思うと、怖くてたまらなかった。「行ってほしくない」彼女を愛している。ずっと愛してきたのだ。彼女に傷ついてほしくない。「行ってほしくないんだ」

「なぜだ？」ルシアンが尋ねた。

デアは暗い目で友人を見た。「おまえは、ブリンがこんなふうに危険を冒すのを許すのか？」

ルシアンがかすかに微笑んだ。「ブリンがキャリバンをつかまえる手伝いをすると決めたら、ぼくにはとめられないだろうな。去年の秋、キャリバンはブリンの兄のグレイソンに死刑の宣告をした。キャリバンが死なないかぎり、グレイソンは安全とは言えない」

「やりたいのよ、デア」ジュリアンヌが繰り返した。「それにわたしが行けば、あなたが行く口実にもなるわ」

デアは歯噛みしたが、やがて言った。「どんな口実だ？」

「わたしが、ラングドックにある亡くなった父の領地をとり戻そうとしていることにすればいいのよ。そして、愛人にしたいならわたしのために買い戻してくれとあなたに頼んだことにするの」

「たしかに、そうすればおれたちがフランスに渡る理由になるな。そのあとはどうするんだ？」

「ペリンはわたしたちの賭けのことも、わたしが勝ちたがっていることも知っているけれど、その理由は知らない。パリで彼を見つけたら、長年デアにひどい目にあわされてきた仕返しに殺したいから、手を貸してほしいと頼むわ」

「そしてそれとひきかえに、カースルレー卿を消す手伝いをすると申しでるわけだな」デアはゆっくりと言った。

「ええ。うまく彼の信用を得られれば、カースルレー卿の暗殺計画について何かつかめるかもしれないわ」

「可能性はあるな」ルシアンが考えこみながら言った。

デアは乱暴に髪をかきあげた。ジュリアンヌの計画に反対したかった。彼女を危険な目にあわせたくない。だが……。

「わかった」デアはむっつりとこたえた。「一緒にフランスへ行こう。なるべく早く発ったほうがいいだろう。ペリンはすでにおれたちより一日以上先んじているからな」

ルシアンがうなずいた。「午後、フィリップ・バートンと会って詳細をつめよう。それまで、ふたりともペリンに関する資料を読んで、旅の支度をしておいてくれ」

16

一八一四年五月　パリ

パリは幼いころ訪れただけなので、ジュリアンヌはほとんど覚えていなかった。だが、同行しているソランジュ・ブロガールはこの街を知りつくしている。

今、パリは大混乱となっていた。街を占拠している軍のせいだけではない。ブルボン朝の復活をこの目で見ようという王党派の人々でごった返しているためだ。数週間前、ルイ一八世が王位を主張するために帰ってきた。それとともに、亡命していた貴族も財産の返還と復讐を求めて戻ってきている。

ロンドンの上流階級も、しゃれた服やおいしい料理、上質のワイン、それに背徳に満ちた快楽といった、長いこと封印されていた楽しみにふけるために大挙してパリに集まっていた。そのおかげで、ウォルヴァートン侯爵の一行がめだつことはなかった。

彼らは、騒ぎの中心に近いクリシー通りの豪奢なホテルに部屋をとった。フィリップ・バートンは別のホテルに泊まったが、一同は定期的に集まって情報を交換することにした。

ジュリアンヌは、ソランジュに同行してもらうことを強く主張した。前回デアの別荘へ行ったときと同様、シャペロンとして彼女が一緒にいたほうが自然だからだ。もっとも、ソランジュには詳しいことは明かさず、あいまいに説明するにとどめていたが。

パリへと向かうあいだ、ソランジュとフィリップ・バートンがいてくれるのがありがたかった。おかげで気がまぎれて、デアとの未来のことばかりを考えずにすんだ。

過去の悪夢から解放された今、この先のことを考えなければならない。女優であろうとなかろうと、デアに関心のない芝居をするのは難しくなってきた。彼への思いが、拷問のようにわたしを苦しめる。

今のような関係を続ければいつか傷つく――それは間違いなかった。もしデアをふたたび愛してしまったら、彼が去ったあとの苦しみは前よりも大きいだろう。完全にたち直れなくなるはずだ。そして、彼が去っていくのは間違いない。

つまるところ、ふたりのあいだには未来などないのだ。わたしが耐えられるような未来は。悪い評判がある女優と、悪名高いにしてもデアのような身分の高い貴族のあいだで考えられる関係といったら、ひとつしかない。

だが、彼の愛人になるつもりは絶対になかった。そんな関係を持っても、さらに傷つくだけだ。それに、デアからはどんな施しも受ける気はない。彼は、祖父がわたしに与えた苦痛の償いをすると言いだすかもしれない。デアは責任の一端が自分にあると思っているかもしれないが、実際はわたしになんの借りもないのだ。

アイヴァースとのあいだに起きたことを聞いてデアがあれほど激しい反応を見せ、アイヴァースを殺す気にまでなったのは、たしかに予想外だった。だが、期待してはいけない。単にプライドや嫉妬、所有欲から生まれた反応かもしれないのだから。

キャリバンの捜索が終わったら、この状況から脱しなければならない。デアとの関係はきれいさっぱり終わらせなければ。すでに、彼に対してひどく無防備になってしまっている。

たぶん、いくら汚名をそそぎたいからといって、デアと一緒にフランスまで来たのがどうかしていたのだろう。キャリバンの正体を暴くのに、わたしの助けなどいらないのだから。彼はもう、かつてわたしが知っていた無鉄砲な放蕩者ではない。今のデアには厳しさがある。目的も決意もある。危険な反逆者の追跡に命を懸ける覚悟をしているに違いない。

だが、マーティン・ペリンはなかなか姿を現さなかった。フィリップ・バートンがイングランド大使館でペリンを見かけたのは、パリに着いて三日目のことだった。

「ペリンはアバディーン卿とともに、タウンハウスに滞在しています」バートンがそう報告した。

「偶然を装って彼とでくわすよう準備をしよう」デアは言った。「できるだけ自然に見えるようにしなければならない」

その機会はすぐに見つかった。〝快楽のプリンス〟とソランジュ・ブロガールは社交界の人気の的で、パリに着いたとたん、ふたりのもとには夕食会や舞踏会、歓迎会などの招待状が次から次へと舞いこんでいたからだ。

ジュリアンヌも一緒に招待されたが、自分は永遠に上流社会の隅に追いやられる立場だとわかっていた。イングランドの上流社会が彼女を受け入れるのは、デアの客だからにすぎない。フランスの貴族社会はそれよりいくらか寛大だった。ジュリアンヌは亡くなったフォルモン伯爵の娘であり、フランスではそれが多少の意味を持つ。それでも、いつも職業のせいで見くだされた。

カースルレーの姿は、はじめの数日はまったく見られなかった。講和条件をめぐってヨーロッパの列強の指導者たちと会議を続けていたためだ。会議には、ロシアのアレクサンドル皇帝、プロイセンのフリードリヒ・ヴィルヘルム三世、オーストリアのメッテルニヒ宰相、フランスのタレーラン外務大臣と、そうそうたる顔ぶれがそろっていた。

「カースルレー卿が世間の目に触れていないのは都合がいい」デアがジュリアンヌに言った。「彼の習慣はよく知られているからな。噂だと、普段は毎日公衆浴場へ行くらしい。検討すべき案件が多すぎて夜ゆっくり眠れないので、公衆浴場ではほとんど寝て過ごしているということだ。そして、パレ・ロワイヤルの回廊を散策するのが好きだという。キャリバンが彼の命をねらうならそこだろう。そこへ行けばペリンを見つけられるかもしれない」

パレ・ロワイヤルは娯楽の中心地だった。宝石や帽子、服などを扱う商店の並んだ回廊、数々のカフェやレストラン、庭園。上階には貸し部屋が並んでいる。だが同時に、放蕩と堕落の中心地でもあり、賭博場や売春宿など、ありとあらゆる悪徳や快楽が集まっていた。

パリに来て五日目の午後、デアとソランジュと一緒にパレ・ロワイヤルの石畳を散歩しているときに、ジュリアンヌははじめてカースルレーを見かけた。ブルーの地味な上着を着ている彼は、強大な権力の持ち主にはとても見えなかった。全体の雰囲気は厳かだが疲れているようで、まるで本当にその肩に地球の重みがかかっているかのように見えた。

カースルレーはひとりではなかった。ふたりのイングランド兵士が、控えめに距離を置いてつきそっている。

「あの人たちは護衛なの？」ジュリアンヌはデアに尋ねた。

「たぶんそうだろう。そして、おれたちの推理は正しかったようだぞ。マーティン・ペリンが、隣のカフェの、庭園がよく見える席に座っている。何がねらいなのか探ってみようか？」デアはふたりの女性に腕を貸して、ペリンに向かって歩いた。

ジュリアンヌには、屋外のカフェのテーブルに座っている、これといって特徴のない男がペリンだとは、すぐにはわからなかった。ブラウンの髪に平均的な体つき、控えめな態度の彼は、いとも簡単に大勢のなかにとけこんでしまう。

ペリンのテーブルの前を通りすぎるとき、デアは気づかないふりをしたが、ジュリアンヌは立ちどまり、にっこり微笑んだ。「まあ、ミスター・ペリンじゃありませんか。お会いできてうれしいですわ」

ペリンが礼儀正しく立ちあがり、お辞儀をした。「ミス・ローレン、ウォルヴァートン卿、マダム・ブロガール」

挨拶が終わると、ジュリアンヌは言った。「ここで知ったお顔にお目にかかると、気持ちが安らぎますわ。ご一緒してよろしいかしら？　ダーリン……」彼女はデアに向かって言った。「申し訳ないけれど、ワインを注文してくださらない？　喉が渇いてしまって」

デアは気の進まない様子を見せながら、言われたとおり、片手をあげて給仕を呼んだ。

「なぜパリにいらしたんですか、ミス・ローレン？」ジュリアンヌが隣の椅子に座ると、ペリンが尋ねた。

ジュリアンヌは片方の腕をこれ見よがしに突きだして、デアに買ってもらったばかりのダイヤモンドのブレスレットを見せた。「ウォルヴァートン卿はとても親切にしてくださるんですけれど、もっと力になっていただけたらと思っているんです。わたしの父が貴族だったことはご存じですか？」彼女は、フォルモン家の領地をとり戻したいと思っていることをペリンに話した。「デアに、一緒に南へ行ってほしいと頼んだんですけれど、彼は、今旅をするのは危険だと言うんです」唇を少し突きだす。「追いはぎから守ってもらうために従者を雇ったらって言ったんですけれど……」

そのとき、ソランジュの友人が声をかけてきて、デアは彼らと挨拶しはじめた。

「あなたとふたりでお話ししたいんです」ジュリアンヌはペリンに小声でささやいた。「会っていただけます？」

ペリンは眉根を寄せて彼女をじっと見つめた。その目に一瞬、狡猾なキャリバンのものと言ってもおかしくない知性がきらめく。

ペリンは内気な笑みを浮かべた。「お望みのとおりにしますよ、ミス・ローレン」

「では、明日の午後四時に〈ホテル・クリシー〉にいらしてください。その時間ならデアは出かけていますから……。あなたはどうしてパリにいらしたんですか、ミスター・ペリン?」最後の言葉は、こちらを振り向いたデアに聞かせるためのものだった。

ペリンは、駐オーストリア大使のアバディーン卿の話をはじめた。彼とは親友で、ヨーロッパにとって歴史的な出来事に参加するために招いてくれたとのことだった。

ソランジュとデアも会話に加わり、ジュリアンヌの話す機会は減った。だが三〇分後、帰り支度をしながらジュリアンヌはペリンに意味ありげな視線を投げた。「お会いできてよかったですわ、ミスター・ペリン。近いうちにまたお目にかかりましょう」

「ええ、喜んで」ペリンはいつもの平凡な調子で答えた。

その夜、サー・チャールズ・スチュワート駐仏大使の主催によるイングランド大使館での舞踏会が終わると、ジュリアンヌたちはフィリップ・バートンと集まって、計画に伴うさまざまな不測の事態について話しあった。デアはジュリアンヌがペリンとふたりで会うことに難色を示したが、彼女は、ナイフを携帯しているし、ペリンは自分の話に興味を持っているはずだからまだ危害を加えようとはしないだろうと言って説得した。

翌朝、ソランジュは友人たちと一日過ごすために出かけていった。ジュリアンヌは、ホテル内の応接間を借り、紅茶の用意を頼んだ。ペリンが見張っている場合に備えて、デアは午後早くに外出するふりをして、すぐに裏口から戻り、隣室でフィリップ・バートンと待機することになっていた。

マーティン・ペリンは時間どおりに到着し、ジュリアンヌが待つ応接間に通された。

「なぜあなたとお話ししたいと申しあげたか、不思議に思われているでしょうね」彼女は紅茶を注ぎながら言った。

ペリンは微笑んだ。「実は、好奇心をおおいに刺激されています」

「本当は、あなたに警告しようと思ったんです」ジュリアンヌはしばらく間を置いてから、考えこむように彼を見つめた。「ウォルヴァートンは、キャリバン卿と名乗る狡猾な反逆者の正体を突きとめようとしています」

ペリンが戸惑った表情を浮かべた。ジュリアンヌの知る最高の俳優にも負けない演技力だ。

「それがわたしとなんの関係があるんですか？」

ジュリアンヌは彼に紅茶のカップを渡した。「彼は、あなたがキャリバン本人か、少なくともキャリバンの正体を知っていると疑っているんです」

「わたしが反逆者ですって？　いったいどこからそんな考えが浮かんだんです？」

「あなたがかつて、キャリバンのものだった指輪を持っていたからです」

「本当に？」ペリンが眉をつりあげて言った。

「先週、アイヴァース伯爵が逮捕されました」ジュリアンヌは淡々と続けた。「彼は、あなたが関係していることをほのめかしています」

ほんの一瞬だが、ペリンは不安ともとれる表情を見せた。「アイヴァースがそんな話をでっちあげるとは驚きです。彼はわたしに多額の借金をしている。おそらく、わたしを巻きこめば借金を返さずにすむと考えたのでしょう。わたしの名前が傷つけば、とりたてがしにくくなりますからね」

ジュリアンヌは眉をひそめた。「ウォルヴァートンはパリであなたに会ったことで疑いを深めています。キャリバンとつながっているから、ここに来たに違いないと」

「わたしが来たのは、親友のアバディーン大使が祝典に参加するよう招待してくれたからです。反逆にかかわっているからではありませんし、反逆者と知りあいだからでもありません」彼は愉快そうに微笑んだ。「しかし、なぜウォルヴァートンのような自由気ままな男が反逆者を追っているんでしょうか？」

彼女は皮肉っぽい笑みを浮かべた。「ばかげた話に聞こえるでしょうけど、彼はキャリバンにひどい危害を加えられた友人のために動いているんです」

ペリンはアーモンドのビスケットに手をのばしながら、何気ない調子で言った。「たとえわたしがその反逆者だとしても、認めるわけがないじゃありませんか」

ジュリアンヌは前に身をのりだし、真剣に彼を見つめた。「どちらでもわたしには関係ありません。イングランドはわたしの祖国じゃありませんし、政治にはまったく関心がありませんから」

「あなたはずいぶんウォルヴァートンのことが気に入っているようですね」

彼女は首を振り、軽蔑するように言った。「そういうふうに見せかけているだけです。賭けのために、興味があるふりをしているだけですわ。でも、絶対に愛人にはなりません」

ペリンは長いこと考えこんでから口を開いた。「それで、なぜわたしに警告しようと思ったんですか、ミス・ローレン？」

「あなたがキャリバンをご存じなんじゃないかと思ったからです」ジュリアンヌは目をそらし、唇を震わせた。「あまり知られていないことですけれど……わたしとウォルヴァートンとのあいだには不快な過去があるんです。七年前、彼の祖父がわたしを反逆者だと決めつけて、わたしの人生をめちゃめちゃにしました」

「あなたは反逆者だったんですか？」

「とんでもありませんわ」ジュリアンヌは深く息をついた。ペリンがアイヴァースから過去について聞かされていることも考慮して、なるべく真実から離れないようにしようと決めていた。それに真実を話せば、わたしがデアを殺したいと願う強い動機になる。

「その中傷に抵抗できればよかったんですけれど、ウォルヴァートンの祖父はアイヴァースを雇って……わたしに乱暴させようとしたんです」唇を噛み、目に涙を浮かべた。「デアはそれをとめようとしなかったばかりか、わたしを捨てました」

「それで、復讐したいと？」

ジュリアンヌは憎しみをこめた目で彼を見あげた。「そうです。ウォルヴァートンに報いを受けさせたいんです。彼の息の根をとめたい……言葉どおりの意味で。アイヴァースが投獄されたことはとてもうれしく思っています。彼が縛り首になるのを願っています。わたしにしたことの報いを受けて、死んでほしいと思っています。でも、それだけでは満足できません。ウォルヴァートンも苦しめたいんです」

涙をぬぐい、落ち着きをとり戻そうとしているふりをした。「もしあなたが本当にキャリバンの正体をご存じなら……キャリバンを雇ってウォルヴァートンを殺していただけないかと思ったんです」彼女は膝の上で指を組みあわせた。「南への旅は絶好の機会になりますわ。追いはぎに襲われ、ウォルヴァートンはわたしを守ろうとして殺されたということにできますもの」

「でも、ご自分で追いはぎを雇えばいいのでは？」ペリンが言った。

「そうしてもいいんですけれど、どこから手をつければいいのかわかりません。それに、絶対にわたしが疑われないようにしたいんです。友人のマダム・ブロガールも一緒に行きますから、なおさら慎重にしなければならないんです」

「たしか、ウォルヴァートンはあなたのためにフォルモン家の領地を買い戻す予定なんですよね？　彼を殺すのは、取り引きが完了してからのほうがいいんじゃないですか？」

「いいえ」ジュリアンヌはかたくなに言った。「それは、ウォルヴァートンをイングランドから連れだす口実にすぎません。そのほうが目的を達成しやすいですから。父の土地をとり戻すことよりも、ウォルヴァートンに報いを受けさせることのほうが、わたしには大事なんです。それに、率直に申しあげれば……」媚びるような笑みを浮かべる。「自分の魅力には自信があるんです。土地を買い戻してくださるお金持ちなら、ほかにも見つかりますわ」手をのばし、ペリンのカップを受けとって紅茶のお代わりを注ぎ、彼に返した。「殺し方はなんでもいいんです。追いはぎじゃなくても。パリの通りで事故にあうのでもかまいません」

ペリンはしばらく黙ってから言った。「申し訳ありません、ミス・ローレン。あなたのおっしゃるキャリバンという男をわたしは知りません」

ジュリアンヌはがっくりと肩を落とした。「それでも……助けていただけませんか？　あなたは男性ですから、わたしよりも自由にきいてまわることができますもの」すがるように彼を見た。「あなたが裕福ではないことは知っています。それなりのお礼はさせていただきますわ。最近、ウォルヴァートンから高価な宝石をいくつか贈られたんです。それでも、ほかのものでも、あなたのお望みのものをさしあげますから」

「ミス・ローレン、わたしは殺人者ではありません」

「わかっています。でもあなたなら……」それから、落胆した顔になって言った。「いいえ、それでは、助けていただけないんですね？」

「そうとは言ってません。あなたのご要望にこたえられる人間を紹介できるかもしれません。よろしければきいてみましょうか？」

ジュリアンヌの笑みがぱっと明るくなった。「ありがとうございます、ミスター・ペリン。感謝しますわ」

そのあとしばらく世間話をしてから、ペリンは立ちあがっていとまを告げた。ジュリアンヌは、中庭で馬に乗るペリンを応接間の窓から見つめた。そして、隣の部屋からデアとフィリップ・バートンを招き入れた。

「うまくいったのかどうかよくわからないわ」ペリンとの会話を詳しく説明してから、ジュリアンヌは言った。「キャリバンを知っていることさえ繰り返し否定していた。秘密を明かすほどわたしを信用していないのはたしかね。でも、あなたを殺したいということは信じたみたい。手伝ってくれる人を見つけられそうだから、二、三日中に連絡すると言ったわ」

デアの顎がこわばった。「それなら待とう」いらだちを抑えながら、彼は言った。


その翌日、同盟国とフランスのあいだで第一次パリ条約の調印が行われた。条約の内容はフランスに対して寛大だった。フランスの国境は革命以前に戻され、ヨーロッパ諸国が戦争にかけた莫大な費用の補償も免除された。

ブルボン朝の復活は、正式には翌週の六月四日からと決まり、その日は祝典が開かれることになった。デアもソランジュも、ルイ一八世の即位を見守る式典に招待された。

ペリンから連絡が入ったのは、式典の前日だった。ジュリアンヌ宛の短いメモにはこう書かれていた。〝あなたからのご依頼に応じて問いあわせをしました。この件についてさらに話しあいをお望みでしたら、明日、式典のあいだにチュイルリー宮へおいでください〟

「明日は、キャリバンが襲撃をしかけてくるには都合のいい日だな」日課となっているフィリップ・バートンとの打ちあわせの場で、デアが言った。「今まで、カースルレー卿は厳重に警護されていた。だが、公の式典のあいだは警護も手薄になるだろう」

バートンも言った。「混雑に乗じて人々の注意をそらすかもしれません。もしペリンがキャリバンなら、友人のアバディーン卿を利用してカースルレー卿に近づこうとするに違いありません。明日は外務大臣の警護を万全にしましょう」

「そして、キャリバンに手のうちを明かさせたい。カースルレー卿の身を守りつつ、現行犯でキャリバンをとらえるのが理想だ」

「キャリバンの目を欺くため、カースルレー卿のまわりに変装した護衛を多くつけるようにします」

ジュリアンヌは、ずっと抱いていた疑問を口にした。「ペリンはなぜ、わざわざ式典のあいだにわたしと会おうとしているのかしら？　あなたと一緒だとわかっているのに。もし暗殺を計画しているなら、あなたにはその場にいてほしくないはずよ」

「わからない」デアが答えた。「だが、どうも気に入らないな」

「おそらく、キャリバンではないんでしょう」バートンが言った。「単に、ミス・ローレンと会うのに都合がいいから明日の式典を選んだのではないでしょうか？」

三人とも黙りこんだ。たぶん、考えていることはみな同じだろうとジュリアンヌは思った。明日の今ごろは、すべて終わっている。凶悪事件の黒幕に裁きを受けさせることができているかもしれない。あるいは、カースルレー卿の暗殺を目のあたりにしているか。どちらにしても危険が伴うのはたしかだ。

バートンが出ていくと、デアは浮かない顔でジュリアンヌを見た。「今夜、きみの部屋へ行く」

ジュリアンヌは目を伏せたが、うなずいた。デアが彼女の過去の真実を知り、アイヴァースに復讐を遂げた夜以来、ふたりはベッドをともにしていなかった。だが、今夜で最後になるかもしれない。キャリバンが危険であることは疑いの余地がない。ジュリアンヌかデアのどちらかが、明日には命を失うこともありうる。

死ぬ前に、もう一度デアと抱きあい、彼の感触と、愛撫がもたらす悦びを味わいたかった。でもそのあとは……。

何が起ころうと、今夜をふたりで過ごす最後の晩にしよう。ジュリアンヌは心に決めた。ふたりとも生き残ったら、彼に別れを告げる方法を探すつもりだった。

その夜デアが部屋を訪れたとき、ジュリアンヌは窓辺に立って、月明かりに照らされるパリの通りを見おろしていた。悲しみと恐怖で胸が痛い。彼が静かに背後に立ち、腰に手をまわした。

明日が来なければいいのにと思いながら、彼女はデアにもたれかかった。未来と直面したくなかった。デアと別れたら、わたしはひとりになり、彼への思いを胸に抱きながら生きていくのだ。そう思うと、まぶたの裏に熱い涙がこみあげてきた。

ジュリアンヌは絶望に負けまいと、つばを飲んだ。今夜は、若い恋人たちに戻ったようにふるまおう。わたしたちの愛の魔法がずっと続いてきたように、そしてふたりの情熱が昔と変わらず純粋で強烈であるようにふるまうのだ。

デアも同じ気持ちなのか、彼女の首に唇を押しつけた。熱くやさしいキスだった。普段ジュリアンヌを燃えあがらせるような愛撫ではなく、心に直接響く愛撫だった。ジュリアンヌは背中をそらした。ああ、デアがほしくてたまらない。彼に満たしてほしい。

長い指がジュリアンヌの顎を包んで彼女の顔をゆっくりデアのほうに向かせた。

ジュリアンヌはデアを見つめ、その顔を記憶に刻みこんだ。月明かりが品のある顔だちを照らし、髪を輝かせる。なんて美しい人なのだろう。貴族的な顔を見ながら思った。

「ジュリアンヌ……」

彼が口を開いたが、ジュリアンヌはその唇に指をあてた。「何も言わないで愛して」

デアはすぐにその言葉にしたがった。涙がこみあげそうなほどやさしく唇が重ねられ、ジュリアンヌは深いため息をついた。この瞬間は、過去も未来も存在していなかった。

ふたりはゆっくりと、互いを探るように手を動かしながら服を脱がせた。ともに全裸になると、ジュリアンヌの心臓は、重くゆったりとしたリズムを刻みはじめた。

デアがふたたびキスをした。すべてを吸いつくすようなキスに、ジュリアンヌの体が次第に熱を帯びていく。胸のうずきをデアの手で静めてもらいたくて、彼女は体を弓なりにそらした。

むさぼるようなキスを続けながら、彼が手の動きを速めた。ジュリアンヌは、体の底から激しい情熱が湧きあがってくるのを感じた。

「お願い」デアの唇が口を離れて喉もとをたどりはじめると、ジュリアンヌはささやいた。デアは彼女の手をとってベッドに誘った。そしてジュリアンヌを横たわらせると、かたくこわばった情熱の証を彼女の下腹部に押しつけた。

ジュリアンヌは、情熱をたたえた彼の目を見つめた。デアは何度もわたしを抱いたが、これほど真剣なのははじめてだ。

手をのばしてデアの頭を引き寄せ、彼の息を味わい、腿でジュリアンヌの脚を開かせながら愛撫を続ける彼の手の感触を楽しんだ。

デアが入ってくると、ジュリアンヌは小さな叫び声をあげながら、彼の腰に脚を巻きつけて歓迎した。デアはいったん腰を引き、ふたたび勢いよく彼女を貫く。その容赦ない動きに、ジュリアンヌは鋭くあえぎながらこたえた。

ふたりは荒々しく唇を重ねた。欲望を募らせながら、必死に抱きあう。そして一緒に体をひねり、からませ、ひとつになろうとした。この瞬間以外のすべてを忘れたかった。

なんの前触れもなく爆発が訪れた。ジュリアンヌは震えながら、デアの肩に向かって叫び声をあげた。

爆発が終わると、ふたりは横になったまま息をはずませていた。ほてった体を汗が冷やしてくれる。ジュリアンヌの目に涙が浮かんだ。こんなに深くデアとつながることができたのははじめてだ。それがよけいに悲しかった。彼も同じ気持ちだろうか？

ジュリアンヌは目をかたく閉じて、泣くまいと誓いながらつらい思いを追いやった。

しばらくたってから、デアはジュリアンヌにあずけていた体をどかし、情熱でほてった顔を見おろした。裸で横たわっている彼女は、月明かりを受けて輝いていた。枕の上に広がる髪はまるでシルクのようだ。

またしても欲望がこみあげてくる。ジュリアンヌがほしくてたまらなかったが、そこには恐怖もまじっていた。

デアはジュリアンヌを腕に抱いた。今夜の彼女はどこかいつもと違っていた。彼女の目に宿る悲しみの意味はわからないが、それは、明日彼女が直面するかもしれない危険よりもデアを不安にさせた。

ジュリアンヌには危険を冒してほしくなかった。彼女を守りたい、いつまでも抱きしめていたいと心が叫ぶ。ジュリアンヌを失うと考えるのは耐えられなかった。これほど愛しているのに。

愛。この七年間、自分には必要ないと否定してきた感情が不意に押し寄せてきた。ジュリアンヌなしで生きていけると思っていたなんて、おれはなんと愚かだったのだろう。

彼女がいなければ、おれは空っぽだ。ジュリアンヌがいてはじめて、一人前の人間になれる。今、それがわかった。彼女はおれのなかの空虚な穴を埋めてくれた。心の奥底でいつも感じていた虚しさを追いやり、自分をちゃんとした人間だと感じさせてくれた。彼女を愛するのは、自分の失った一部を見つけるようなものだった。

これからは、ジュリアンヌをずっとおれの一部にしておきたい。

喉がつまって息ができなくなった。おれがどうしたいかはどうでもいいのだ。おれには、ジュリアンヌに愛してもらう権利などない。それは、誰よりも自分自身がいちばんよく知っている。おれには、彼女に見あうだけの価値がないのだ。

だが、変わることはできる。価値があると示すことはできる。

そうしよう。デアは心に誓った。すべてが終わったら、どんなことをしてでもジュリアンヌの愛を勝ちとるのだ。

17

感動と情熱に満ちた夜が終わり、すぐに朝がやってきた。目覚めたときから、ジュリアンヌは神経がぴりぴりしていた。その感覚は、入浴し、正午からチュイルリー庭園で開かれる式典のために着替えるあいだも変わらなかった。

部屋に来たデアと目が合ったとき、彼も同じ気持ちであることがわかった。

「ソランジュは出かけた」デアが静かに言った。

「知っているわ。ちょっと前に別れたもの」

ソランジュに危険が及ばないよう、彼女には友人と式典に出てもらうことにしていた。

「ほら」彼がピストルを渡した。「使い方は知っているか?」

「ええ……襲われたあと、自分の身の守り方を学んだの。でも、ナイフをガーターに隠してあるのよ」

「それでも、これも持っていってほしい。そうでなければ、きみをキャリバンに近づけるわけにはいかない」

ジュリアンヌはうなずいて、小さな手提げ《レティキュール》にピストルを滑りこませた。

デアが腕をさしだし、馬車の待つホテルの玄関まで彼女をエスコートする。太陽の光のもとに出ながら、ジュリアンヌはぼんやりと思った。このうららかな六月の天気とは対照的に、わたしのなかでは緊張が渦巻いている。

デアが突然足をとめ、彼女の緊張はさらに高まった。彼の視線の先を見ると、馬に乗った十数人のイングランド人兵士がデアの馬車のまわりに集まっていた。

兵士のひとりがジュリアンヌのほうをうかがってから馬を近づけた。「ジュリアンヌ・ローレンか？」兵士が険しい顔で尋ねた。

ジュリアンヌがそうだと答えると、兵士は馬からおりた。「プリチャード大尉だ。あなたを逮捕する」

ジュリアンヌはデアの腕がこわばるのを感じたが、彼は感情を抑え、冷ややかに眉をつりあげた。「いったいなんの話だ？」

「アバディーン卿の命令で、このレディを逮捕しにまいりました」

「なんの罪で？」

「殺人未遂です、閣下。ミス・ローレンは閣下を殺す計画をたてていました。マーティン・ペリンの証言により、逮捕状が出ています」大尉は向きを変えて部下のひとりに合図した。部下が馬を引きながら前に進みでる。

デアの顎がこわばった。「大尉、ミス・ローレンを連れていかせるわけにはいかない」

「デア、いいのよ」ジュリアンヌは割って入った。「何かの間違いに決まってるんだから」

「よくなんかない。おれは、きみが濡れ衣を着せられるのを黙って見ているつもりはない」

「ウォルヴァートン卿、お望みなら一緒にいらしていただいてもかまいません」大尉が言った。「アバディーン卿は、閣下は彼女がそんなことをたくらんでいたとは信じないだろうと言っておられました」

「だめ」ジュリアンヌは急いで言った。「あなたは来てはだめよ、デア。あなたにはやることがあるでしょう？　お願いだから」そして、小声で言った。「きっと、キャリバンが目的を達成するまであなたを引きとめておくための策略よ。わたしは大尉と一緒に行くから、あなたは式典に出てちょうだい」

デアがそれにこたえるようにあたりを見まわした。馬車は兵士にとり囲まれている。馬車で逃げるのは無理だろうとジュリアンヌは思った。

デアは冷ややかな笑みを浮かべ、上着の内側からピストルを出してプリチャードにねらいを定めた。「今は誤解を解いている暇がないんだ、大尉。どいてくれ」

プリチャードの赤らんだ顔に怒りがたぎり、数人の兵士がライフルをとりだす。

「もうひとつ言うが……」デアが愛想よく言った。「死にたくなかったら、武器をおろすよう部下に言え」

プリチャードは低い声で悪態をついてから、デアの言葉にしたがうよう部下たちに命じた。

呆然としている大尉の目の前で、デアは誰も乗っていない馬の手綱をつかむと鞍に飛び乗った。そして、ジュリアンヌを引きあげて後ろに座らせる。

ドレスが邪魔になったが、ジュリアンヌはなんとか彼の腰に腕をまわした。デアは馬を駆って兵士のあいだを通り抜け、こみあった通りをチュイルリー庭園へと向かっていく。

背後から叫び声が聞こえ、ジュリアンヌは振り返った。プリチャードが馬にまたがり、部下と一緒に追いかけてきている。デアもそれに気づいたらしく、体を低くかがめ、馬にさらに拍車をかけて進んだ。

「つかまってるんだ！」彼が言った。

ジュリアンヌは、プリチャードが周囲の人たちに弾があたるのを恐れて発砲をしないことを祈った。デアは彼らを引き離しているようだ……。

見事な庭園に着いたとき、彼女は息をのんだ。上品な散歩道に集まる人々に突っこみそうになり、デアが速度を落とす。

広大なチュイルリー庭園は、両側に花壇と低木が並ぶ石畳の道で仕切られていた。たくさんの噴水や彫像があり、ところどころに芸術的な建物が立っている。

集まって騒いでいる人は、ジュリアンヌの予想よりは少なかった。おそらく、フランスの一般大衆はブルボン王朝の復活を冷めた目で見ているせいだろう。だが宮殿の正面を通るパレードに近づくにつれ、人々は多くなった。騎馬兵の制服と馬の頭絡についたブルボン家の白い帽章が、新体制に変わったことを示している。

ジュリアンヌとデアは大勢の視線を集めながら正面玄関へ向かったが、パレードを突っきるときには多くの怒号を浴びせられた。

パレードの反対側まで出ると、デアは馬をとめて飛びおりてから、ジュリアンヌの腰をつかんでおろした。そして彼女の手をとり、人々をかき分けながら、曲線を描く大理石の階段をのぼった。

ジュリアンヌはどきどきしながらデアに引っ張られていった。有名な宮殿を見まわす余裕はなかった。ここに、ルイ一六世と王妃マリー・アントワネットが三年間近く軟禁されていたが、怒りに満ちた群衆が宮殿に押し寄せて一〇〇〇人を超える護衛を殺した事件をきっかけに、国王一家はタンプル塔に移されていた。

今、護衛がマスケット銃とラッパ銃とサーベルで武装しているのを見ると、新しい国王は、兄のときのように民衆が暴徒と化すことをいっさい許さないつもりらしい。

近衛兵に招待状を見せると、ふたりは宮殿内に通された。間一髪だった。プリチャード大尉がすぐ後ろから階段をのぼってきて叫んでいた。

「ミス・ローレン、とまれ！　あなたを逮捕する！」

近衛兵が大尉の入館を阻んでいるあいだに、ジュリアンヌは流暢なフランス語でカースルレー卿の居場所を尋ねた。

ふたりは謁見室に案内された。遅すぎたかもしれないという恐怖に襲われながら、ジュリアンヌはデアと並んで洞窟のような廊下を進んだ。いくつもの通路や石柱を通りすぎたのちに、広い謁見室に着いた。三階分の高さがある部屋で、丸みを帯びた天井近くには、手すりつきの回廊が見える。

集まっている人数の多さに戸惑い、ジュリアンヌは足をとめた。これほどこみあった室内なら、人を殺してこっそり逃げるのはさして難しくないだろう。

「どうする？」笑い声やおしゃべりにかき消されないよう、ジュリアンヌは声を張りあげて尋ねた。

「最初の計画どおりだ」デアが答えた。「気づかれないよう注意しながらペリンを捜す。やつは、今ごろきみが逮捕され、おれはきみを釈放させるために躍起になっていると思っているはずだ。さっき渡したピストルは持っているか？」

「ええ」ジュリアンヌはレティキュールに目をやってから答えた。レティキュールはまだ、無事に手首にかかっている。

「分かれよう」彼が回廊を見あげながら言った。「きみは上にいるほうが安全だし、あそこからならペリンを監視しやすいだろう」

「デア、わたしの安全なんてどうでもいいのよ」

彼がジュリアンヌの頬に軽く指を走らせる。「おれにとってはどうでもよくないんだ。おれは、ペリンが行動を起こしたときに備えてカースルレー卿のそばにいる」

「気をつけてね」

「きみも」

デアは彼女の顔を手で包んで強くキスをしてから、謁見室に入っていった。ジュリアンヌはしばらく、人々のあいだを縫っていく彼の姿を見送った。

そして今来た道を戻り、上階に続く広い階段をのぼった。陰になっている西側の回廊を選び、柱の後ろに身をひそめて、眼下の群衆をうかがう。

階下の様子がよく見えた。壮麗な衣装に身を包んだ国王は、孔雀のようにめだっていた。慇懃《いんぎん》で温厚だと評されるルイ一八世は機嫌よく微笑んでおり、そのまわりを著名な客たちが囲んでいる。アレクサンドル皇帝、メッテルニヒ宰相、フリードリヒ・ヴィルヘルム三世。そして、カースルレー卿。

ジュリアンヌの心臓が大きく音をたてはじめた。マーティン・ペリンの姿を捜したが、見あたらない。デアが、柱の陰で数人のフランス人貴族と話していた。ブロンドの髪が輝いているのを見てはじめて、ジュリアンヌは彼が猛スピードで馬を走らせているうちにビーバーの毛皮の帽子をなくしたことに気づいた。デアの位置からは、料理のテーブルのそばに立っているカースルレーがよく見えているようだ。

テーブルには、ところ狭しとごちそうが並んでいた。ジュリアンヌのところからでも、ルイ王や著名人をかたどった氷の彫像のあいだに、蟹《かに》のパイや葡萄《ぶどう》の砂糖がけ、ケーキなどが見える。

召使いたちが人々のあいだを縫いながら、ワインやシャンパンをすすめてまわっていた。そしてあちらこちらに、武器を持ったフランスとイングランドの兵士が立っている。

だが、無慈悲な殺人者と思われる男の姿は見えなかった。デアが一瞬こちらを見あげたので、ジュリアンヌは首を振って、ペリンが見あたらないことを伝えた。

ジュリアンヌはレティキュールに手を滑りこませ、ピストルに指をかけて待った。

一時間ほどたつと、緊張のあまり神経がぴりぴりし、疲れが出てきた。緊張をほぐそうとこわばった肩をすくめたとき、眼下で人をかき分けて進む男が目に入った。髪はブラウンだが、ペリンにしてはやせている。

男はしわだらけの紺の上着を着て、酔っ払いのようにふらふら歩いていた。

ジュリアンヌは眉をひそめた。男の動きに不吉なものを感じる。しかも、手には何か持っている。ピストルだろうか？

男がまっすぐカースルレーに向かっていくのを見て、心臓が跳ねあがった。

デアに教えようとしたが、喧騒のなかでは声が届かない。注意を引こうと激しく腕を振っても、彼は気づかなかった。ジュリアンヌは、ほかにどうすればいいか思いつかず、ピストルを出して宙に向けて撃った。

銃声が広い室内に響き渡り、天井の漆喰と埃がばらばらと落ちる。一瞬、あたりがしんと静まり返った。そして次の瞬間、悲鳴をあげながらドアに向かって突進する人や、頭を抱えてうずくまる人々で大混乱になった。

だが少なくとも、デアの気を引くことには成功した。ジュリアンヌが紺の上着の男を示すと、彼はわかってくれた。

男がピストルをかまえ、意を決した様子でカースルレーに向ける。

デアが人々をかき分けて前に飛びだし、ピストルが発射されたと同時に男を床に押し倒した。カースルレーの頭から一メートルと離れていないところで、氷の彫像が破裂する。あちこちから〝暗殺だ！〟〝人殺し！〟という声があがり、客たちは怯えた羊のように逃げまどった。

ジュリアンヌはしばらく、眼下の混乱に目を釘づけにしたまま動けなかった。だがカースルレーが無事なのを確認すると、騒然としている客たちのあいだに視線を走らせてマーティン・ペリンを捜した。

手すりから身をのりだして、やっとペリンの姿が見えた。彼は、ジュリアンヌのほぼ真下で物陰に隠れていた。

ペリンは拳を握って、デアが男を床から立ちあがらせるのを見ている。それから、目を細めて回廊を見あげた。

彼の視線がジュリアンヌをとらえた。その目は怒りに燃えている。ジュリアンヌは、ペリンが男を雇い、その失敗に腹をたてているのを確信した。

デアは紺の上着の男を揺さぶって詰問している。ペリンは最後にもう一度デアをにらんでから向きを変え、出口へと殺到する客のなかにまぎれた。

実行犯が真実を明かすのを恐れて逃げようとしているのだ。でも、ペリンを逃がしたら危険はいつまでも消えない……。

ジュリアンヌは階段に走った。ペリンを見失いたくなかったら、急がなければならない。階段をおりた瞬間、目の前に男が立った。ジュリアンヌはあわてて足をとめた。

身を守るようにピストルをかまえたが、すでに弾はないのはわかっていた。そんな彼女を見て、ペリンが嘲笑った。

彼は不気味な笑みを浮かべながらジュリアンヌにピストルを向けた。「わたしをお捜しかな、ミス・ローレン？」


デアがつかまえた暗殺者は、フランス人男爵だった。男爵がフランス語と片言の英語で泣きながら話すため、デアにはなかなか聞きとれなかった。

「マ・フィーユ。マ・プーヴル・フィーユ。許してくれ……」

男爵の話では、二日前に娘を誘拐され、脅迫を受けたということだった。生きて返してほしければ、カースルレー卿を殺せという。ワインをカラフェに三杯飲んで、やっと実行する勇気を奮い起こしたが、失敗してしまった。娘は殺されてしまうだろう、と男爵は嘆いた。

「わたしは罪を犯した《ジュ・スイ・クーパブル》」男爵はうめきながら、力なく膝から崩れ落ちた。

「娘さんを助ける方法がきっとある」デアは元気づけるように言った。

男爵は震える息を吸ってデアの手を握りしめ、絶望に満ちた目で懇願するように見あげた。

「ムシュー、助けていただけますか？　お願いします……」

「命じたのは誰だ？」

「キャリバンと名乗っていました」

「顔がわかるか？　とても大事なことなんだ」

「はい《ウイ》」

「髪と目はブラウンで、平均的な身長か？」

「ウイ。彼は怪物《モンストレ》です」

「そうだな」キャリバンが怪物だというのは同感だった。

「わたしは誰も殺したくなかった」男爵はすすり泣きながら言った。そして、涙にけぶる目でカースルレー卿を見あげる。「どうかお許しください。申し訳ありません……」男爵の顔が苦悩にゆがんだ。「わかってます……娘は助からないと」

男爵は頭を垂れ、顔を手で覆っておいおいと泣きだした。

カースルレーがデアを引き寄せて、何があったのかと尋ねた。

「どうやら、監視されているのを悟ったキャリバンが、この男を身代わりにしたようです」

「ペリンだろうか？」

「間違いありません。ですが、証拠を見つける必要があります」

カースルレーは眉をひそめながら、泣いている男を見おろした。「気の毒に。キャリバンが相手ではどうにもならない。おそらく娘は亡くなっているだろう」

デアはうなずいたが、思いはすでにジュリアンヌに移っていた。彼女を捜して回廊を見あげる。おそらく、すでに階下に向かっているのだろう。そして……。

突然、いやな予感に襲われた。ペリンが、見つかるのを恐れて彼女を人質にすることはありうるだろうか？

すぐにジュリアンヌを捜さなければならない。男爵の尋問には二分ほどしかかけていないが……。

デアはカースルレーに男爵の逮捕をまかせた。「彼を守ってください。キャリバンの顔を知っていますから」

返事を待たずに、デアは近くにいたイングランド人兵士のマスケット銃をつかんだ。「貸してくれ。頼む」

そして、部屋から走りでた。

左手に、回廊にのぼっていく階段があった。階段には誰もいないが、最下段の近くに何かが落ちているのが見えた。

それがジュリアンヌに渡したピストルだとわかった瞬間、デアの胸に恐怖がこみあげた。彼女がキャリバンの手に落ちた。

必死で廊下を見まわした。ペリンがまだ宮殿内にいるとは考えにくかった。出入口は一〇箇所ほどある。デアはとっさに心を決め、いちばん近くの、南に向いているドアへ向かった。

ドア近くの大理石の床に、また何かが落ちていた。ジュリアンヌのレティキュールだ。彼らがここを通ったのは間違いない。彼女が、手がかりを残すためにわざと落としたのかもしれない。

デアは急いでドアを抜け、外のまぶしさに顔をしかめた瞬間、何かにつまずいた。近衛兵がふたり、血の海のなかに倒れていた。

デアは恐怖と怒り、そして自己嫌悪に襲われた。キャリバンに欺かれた自分に、そしてジュリアンヌをこのうえない危険にさらした自分に心のなかで悪態をつきながら、庭園を駆け抜ける。

宮殿のこちら側には、人はさほど多くなかった。目の前にセーヌ川が流れ、ロワイヤル橋がかかっている。石の岸壁の向こうに、にぎやかに飾りたてた艀《はしけ》と小型帆船が見えた。もしおれがペリンなら、逃げ道を用意しておくだろう。それも複数。橋を渡り、箱型馬車に乗るかもしれない。あるいは、意表をついて川を利用するかも。

デアは岸壁にそって右に走った。橋から九〇メートルほど走ったが、集まっている群衆のなかにも、岸壁の下にも怪しい者は見られなかった。走ってきた道を引き返し、今度は逆の方向に同じぐらい走ったところで、恐れていた光景を目にした。

二〇メートルほど先の、船着き場につながれた平底船の横で、男女がもみあっている。

デアの心臓が凍りついた。ペリンが、抵抗するジュリアンヌの頭にピストルを突きつけて船に乗せようとしている。船頭が不安げにそれを見ていた。

デアは足をとめ、マスケット銃をつかみながら、今通りすぎた石段をおりるか、三メートルほど下に直接飛びおりるか考えた。ジュリアンヌを傷つける危険を冒すことなくねらいを定めるには、ここからでは遠すぎる。

だが、どちらかに決める前に、ペリンが顔をあげてこちらを見た。「それ以上近づくな、ウォルヴァートン！」ジュリアンヌを自分の前に引っ張って盾にしながら叫ぶ。

「ペリン！　彼女を放せ」デアは叫び返した。声に絶望がにじみでているのを聞いて悪態をついた。不安を敵に見せてしまうとは、なんと愚かなんだ。

　銃をかまえながら、デアはふたりの真上まで近づき、さっきより落ち着いた声で言った。

「彼女を放せと言ったはずだ」

「放す気はない。彼女は人質だ」

「おまえの負けだ、ペリン。おまえは、カースルレー卿の殺害に失敗し、おまえがキャリバンだと証言できる男を生かしたままにした」

　ペリンが悲しげに頭を振った。「それは残念だ。これ以上、罪を犯すことはできないというわけか。だが、一生暮らしていけるだけの金を手に入れたから、これで姿を消すよ。わたしのあとを追おうとしてみろ、彼女を殺すぞ。わたしがどこまでやる男か、きみも知っているはずだ」

　デアは氷のような笑みを浮かべた。「だがおまえは、おれがどこまでやる男か知らない。もし彼女を傷つけたりしたら、容赦しないからな。どこへ逃げようと、どこに隠れようと、たとえそれが世界の果てであろうと見つけだす」

「やってみればいい。だが今は、こちらが優勢だ。銃をおろせ。さもないと、彼女の頭を吹きとばすぞ」

「デア、耳を貸しちゃだめ！」ジュリアンヌが叫んだ。

　デアは歯嚙みしながら、銃の引き金にかけた指に力をこめた。だが、危険は冒せない。ねらいをそむけつつ、一歩前に出る。ペリンのピストルを自分に向けさせるために。

作戦はうまくいった。ペリンがデアの心臓にねらいを定める。

その瞬間、ジュリアンヌが腕を振りまわし、爪をたてて、ペリンの注意をデアからそらした。

デアはその機に乗じて船着き場に向かって飛びおりた。同時に、ペリンがジュリアンヌを殴る。デアは、彼女が倒れるのを見ながら着地してうずくまった。視界の端に、スカートをまくりあげてナイフをとりだそうとしているジュリアンヌの姿が見える。ペリンが、ふたたびデアにピストルを向けた。

デアは、うずくまった状態から跳ね起きて、全速力で走った。

だが、ジュリアンヌのほうが早かった。彼女はナイフをかまえてペリンに向かっていった。ふたりの体がぶつかり、ペリンが岸壁に体を打ちつける。その上にジュリアンヌが倒れこんだ。

どちらもそのまま動かないのを見て、デアは心臓がとまった気がした。

急いで駆け寄ってジュリアンヌの肩をつかんだ瞬間、彼女が弱々しく息を吸った。デアはジュリアンヌに手を貸して立たせた。だが、ペリンは横たわったまま身動きひとつしない。

デアは、うつぶせに倒れているペリンを用心深く蹴ってあおむけにした。命を失った目が空を見あげている。胸にジュリアンヌのナイフが刺さっているが、こめかみから流れる血が彼の死因を示していた。倒れたときに、舗道の石に頭を打ちつけたのだ。

デアはペリンの首に指をあてた。

「死んでいる」静かに言った。

ジュリアンヌは体が震えだすのを感じた。デアが立ちあがって手をさしのべたので、その腕に飛びこむ。そして涙をこらえ、デアの肩に顔を押しつけてしがみついた。

体の震えがとまらない。彼女はデアの鼓動を感じながら、髪に彼の軽いキスを受けた。

それから、デアはしっかりと唇を重ね、ジュリアンヌを抱きしめた。「大丈夫か？」

「いいえ」ジュリアンヌは震える声で言った。「怖かった。あなたが殺されるかと思った」

「おれが？」信じられないと言いたげな声だった。「やつはきみの頭に銃を突きつけたというのに、きみはおれのことを思って怖かったのか？」

「そうよ」

「おれのほうがよっぽど怖かった」

ふたりは長いことただ抱きあったまま、互いの無事を祝った。ジュリアンヌの震えがおさまったのは、それからさらに長い時間がたってからだった。

彼女はため息をついて、デアの腕に包まれている感覚に浸った。「やっと終わった」

「きみが自力でなんとかしてくれてよかった。おれでは間に合わなかっただろう」デアは彼女の目を見つめた。「きみがうらやましいよ」

「なぜ？」

「おれたちふたりを救い、そのうえ、あいつを殺して満足感を得た」こわばった、だがからかうような笑みがデアの口もとに浮かぶ。「おれの自尊心がどれだけ傷ついたかわかるか？おれにヒーローの役を演じさせてくれればよかったのに」

人を殺したことへの恐怖心を軽くしようとする彼の言葉がうれしくて、ジュリアンヌは弱々しく笑った。「戦う場面は舞台で何度も演じているから、得意なのよ」

「最後の一〇分で寿命が一〇年縮まったよ」それからデアは、急にまじめな顔になって彼女を見つめた。「おれたちはずいぶん長い年月を失った」

ジュリアンヌは過去の記憶に身をすくめてから、自分がたてた誓いを思いだして急に暗い気持ちになった。彼との未来はない。今すぐ、デアのもとから離れなければ。

そう思うと、体を引き裂かれるようなつらさを覚えた。

でも、もう少し時間があるようだ。目をあげると、大勢の人が集まって階上から見おろしていた。「今はだめよ、デア」

カースルレーが護衛を引き連れながら石段をおりて近づいてきた。ジュリアンヌはデアの抱擁から離れて一歩さがった。

カースルレーはひと目でその場の状況を見てとった。「命を救ってくれてありがとう、ウォルヴァートン」

デアは首を振った。「お礼ならミス・ローレンにおっしゃってください。彼女はあなたの暗殺を阻止したばかりか、その黒幕の息の根をとめました」

外務大臣がペリンの死体を見おろした。「これがキャリバン……殺人と脅迫でヨーロッパの半分を恐怖に陥れた悪党なんだな？」

「間違いありません」デアは答えた。

カースルレーが目をあげ、ジュリアンヌに向かって微笑んだ。「ミス・ローレン、わが国民はあなたに多大な借りができた。わたしもだ。命の危険を感じずに毎日を過ごせるのは、とてもありがたい。お礼に、何かできることはないだろうか？」

ジュリアンヌは丁重に断ろうとしたが、急に脚の力が抜けてきた。「座らせていただいてよろしいでしょうか、閣下」

「もちろんだ。あなたは、たいていのレディなら耐えられないような試練をのりこえてきたのだから。宮殿までエスコートさせてもらえるかね？」カースルレーが腕をさしだした。

「フランス国王も、直接感謝の言葉を伝えたいはずだ。それに、あなたがどうやって悪党を倒したかも聞きたいに違いない」

ふたりが歩いていくのを見ながら、デアはジュリアンヌの頭にピストルを突きつけるペリンの姿を思いだして身を震わせた。これから長いこと、この光景が繰り返しよみがえるだろう。荒く息をつきながら、もう少しで彼女を失うところだったのを実感した。

ジュリアンヌなしでは生きていけない。彼女はおれの心を、おれの魂をつかんでいる。

ジュリアンヌの後ろ姿を見ていると、胸が激しく痛んだ。彼女はおれの心の奥に火をつけた。今度は同じ火を、おれが彼女の心につけるのだ。

簡単ではないだろう。さっき、ジュリアンヌが尻ごみするのを感じた。昨夜彼女を抱いたときもそうだった。彼女の欲望は、絶望に縁どられていた。

デアは拳を握った。はじめは彼女の秘密を探る目的で、賭けのために求愛したが、今度こそ本気ですするつもりだ。

もう、ジュリアンヌを失うつもりはない。

18

一八一四年六月　ロンドン

それまではスキャンダルの種だったジュリアンヌだが、ロンドンに戻ってからは本物の有名人となった。

カースルレーは声明のなかで、凶悪事件の黒幕を倒したジュリアンヌを惜しみなく賞賛し、新聞が尾ひれをつけて彼女をヒロインに仕立てあげた。最新の噂では、ジュリアンヌとデアは、自分たちだけでナポレオンのいちばんの信奉者を倒したことになっていた。

ロンドンの一般市民のあいだでも、そして貴族階級のあいだでも、ジュリアンヌの人気は高かった。芝居の切符は毎晩売り切れとなり、エドマンド・キーンは嫉妬に駆られた。芝居が終われば、舞台裏では大勢の男たちがジュリアンヌを囲んだ。リディンガムは、賭けのことなど忘れて彼女たちがキャリバンを見つける手助けをしたことで鼻高々だった。

摂政皇太子がジュリアンヌとデアを賞賛したことで、ジュリアンヌの名声はさらに高まった。摂政皇太子はデアの親友のひとりだが、一介の女優がカールトン・ハウスに招かれ、ウエリントン将軍やブルーチャー元帥をはじめ、大勢の要人、王族、貴族らとともに、ヨーロッパの解放を祝う夕食会に参加するのは大きな名誉だった。

ソランジュはジュリアンヌのために喜んだ。「やっと、正当に評価してもらえるようになったのね」

ジュリアンヌは思わず笑った。「うぬぼれないように気をつけるわ。きっと来週には、わたしの名前なんか忘れられているもの」

世間がいかに移り気かはよく知っている。今は、目新しいのと、摂政皇太子から賞賛を受けたのとで引っ張りだこになっている。でもほとぼりが冷めれば、少なくとも貴族階級はまたわたしを見くだすようになるだろう。

「ウォルヴァートン卿はなんて言ってるの？」ソランジュがいたずらっぽく尋ねた。

ジュリアンヌは肩をすくめた。「パリから帰ってから、ほとんど話していないわ」

カールトン・ハウスの祝宴に一緒に招かれたときなどを除けば、デアにはほとんど会わなかった。ふたりきりになる機会はまったくなかった。

彼は、栄光のひとときを楽しむべきだと言ったが、意外にもベッドに誘おうとしなかった。劇場にも顔を見せなかった。賭けに勝とうとするふりも、もうしていない。公衆の面前での求愛をやめてしまったようだ。

たぶん、もう勝ったつもりなんだわ。ジュリアンヌは思った。わたしが愛人になると確信して、これ以上求愛する手間を省いたに違いない。

あるいは、デアの関心は次のことに移ったのかもしれない。危険な反逆者を見つけだす任務は終わった。もうわたしは用ずみなんだわ。

それとも、ほかに気になる女性を見つけたのかしら？　その可能性については深く考えないようにした。いくら近いうちにデアとの関係を絶とうとしているにしても、彼がほかの女性と夜を過ごしていると思うと耐えられなかった。

今後も諜報員としての任務が続くかどうかについては、なんの連絡もなかった。だが、ウィクリフ卿がまだ田舎にいるのはジュリアンヌも知っていた。ジュリアンヌとデアがフランスにいた六月の第二週に、彼の妻が息子を出産したのだ。

ウィクリフ卿夫妻がロンドンに戻ってきたことを知ったのは、『ハムレット』の稽古中、オフィーリアのせりふを練習しているときだった。

第三幕の途中で、支配人のサミュエル・アーノルドに呼ばれて彼の事務室へ行くと、まっ赤な髪をした美しい女性が待っていた。アーノルドはレディ・ウィクリフを紹介すると、ふたりを残して部屋を出ていった。

「稽古のお邪魔をしてごめんなさいね、ミス・ローレン」レディ・ウィクリフが言った。「でも、夕食会にぜひお招きしたくて、まずはあなたのご都合をうかがおうと思ったの。あなたにいらしていただける日にするつもりよ」

ジュリアンヌは驚いて眉をつりあげた。「次の火曜日と水曜日は喜劇が上演されるので、わたしはあいていますが」

「では、火曜日はいかが？」

「喜んでうかがいます」ジュリアンヌは答えたが、まだ戸惑っていた。

レディ・ウィクリフはそれに気づいて、いたずらっぽく微笑んだ。「もちろん、今のあなたの人気ですから、出席していただいたら大評判になるわ。でも、そのためにいらしていただきたいわけじゃないのよ。ルシアンとわたしは、あなたを主賓にお迎えしたいの。近しい友人だけの小さな集まりよ」

「よくわからないのですが、レディ」

「ブリンと呼んでいただける？　レディじゃ堅苦しいわ。あなたとはお友達になりたいの」

「もちろんです……でも、なぜわたしを主賓に？」

ブリンは、今度はあたたかい笑みを浮かべた。「あなたに感謝の気持ちを表したいの。あなたには大きな借りがあるのよ、ミス・ローレン。この七カ月間ではじめて、護衛に囲まれる生活から解放されたんですもの。今までは、キャリバンからわたしを守るために大勢の護衛がついていたの。それから、兄のグレイソンのこともよ。兄はキャリバンの報復から逃れるために、去年から身を隠していたの。でも、やっと家に帰れることになったわ」

ジュリアンヌは顔をしかめた。「わたしがキャリバンの死に果たした役割なんてほんのわずかなのに、大げさに言われているだけなんです」

「そんなことないわよ。デアが、フランスで起きたことを全部話してくれたの。あなたが命を危険にさらしたこと、その前にデアの調査に協力したこと。あなたがいなかったら、絶対にデアはキャリバンの居場所を突きとめられなかったわ。あなたは本物のヒロインよ」

ブリンの手放しの賞賛に、ジュリアンヌは顔が赤くなった。「デアのほうがよっぽど大きな役割を果たしました」

「あなたたちふたりに感謝するわ。兄が無事帰れるのがわたしにとってどんなにうれしいことか、想像もつかないでしょうね。グレイソンはずっとスコットランドにいたの。去年の秋、キャリバンの金貨密輸に巻きこまれたときから。ひどいけがをして、命からがら逃げだしたのよ。でも、家族を守るために死んだふりをしなければならなかったの。スコットランドにあるルシアンの城に隠れていたのだけれど、フィリップ・バートンが迎えに行ったから、もうすぐ会えるわ。たぶん夕食会で、兄も直接あなたにお礼を言いたいんじゃないかしら」

「お礼なんて本当にけっこうです、レディ・ウィクリフ」

「ブリンよ。あなたのこともジュリアンヌと呼んでいいかしら？」

「ええ、もちろん」

「あなたとはもっと親しくなりたいの。デアがあなたのことをとてもほめているわ。それに、あなたは彼のためにいいことをしてくださった」

ジュリアンヌは好奇心を覚えた。「どういうことですか？」

「彼は以前よりも落ち着いてまじめになったわ。まるで、人生の目的を見つけたみたい。デアは特別な人よ。ルシアンもわたしも、彼のことがとても好きなの。デアが傷つくのは見たくない……」ブリンは言葉を切って小さく頭を振った。「いいえ、わたしには関係のないことね」

「もちろんわたしは、彼を傷つけるつもりはありません」ジュリアンヌは請けあった。

「でも賭けはどうするの？」ブリンはあたたかい目で、探るようにジュリアンヌを見た。

「あなたは〝快楽のプリンス〟をひざまずかせると、大勢の人の前で誓ったのでしょう？」

「あの賭けは、デアがキャリバンの捜索のためにしくんだことなんです」ジュリアンヌは嘘をついた。

「じゃあ、あなたも少しはデアのことが好きなのね？」

「ええ」低い声で答えた。「好きです」

ブリンは輝くような笑みを浮かべた。「デアが、自分を幸せにしてくれる人を見つけるのは無理なんじゃないかと、わたしはあきらめていたのよ。でも、どうやらうまく見つけたみたいね」立ちあがりながら、きびきびした口調で続ける。「ずいぶん長いことお稽古の邪魔をしてしまったわ。ご都合が悪くなければ、今度の火曜日、七時半に馬車を迎えにやりますす」ブリンは片手をさしだした。「それから、何かお役にたてることがあったら、どうぞ言ってちょうだい。それだけではあまたのご恩に報いることにはならないけれど」

客が帰ったあともジュリアンヌは長いことそこに座ったまま、デアを好きだとブリンに認めたことを思いだしていた。

たしかに好きだった。それも心から。今ものすごく彼を愛している。七年前よりもっと深く。

もう何週間も自分をだまして、傷つくことなくデアと別れられると言い聞かせてきた。だが、キャリバンがピストルを向けてデアを殺そうとしたとき、これ以上自分の本心を否定することはできないと悟った。デアを愛している。心が痛くなるほど。

ジュリアンヌは鋭く息を吸いこんだ。もうじゅうぶん先のばしにしてきた。彼との関係をきっぱり終わらせなければ、もっとみじめになるだけだ。これ以上デアのそばにいるのは耐えられない。愛してもらえないとわかっていながら彼を愛するのは。

でももしデアがわたしを愛するようになったら？　永遠にわたしだけを強く愛してくれるかしら？

暗い未来が頭に浮かぶ。デアはたぶん、セント・ジョンズ・ウッド界隈に家を買ってくれるだろう。多くの貴族が愛人を囲っている地域だ。そしてわたしは窓辺に立って、彼が愛情のかけらを与えに来るのを待つのだ。デアは、しばらくは定期的に通ってくるだろう。でもそれも、わたしに飽きるまで。そして、わたしの代わりになるほかの誰かを見つけるまで。ジュリアンヌは、彼の大勢の愛人たちのことを思ってうんざりした。デアがほかの愛人のほうを向けば、わたしの心は血を流すだろう。彼のような遊び人は、情熱的な愛で縛りつけなければ変わらないものだわ。

それでは結婚は？　ジュリアンヌのなかで小さな声がした。結婚はありえない。侯爵は、女優とは結婚できない。でも、もし万が一デアが結婚を申しこんだら？

もしそんなことがあるとしたら、罪悪感かあわれみがそうさせるのだろう。彼は、わたしが耐えてきた苦しみに責任を感じているから。デアにそんな犠牲を払わせることはできない。だめ。迷いが生まれる前に、わたしに対する責任から彼を解放しなければ。

ジュリアンヌは目を閉じた。これ以上先のばしにはできない。それなのに、デアと別れることを考えるだけで、愚かな心は早くも震えている。彼の姿が見えない未来など想像したくない。彼に触れてもらえない未来、彼と会話する喜びのない未来、彼と知恵を闘わせる楽しみのない未来など……。

胸のなかにぽっかりと大きな穴が空いた気分だが、行動しなければならない。

これからの人生は、デアがいなくてもなんらかの安らぎを探しながら生きていくことになるのだろう。もしそんなことが可能ならの話だけれど。

そう考えると、心の奥が震えた。

デアのことは絶対に忘れない。心のいちばん深いところに大事にしまっておこう。

火曜の夜、ジュリアンヌがウィクリフ家の客間に案内されると、すでにデアが来ていた。燃えるように見つめてくる彼と目が合った瞬間、ジュリアンヌは心臓が飛びだしそうになった。

デアが近づいてきて挨拶する。仕立てのいいダークグレーの上着が、長身でしなやかな体をきわだたせている。彼が手袋に包まれたジュリアンヌの手に触れたとき、ふたりのあいだに火花が散った。この官能的な瞬間は一生忘れられないとジュリアンヌは思った。

デアはその火花に気づいたのか笑みを浮かべたが、素知らぬ顔で言った。「おいで。おれの親友たちに紹介しよう」

彼は友人たちのところへジュリアンヌを連れていった。

たしかに小さな集まりで、ブリンとルシアンのほかにもうひと組、ダミアンとヴァネッサのシンクレア男爵夫妻がいるだけだった。

かつてヘルファイア・リーグのリーダーだったハンサムな男爵の噂は、ジュリアンヌも聞いたことがあった。その素行の悪さと放蕩ぶりから、〝女泣かせのシン〟の異名をとっていた。

黒い髪と青みがかったグレーの瞳、彫りの深い顔は本当に魅力的だ。その端整な男らしさを引きたてているのが、妻ヴァネッサの美しさだった。輝きを放つ黒い瞳に、金と赤のまじる明るいブラウンの髪をしたヴァネッサはやさしくて落ち着いていて、ジュリアンヌはすぐにくつろいだ気分になった。

「お会いできてうれしいわ、ミス・ローレン」ヴァネッサ・シンクレアはそう言って、ジュリアンヌの手をしっかりと握った。「今シーズンは、あなたのすばらしい演技でとても楽しませていただいているのよ。それに、デアからはあなたの勇気ある行動を聞いているわ」

ジュリアンヌは赤くなりながら、デアをとがめるように見た。「ウォルヴァートン卿には、事実を少し大げさに語る癖があるみたいですわ、レディ」

「ヴァネッサと呼んでちょうだい。そして、こちらは夫のダミアンよ」

ダミアンが前に進みでた。「きみに会えて本当にうれしいよ。デアの癖はぼくもよく知っているが、今回のことに関しては、きみが賞賛を受けるのは当然だ。カースルレー卿の賞賛が、この軽薄な男の言葉に重みを与えてくれる」そう言いながら、デアの背中をたたく。

デアは苦笑した。「それはずいぶんな言い方だな。おれは、その気になれば軽薄じゃなくなるところを見せて、勲章をもらったんだぞ」

「たしかにそうだな」ダミアンがくすくす笑いながら言った。「おまえの功績に嫉妬したんだ。おまえの後光はさらに輝きを増し、これまで以上に多くの女性が寄ってくるだろうからな」

ルシアンがサイドボードに行ってシェリー酒を注ぐあいだ、ブリンがジュリアンヌを長椅子に案内して座らせた。

「内輪の集まりだと言ったでしょう?」ブリンが言った。「残念だけど、ほかの親友たちは来られないの。レイヴンとケルは三カ月前にカリブ海行きの船に乗ってしまったのよ。あなたに会わせたかったわ。きっとレイヴンのことが大好きになるはずよ。去年ルシアンと結婚したとき、わたしは彼女のおかげで社交界にとけこむことができたの」

ルシアンはシェリー酒を持って戻ってくると、主賓であるジュリアンヌとデアのために乾杯しようと提案し、みながすぐさま賛同した。拍手がやむと、デアは自分のグラスを掲げた。

「もうひとつ乾杯したい」彼はいたずらっぽく微笑んだ。「ヘルファイア・リーグの新たな会員のために。彼が父親と同じ道を歩めるよう祈ろうじゃないか」

ブリンが激しくかぶりを振った。「デア、そんなことを祈るなんてとんでもないわ。とり消してちょうだい！」

ジュリアンヌはわけがわからず眉をひそめた。

「わたしたちの息子は生まれてまだ二週間なのよ」ブリンが説明した。「それなのにデアったら、ルシアンが返上したヘルファイア・リーグの会員権を息子に渡すと言っているの」彼女はデアをにらむふりをした。「わたしが生きているうちは絶対に許さないわよ」

「ふざけているだけだよ、ダーリン」ルシアンがなだめた。「しばらくリーグのメンバーが減ることは、デアだってじゅうぶん承知している。それで思いだしたが、愛する妻にお礼を言いたい」やさしく言った。「ずっと望んでいた息子をぼくに授けてくれたことに」

ルシアンとブリンはしばらく見つめあった。そこにこめられた思いやりと親密さに、ジュリアンヌの胸はうずいた。

「わが家はその点については、今のところ心配はないわ」ヴァネッサがジュリアンヌにささやいた。「うちは娘だから。わたしたちは別のことで頭を抱えそうよ。キャサリンはまだ三歳なのに、父親をはじめ、あらゆる男性をすっかり手玉にとっているの」

「だが、次は息子かもしれない」ダミアンも、熱く慈しむような視線を妻に向けた。その目には愛の炎が宿っている。

ヴァネッサは秘密めいた笑みを浮かべておなかに手をやった。「ふたり目ができたのよ」

ほろ苦い思いに襲われて、ジュリアンヌは思わず目をそらした。わたしは子どもを持つことはないだろう。デアの子どもがほしいけれど、そんなことはありえない。

彼のほうを見ると、じっとこちらを見ていた。ジュリアンヌは無理やり笑顔をつくり、近く予定されている平和式典には出るのかと、あたりさわりのない質問をした。ありがたいことに、それで話題が変わった。

しばらくジュリアンヌも楽しいときを過ごした。くつろいだ会話が続き、男性たちは兄弟のようにからかいあったり冗談を言いあったりした。

じきにディナーの準備が整い、一同はブリンが〝小さな食堂〟と呼ぶ部屋へ移動した。そこは、ウィクリフ夫妻が普段人を招くときに使う部屋よりも、親密な雰囲気があった。おいしい料理を囲みながら、ジュリアンヌはデアについて、再会からの三カ月で見聞きしたよりもさらに多くのことを知った。

誰かがデアをウォルヴァートンと呼んだとき、ヴァネッサが一瞬けげんな顔をしてから、頭を振ってジュリアンヌにこっそり打ち明けた。「ときどき、デアの新しい称号を忘れてしまうの。はじめて会ったときはクルーン伯爵だったから。そのとき、わたしの人生は彼から大きな影響を受けたのよ。ダミアンがプロポーズするように仕向けたのも彼なの。デアは、わたしに対する気持ちをダミアンに認めさせるために、いたずらでわたしを誘拐したのよ」

「それで、ご主人は認めたの？」ジュリアンヌは興味津々で尋ねた。

「ああ」ルシアンが割って入った。「だが、ダミアンはデアに決闘を申しこみ、わざと弾を受けてけがを負ったんだ」

「わたしはふたりとも撃ってやりたかったわ。どっちも頑固で子どもみたいなんだもの」ヴァネッサが怒ったふりをして言う。

「デアがぼくを撃ったのは事故みたいなものなんだ」ダミアンが言った。「彼が射撃が下手で助かったよ」

デアは穏やかに笑った。「あれから腕を磨いてきた。おまえにはかなわないが、射撃はだいぶうまくなってきたし、ナイフを扱わせたら名人級だぞ。いつ決闘になったり、非情なスパイと対決しなければならなくなったりするかわからないからな」彼の顔から笑みが消えた。「数週間前におれのその腕がいかに貴重かが証明されたばかりだが、おれは諜報活動から足を洗おうと思っている。こそこそかぎまわったり策略を練ったりするのももうおしまいだ」

「ジュリアンヌ、きみはどうするんだい?」ルシアンが尋ねた。

デアが代わりに答えた。「彼女も引退する」

「今後間違いなく、ナポレオンを復活させようという動きが出てくると思うが?」

「ほかに誰か探してくれ」デアは言いはった。

ジュリアンヌは反論しようとしたが、諜報活動から抜けられれば……そしてデアも抜けてくれればと思うと、ほっとした。

ダミアンがにやりと笑った。「おまえが諜報員だというのも信じがたいが、議会の一員だというのはもっと信じがたい」ジュリアンヌが眉をつりあげると、ダミアンは説明した。

「デアは貴族院の議員になるんだ」

彼女はびっくりしてデアを見た。彼は、ジュリアンヌの反応をはかるかのように見つめている。「この一週間、初演説の内容を練っていたんだ」

ジュリアンヌの心は沈んだ。デアが政治の世界に入る？　彼がそこまで人生を大きく転換させる気になっているとは夢にも思わなかった。わたしにはひと言も言ってくれなかった。それで、ここのところ忙しくしていたのだろう。貴族が卑しい女優と結婚するだけでも軽蔑の的になるのに、政治家だったらどれだけ軽蔑されることか。

「どんな問題をとりあげるつもりだ？」ルシアンが尋ねた。

「戦争が終わった今、わが国の未来にはさまざまな問題が待ち受けている。いちばんさし迫った問題は食糧の価格と、帰国した兵士の窮状だ。だが、解決策を提示する前にもっと勉強しなければならないとわかった」

「おまえがいちばん心配していることに焦点をあてたほうがいい」

デアはうなずいた。「少なくともカースルレー卿は支持してくれる。カースルレー卿は議会に自分の支持者を増やしたいんだ」

「あなたが演説するときは、傍聴席から見守るわね」ヴァネッサが言った。

ダミアンはまだ疑わしげに頭を振っている。

「おれには政治家なんか務まらないと思っているんだろう？」

「いや、立派に務めるだろう。悪魔みたいに魅力的で説得力があるからな。だが、遊んで暮らしているおまえをずっと見てきたから、なぜそんなに重い責任を負う気になったのかわからないんだ」

「若かったころと変わらなければならないこともあるさ」デアは軽い口調で言った。

ジュリアンヌと目が合ったが、彼女の表情からは何を考えているのかわからなかった。だが、ジュリアンヌは女優だ。感情を隠すのが得意なのだ。

喜んでくれているといいのだが。ふたりきりなら反応を探ることもできるが、今は待たなければならない。

しばらくすると女性たちは客間に移り、男たちは残ってポートワインを楽しんだ。デアは、ふたりの親友が王立動物園の珍獣を見るような目で自分を見つめているのに気づいた。

なぜおれが生き方を変えようとしているのか、説明がほしいのだろう。

説明するのは簡単だ。ジュリアンヌにふさわしい男になりたいからだ。

デアは、軽薄な放蕩者だったこれまでの自分を恥じていた。今までの人生では、ろくなことをしてこなかった。三三年の人生のほとんどを、道楽者として過ごしてきた。放埒でわがままで、自分のことしか考えていなかった。

だが、放蕩の日々とは縁を切った。心から変わろうと思っている。

必死で努力すれば、名誉挽回も可能だろう。ジュリアンヌにふさわしい男であることを彼女に証明するのだ。

「おそらく……」ダミアンが口火を切った。「おまえがまったく新しい方向に進もうとしているのにはわけがあるんだろう。ミス・ローレンに関係あるのか？」

不可能に近いことかもしれない。


「大ありだ」デアは静かに答えた。「彼女のためなら、なんだってする」

「彼女はすばらしい女性だ」ルシアンが言った。「あの勇気には本当に感心したよ」

「そこらへんの男よりよほど勇敢だ」デアは言った。

勇敢で我慢強くて、高潔で気力に満ちていて聡明で……。彼女にふさわしい男になるのは不可能に近いことかもしれない。

「おまえもとうとう愛の力に屈したわけだな」ダミアンが、訳知り顔でグレーの瞳を輝かせた。「ぼくがヴァネッサと恋に落ちたとき、おまえに笑われたのを思いだすよ」

「笑ってなどいない」デアは友人の目を真剣に見つめた。「心配したんだ。おれがかつて傷ついたように、おまえも傷つくんじゃないかと。だが、間違っていたようだ。おまえはヴァネッサを愛さずにいられなかった。おれも同じだ」

「じゃあ、賭けに負けたことを認めるんだな」

「ああ」賭けに勝ったのはジュリアンヌだ。おれは喜んで、彼女の足もとにひざまずく。

「おまえがやめたら誰がリーグのリーダーを務めるんだ?」

「候補者は何人もいる。だが正直に言うと、おれはもう、リーグがどうなろうとかまわないんだ。リーグの目的は果たされたから」

ダミアンが困惑して頭を振った。「おまえがリーグに興味をなくす日が来るとは思いもしなかった」

「だが、もう必要ないんだ」

これまでデアは、快楽で苦しみをまぎらわせようとしてきた。堕落した行為で時間をつぶして性欲を満たせば、人生の虚しさを忘れることができると思ってきた。多くの女性を利用しては捨ててきた。

だが、ジュリアンヌと再会してから悟ったのだ。愛を交わすことの本当の喜びは、愛することそのものにあると。

「この数カ月で、おれは大事なことを学んだ」デアは確信に満ちた声で静かに言った。「愛のない快楽など虚しいだけだ」

「それをおまえに教えてやってもよかったが、ぼくが言っても信じなかっただろう」ダミアンが言った。「自分で気づかなければわからないことだ」

「うれしい話だ」ルシアンがほがらかに言った。「それで、おめでとうと言えるのはいつなんだ?」

「わからない。まだプロポーズしていないんだ。今はまだそのときじゃない」

「断られるのを心配しているのか?」

嘘はつけなかった。プロポーズを先のばしにしているのは怖いからだ。人を説き伏せるのが得意だと言われている自分が、ジュリアンヌの説得に失敗するのではないかと思うと怖かった。彼女はプロポーズを受け入れてくれないのではないだろうか? 過去のことでまだおれを許していないのではないか? おれのことを愛していないし、これからも愛する気にはならないのではないだろうか?

　パリでの数日間、おれは彼女とのあいだに親密な空気が流れているのを感じた。だが、その親密さは主に、恐怖から生まれたものだった。

　すっかり慣れっこになってしまった恐怖心に胃がきりきり痛み、デアはごくりとつばを飲んだ。ジュリアンヌのいない人生など耐えられない。おれを一人前の人間だと感じさせてくれるのは彼女だけだ。ジュリアンヌだけが、おれのなかの空虚な穴を埋め、ちゃんとした人間になりたいという強い願いを満たしてくれる。

　ジュリアンヌはおれの魂の奥に触れた。彼女がいなければ、おれは自分のなかの虚しさと向きあわなければならなくなる。

　暗い思いはルシアンの言葉にさえぎられた。「そんな難しい顔をするな。ぼくは、お前が彼女を自分のものにすると確信している」

　おれも確信したい、とデアは思った。この二週間、自分の本能とは逆の行動をとってきた。ジュリアンヌには、自分に向けられる賞賛をじゅうぶんに楽しんでもらいたかったし、人々の前で求愛するのは避けたかった。彼女が子どもじみたおふざけだと呼ぶものをやめたかった。

　ゲームは終わりだ。自分がまじめになれること、まともな求愛ができることを彼女に示さなければならない。誠実で心からのものだとジュリアンヌに思ってもらえるような求愛方法を考えなければ。

　だが考えつくのは、あの賭けを彷彿させるような方法ばかりだった。彼女の舞台を見に行くこと。深夜、夕食に連れていくこと。高価なプレゼントを贈ること。

あせりはあるが、求愛はこれまでのそうした数カ月とはまったく違うものにしたかった。

それに、フォルモン家の土地の買い戻しに関して、フランスから連絡が入るのを待っていた。金で愛を買おうとしているとジュリアンヌに思われたくなかったが、土地をとり戻して財産が手に入れば、彼女は男に頼らずに自分で未来を選ぶことができるようになるだろう。

プロポーズについては、ともに過ごしたあのロマンティックな夏を再現するのがいいと思っていた。ジュリアンヌをピクニックに誘い、七年前のプロポーズの言葉をもう一度言うつもりだった。

その一方で、新人政治家としての仕事にも力を注いできた。国内の政治、そして他国の繁栄に関心を持つことで、自分が変われることをジュリアンヌに証明するのだ。

それを念頭に置いて、今日の夕食会を企画した。大事な友人たちにジュリアンヌを紹介し、名うての遊び人たちでも本物の愛の力で変わることができるのをその目で見てほしかった。

デアの心を読んだかのように、ルシアンがグラスをあげた。「新しい同盟《リーグ》に乾杯しよう。われわれは、前よりもはるかにいいリーグを結成した。改心した元放蕩者のリーグだ」茶目っ気と愛情のこもった笑みを浮かべながらデアの目を見つめる。「ようこそ、新しいリーグへ」

ルシアンの言う新しいリーグの会員になれることを祈りながら、デアは酒を飲んだ。これまで友人たちをうらやましいと思ったことはなかったが、今は、ダミアンとルシアンが手に入れたものがほしかった。愛、ぬくもり、子ども、笑い。

そして何よりもほしいのがジュリアンヌだった。

デアは今、生まれてはじめて、ほしいものを手に入れられないかもしれないという不安を感じていた。

19

四日後、ジュリアンヌはデアとの関係をきっぱり終わらせようと決心して計画を実行に移した。

彼に負けを認めさせるのが大仕事なのはわかっていた。だから、証人の前で拒絶することにした。そうすれば、愛人になれというデアの提案をわたしが突っぱねたことは、世間じゅうに知れ渡るだろう。

うまく役を演じきれば、デアのことなどなんとも思っていないと彼に思わせることができる。デアが屈辱に怒り狂えば、わたしは彼から逃げてふたりの関係を永久に絶つことができる。

劇場には親戚が危篤だということにして辞表を出した。アーノルドは、ぎりぎりまで公表しないことを約束した。ジュリアンヌの大勢の崇拝者を必要以上に早くから落胆させたくなかったからだ。

心のなかは絶望でいっぱいだったが、ジュリアンヌは最後の舞台では持てる力のすべてを出しきって最高の演技を披露した。だが、拍手にこたえてお辞儀をしたときには、観客の顔が涙でぼやけ、彼女は泣きながら劇場を去った。

翌朝、小さな旅行鞄ひとつを持って下宿をあとにした。それ以外の荷物は、ヨークで新しく部屋を見つけてから送ってもらうことにした。

貸し馬車にはソランジュの家にだけ寄ってもらった。

「本当に行ってしまうのね？」ソランジュが悲しげに尋ねた。

「ええ」ジュリアンヌは親友をしっかり抱きしめた。

「寂しくなるわ」

「わたしもよ」

デアに会えなくなるのはもっと寂しい。馬車に戻りながら思った。心が血を流すほど寂しかった。

ジュリアンヌはセント・ジョンズ・ウッドの小さな家へ向かった。女優仲間から一日だけ借りたのだ。正午にここに来るようデアを招待してあるが、彼女は二時間以上前に着きたかった。舞台を整える時間だけでなく、一世一代の芝居を打つ覚悟を決める時間も必要だった。

デアは瀟洒な家の正面階段を駆けのぼった。若者のように気持ちがはやっている。ジュリアンヌの招待に、彼は驚いていた。おそらく彼女は賭けの負けを認め、賭けの条件について交渉するつもりで自分をここに呼んだのだろう。

もし本当にそうなら、そんな考えはさっさと捨てさせよう。ジュリアンヌを愛人にしたいわけではない。永遠にそばにいてほしいのだ。今日、それを彼女に伝えるつもりだった。自分の気持ちを正直に話して結婚を申しこもう。

メイドがデアを迎え、お辞儀をした。「ミス・ローレンは寝室でお待ちです」忍び笑いをしながら言う。

メイドは贅沢な寝室にデアを案内した。カーテンが閉まっていて、ロマンティックな隠れ家のような雰囲気をかもしだしている。

誘惑のための舞台装置は完璧だ。脈が速くなる。

背後でドアが閉まり、デアはジュリアンヌの姿を認めた。彼女は寝椅子に寝そべっていた。寝椅子は普通の長椅子より幅が広く、ふたりが横になるのにじゅうぶんな広さがあった。意外にも、ジュリアンヌは薔薇色のモスリンのドレスをしっかり着こんでいた。だが、脇の小さなテーブルには果物とチーズとワインがのっている。

彼女はワインを飲みながら、グラスの縁からデアを見た。なかば閉じた目が官能的で、彼を虜にする。

「いらっしゃい」かすれた声がデアの全身の神経を刺激した。「会いたかったわ、デア」

「おれもだ。会いたくてたまらなかった」

ジュリアンヌが唇を突きだした。「そうは思えないわ。ここのところ、あなたはずっとわたしを無視していたじゃないの」

デアは笑みを浮かべながら彼女のほうに近づいた。「すまなかった」ジュリアンヌの手をとり、指にそっとキスをする。「きみとふたりきりで話すタイミングを待っていたんだ」

「今は、話すことには興味ないわ」ジュリアンヌは彼の胸からブリーチへと指を走らせた。

「服を脱いでちょうだい」甘い声でささやく。

一度言われればじゅうぶんだった。デアは彼女の言葉にしたがって、上着とベストを脱ぎ、クラヴァットを外してからシャツを脱いだ。いったんジュリアンヌの脇に座って靴と靴下を、ふたたび立ちあがってブリーチとズボン下も脱ぐ。

デアが全裸でジュリアンヌの前に立つと、彼女は彼の体にゆっくりと視線を走らせた。その目に浮かぶ欲望を見たとたん、デアは下腹部がこわばるのを感じた。ジュリアンヌが誘うようなけだるい笑みを浮かべ、両腕をさしのべて彼を呼ぶ。デアは喜んで隣に横になり、彼女を抱き寄せた。

キスは激しく情熱的で、唇を離したときはどちらも息を切らしていた。デアは抵抗しようとしたが、ジュリアンヌはふたたび誘うような笑みを浮かべてから、彼をあおむけに寝かせた。そして、デアの頭の上に手をのばし、寝椅子の木枠の金属の輪に縛りつけてあったシルクのスカーフをとった。

彼女がスカーフをデアの左の手首に結ぶと、彼は微笑んだ。疑念と期待の両方を感じていた。「何をするつもりだ?」

「あなたならわかるかと思ったわ」

ジュリアンヌが右手も縛りつけ、次に膝をついて足首に片方ずつスカーフを巻くころになって、デアにもやっと、彼女がしようとしていることがわかった。

「以前、拘束具を使うのに興味があると言っていたでしょう？」ジュリアンヌが覆いかぶさるようにしてささやく。「わたしは、自分の夢を実現させるわ。あなたを思いどおりにしたいの」

「喜んでしたがうよ」デアはかすれた声で答えた。

ジュリアンヌが彼の胸に軽く唇を押しつけ、肌に指を走らせて最後に腹部を愛撫する。その感触に、デアは体のなかで欲望が渦巻き、燃えあがるのを感じた。

スカーフをつかんだジュリアンヌが、それをデアの体に這わせると、彼は鋭く息を吸いこんだ。やがて彼女はスカーフでデアのこわばりを撫でてから、そこに巻きつけ、唇を触れた。

これまで経験したことのない官能的な悦びだった。体が震え、心臓が早鐘を打つ。ジュリアンヌが刺激的な愛撫を続けるなか、デアは欲望をたぎらせ、歯を噛みしめた。

突然、彼女が愛撫をやめた。スカーフを下腹部にかぶせたまま、ベッドから立ちあがる。服を脱ぐのかと思ったが、その代わりに、ジュリアンヌは彼がほうった服を抱え、あとずさりした。

ついさっきまでデアを虜にしていた顔が、今は表情を消している。

「ジュリアンヌ？」

ジュリアンヌの悲しげな微笑みが彼の心を突き刺す。ドアまで行って開けてから、彼女は言った。

「あなたが賭けに負けたことに疑問が生じないよう、証人が必要なの。リディンガムとサー・スティーヴン・オームスビー、それにヘルファイア・リーグのお仲間たちがじきに助けに来るわ。いいものが見られると言ってあるの」

デアは信じられない思いで、出ていこうとするジュリアンヌを見つめた。

「さようなら、デア」彼女が低く震える声でささやく。

そして、振り返りもせずに部屋を出て、しっかりとドアを閉めた。

待たせておいた貸し馬車でジュリアンヌは宿へ行き、そこでヨークに向かう乗合馬車に乗り換えた。馬車は多くの客でこみあっており、なかにはジュリアンヌに気づいた者もいた。かすかに微笑んでこたえると、隅に小さくなって顔を窓に向けた。だが、通りすぎていく景色は目に入らなかった。喪失感が、ナイフの刺し傷のように感じられる。自分がばらばらに切り分けられたような感覚が消えなかった。

息を吸うたびに、馬車が振動するたびに、デアへの思いが募る。彼のことを考えると苦しかった。だが、泣くのはやめよう。遠い昔に、一生分泣いたのだから。

ハンカチを出そうとレティキュールを探ったのが間違いだった。記念に失敬したデアのハンカチが出てきた。それを顔の前に持ってくると、彼のコロンがかすかに香った。

絶望感がさらに高まり、視界がぼやけてくる。熱い涙をこらえるのがやっとだった。

どうにかしてデアへの熱い思いを忘れなければならない。先へ進む勇気を持たなければ。

二時間後、デアはなんとか怒りを抑えていた。ジュリアンヌは姿を消し、デアの負けを見届けるために彼女が招いた友人たちも、彼女がどこに行ったかは知らなかった。

もし、この賭けにこれほど思いをかけていなかったら、ジュリアンヌの大胆さに感心したかもしれない。裸にしてベッドに縛りつけ、服を盗んで姿を消し、友人に発見させるとは、過去のおれが受けるにふさわしいいたずらだ。だが、この状況では笑っていられなかった。

デアはひどく気まずかった。ヘルファイア・リーグの仲間たちは、これまで長年にわたって悪ふざけをしかけてきた〝快楽のプリンス〟がついに報いを受けたことにおおいに沸いた。しかも、みな馬で来ていたので、デアはシーツ一枚にくるまった姿で貸し馬車を呼びとめなければならなかった。

自分が間違いなくウォルヴァートン侯爵だと御者を納得させてメイフェアの自宅まで乗せてもらいながら、デアはジュリアンヌをつかまえたら思い知らせてやると心に誓った。怒りのおかげで、愛を告げる前にふたたび彼女を失ってしまった恐怖はまぎれた。

召使いたちは教育が行き届いていて、シーツしか身にまとっていないデアが弱々しい足どりで入ってきても、驚いた顔ひとつ見せなかった。洗練された仕立てのいい服に着替えると、気分はよくなった。だが、馬車の用意を命じながらも、不快感を追いやることはできなかった。なんとしてでもジュリアンヌを追いかけるつもりだ。まずは二箇所にあたってみよう。彼女の友人のソランジュとドルリー・レーン劇場だ。

だが、ジュリアンヌがいなくなった理由がわからないことが不安だった。そして、彼女を見つけたらどうするつもりなのか、自分でもわからなかった。

翌日の午後、ジュリアンヌはヨークに着いた。寝不足で体はくたくただし、心にはぽっかりと大きな穴が空いているが、まっすぐ劇場へ向かった。劇場では昔の仲間が喜んで迎えてくれた。

驚いたことにみな、ジュリアンヌが危険な反逆者を倒して有名になったことを知っていたし、ロンドンでの女優としての活躍ぶりも知っていた。支配人は彼女の名声を利用しようと、その晩上演する喜劇のなかの役を与え、特別にちらしもつくった。

ジュリアンヌが出演するという噂はたちまち広がり、小さな劇場は大混雑となった。これほど歓迎されたのははじめてと言っても過言ではない。せりふを言うあいだもうわの空だったにもかかわらず、ちょっとした冗談にも観客は沸き、おおいに盛りあがった。

芝居がなかばあたりまで進んだところで、ジュリアンヌは舞台裏が騒がしいことに気づいた。なにごとかと舞台の袖にちらりと目をやると、支配人が、外套をはおり三角帽をかぶった大柄な紳士と言いあっているのが見えた。

やがて紳士が舞台上に出てきて、ヨーク州の長官だと名乗った。

長官は細めた目をジュリアンヌに向けた。「ミス・ローレンですね？」ジュリアンヌがうなずくと、彼は言った。「あなたを逮捕する」

ジュリアンヌは当惑して長官を見つめた。パリで逮捕されかけたことを思いだす。「なんの罪状で？」

「盗みだ」

「何かの間違いですわ、長官」

「間違いではない。あなたはウォルヴァートン侯爵の持ち物を盗んだ。一緒に来てもらおう」

デアの名を聞いて、心臓が跳ねあがった。観客から非難の野次や腐ったトマトが飛ぶなか、長官は手荒にジュリアンヌを舞台から引きずりおろした。

長官はジュリアンヌを楽屋まで引っ張っていくと、長椅子に座っている男性の隣に乱暴に彼女を座らせた。

長官が部屋を出てドアを閉めたあとも、ジュリアンヌは凍りついたままデアの目を見つめていた。

その吸いこまれそうな瞳には怒りがたぎっていたが、同時に不安も浮かんでいた。

「いったい、どういうつもりなの？」彼女は挑むように言った。

「なぜ、おれをあんなふうに置き去りにしたのか聞きたい。おれを侮辱したかったのか？それが、おれをひざまずかせる方法なのか？」

彼の燃えるような視線を受けて、ジュリアンヌの頬は赤くなった。「賭けを終わらせたかったの」

「なぜだ？」

「もう駆け引きはたくさんだったから。見えすいたゲームを続けても意味がないわ。キャリバンも死んだことだし、あなたにはもうわたしは必要ないでしょう？　体以外は」

デアの厳しい目が少しやわらいだ。「きみはこれ以上ないほど大きな間違いを犯している」

涙が出そうになり、ジュリアンヌは目をそらした。「あなたの愛人になるのは耐えられないのよ、デア」

「それならおれも同意見だ。おれはきみを愛人にしたいわけじゃない。妻にしたいんだ」

ジュリアンヌは息がとまりそうになり、ただ彼を見つめた。

デアは、何も言えずにいる彼女の髪に指を通した。「もっと早く言うべきだったのはわかっている。だが、なんと言って切りだせばいいかわからなかったんだ。断られるのが怖かった。パリから帰ってきてからずっと、プロポーズする勇気を奮い起こそうとしてきたんだ」

ジュリアンヌは彼を見つめた。デアの目には、弱さと恐れが見えた。彼の不安げな様子に胸を引き裂かれたが、重々しく首を振った。「わたしへの罪悪感から、自分を犠牲にしないで」

「きみと結婚するのは、自分を犠牲にすることにはならない。なぜそんなふうに考えるんだ？」

「アイヴァースとおじいさまがわたしにしたことで、罪悪感を抱いているんでしょう？」

「罪悪感なんか関係ない。おれが結婚したいのは、きみなしではいられないからだ。それだけのことなんだ」デアはジュリアンヌの手をとった。「愛している、ジュリアンヌ。きみだって今ではわかっているはずだ。おれはずっときみを愛してきた」

ジュリアンヌは驚きのあまり何も言えなかった。

彼がつらそうな笑みを見せる。「きみが行ってしまったら、おれはどうやってひとりで生きていけばいいんだ？　七年間、きみを思い続けてきた。きみのせいで、ほかの誰かを愛する気にも、誰かと親密になる気にもなれなかった。きみを失ったときのつらさをまた味わいたくなかったから。傷つくのがいやで、自分の心に壁を築いた。だが、きみに再会したらそれができなくなった」

低くかすれたデアの声が、悲しげな色を帯びる。「もう、きみを失うことに耐えられない。きみはおれに、残りの人生を苦しんで生きろと言うのか？」

彼への思いが胸にこみあげたが、ジュリアンヌはそれを振り払った。「あなたの奥さんにはなれないわ、デア。わたしは女優よ。あなたと同じ世界に生きることはできないの。わたしと結婚すれば、あなたは笑い物になる。社交界はわたしを拒絶するだけじゃなく、しきたりを破ったあなたのことも責めるわ」

「おれが社交界の評価を気にすると思っているのか？」デアは彼女の手を握る手に力をこめた。「それに、彼らがきみを拒絶するとも思えない。今、きみは英雄だからな。ロンドンじゅうがきみをほめたたえている。摂政皇太子だってそうじゃないか」

「だからって、わたしが尊敬されるようになるわけじゃないわ。過去の汚名が消えるわけでい。


もないし」

「だが、世論を大きく左右する。それに、社交界に受け入れられるかどうかを決めるのは、主に称号と財産だ。おれと結婚すれば、きみはどちらも手に入れられる」

ジュリアンヌにはまだ、デアが思い描いている未来が信じられなかった。彼を自分のものにしようとすれば一生嫌われるのではないかという恐怖を、どうしても捨てることができない。

心がよじれるような痛みを覚えながら、デアの顔を探るように見た。「本当にわたしを愛しているなんて、どうして言いきれるの？　自分の気持ちを誤解しているんじゃないかしら？　いつか……たぶん二、三カ月後には正気に返って、単に性欲を満足させるためにわたしがほしかっただけだと気づくわ」

「いいや」デアは驚くほど明るい目で彼女を見つめた。「性欲のことなら、おれは誰よりもよく知っている。性欲とは、本能的で身勝手な体の欲望だ。頭や心とは関係ない。おれが今きみに感じているのは、とてもではないが、体だけのものとは言えない」

ジュリアンヌが黙っていると、彼は身をのりだした。その目はそれまで以上に真剣な光を放っている。「きみに愛してもらう資格がないのはわかっているが、おれは変わるつもりだ。まともな人間になって、いつかきみにふさわしい男であることを証明してみせる」

「わたしにふさわしい？」

「そうだ」デアがかすかに笑みを浮かべた。「おれがなんのために議員になったと思う？

自分が、きみがずっと思ってきたような役たたずの怠け者ではないことを証明するためだ」

ジュリアンヌはじっと彼を見つめた。デアが本気で言っていることがわかって動揺していた。自分はわたしにふさわしくないと彼が思っていたなんて。「デア、あなたを役たたずだと思ったことはないわ……とくに再会してからは」

「じゃあ、おれにチャンスをくれるのか？」

「デア……」

ジュリアンヌがすぐに答えなかったので、デアは唐突に立ちあがり、彼女を引っ張って楽屋を出た。

「どこに行くの？」ジュリアンヌは息を切らしながらきいた。

「舞台だ」

ジュリアンヌがあっけにとられているうちに、デアは舞台に出た。芝居が中断し、役者たちが散らばる。デアはジュリアンヌを舞台の中央に立たせると、彼女の前にひざまずいて手をとった。熱烈な求愛者そのものの姿だった。驚きでざわめいていた観客席が静まり、デアの言葉が劇場全体に響く。

「ミス・ローレン、おれたちは数カ月前、ロンドンで賭けをした。きみは、おれの心を傷つけて足もとにひざまずかせると誓った。今、おれはひざまずいている。きみが勝者だ。完璧にきみの勝ちだよ、ジュリアンヌ。おれの心はきみのものだ。きみには、おれの心を傷つける力がある」

公衆の面前での完敗宣言に、ジュリアンヌは笑いたいと同時に泣きたくなった。デアはわたしを愛していることを世界に向けて、そしてわたしに向けて示した。

デアが彼女の手を強く握った。「ジュリアンヌ……」その声には痛みが感じられた。「おれを愛していない、どうしても愛せないと正直に言ってくれ。それならおれもあきらめる。死ぬほどつらいだろうが、きみに幸せになってほしいからな」

彼の目に浮かぶ絶望に、ジュリアンヌはもう我慢できなくなった。「デア、もちろん愛しているわ。ずっと愛していたのよ」

デアがうめきながら立ちあがり、彼女を抱きあげて熱烈なキスをした。ジュリアンヌの髪に手をさし入れて頭を支え、唇をむさぼる。

ジュリアンヌの心臓が大きく音をたてて鼓動し、観客の歓声をかき消した。

ようやくデアはジュリアンヌを放したが、すぐにまたぎゅっと抱きしめた。「きみはおれをおかしくさせる。知っているか？」荒い息を吐きながら彼が言った。

「あなただってそうよ」

デアはさらに強くジュリアンヌを抱きしめた。肩に彼女のため息がかかる。どれだけほっとしたか、ジュリアンヌに伝えたかった。彼女がいないとどれだけ孤独だったかも。そして、どれだけ彼女のなかに身をうずめたくてたまらなかったかも。だが、それを伝えるのはあとでいい。今はただ、結婚すると約束してほしい。

「今結婚してくれ」ジュリアンヌの髪に向かってささやいた。「それ以外の選択肢はないぞ。

きみはおれの心を盗んだ。監獄に入りたくなかったらおれと結婚するしかない」

ジュリアンヌが驚き、次に微笑むのがわかった。「長官を連れてきたのはそのためだったの？　わたしが盗みを働いたと糾弾して、プロポーズを受けるよう仕向けるため？　いいわ、答えなくていい」笑いを含んだ声で彼女は言った。「いかにもあなたらしい、突拍子もない計画だわ」

「きみに最後まで話を聞いてもらうには、そうするしかなかったんだ。でも、聞いてくれたから……もう絶対にきみを放さない。どんな方法を使ってでも、おれのそばから放さない」

ジュリアンヌは美しい顔を不安に曇らせて言った。「あなたはいつかわたしに飽きるかもしれないわ」

「そんなことはない。絶対に」デアは彼女の顔を両手ではさんだ。ジュリアンヌに飽きることなど絶対にない。彼女の情熱と知性は、いつまでもおれを虜にし続けるだろう。ほかの女性ではこんなふうには感じられない。ジュリアンヌを求めるように、ほかの女性を求めることはない。

デアは親指でジュリアンヌの頬骨を、そして唇を撫でた。「おれの妻になってくれるかい、ジュエル？」

観客から励ましの声がかかる。「イエスと言うんだ！」「その男と結婚しろ！」

ジュリアンヌは喧騒に負けないよう大きな声で言った。「ええ、デア。あなたの奥さんになるわ」

デアの心が舞いあがる。彼は神に感謝しながら、ジュリアンヌを抱きあげて舞台袖に運んだ。

暗がりのなかでジュリアンヌをおろし、ふたたび抱きしめて彼女の髪に顔をうずめる。

「あなたが後悔しないことを祈るわ」

「おれが後悔するのは、おれたちのあいだの失われた年月のことだけだ。だが、それをとり返す時間はたっぷりある。おれは、きみが苦しんできた分の穴埋めをしたい。そのためにはなんでもする。そして、今までと違う男に、もっといい男になれるところをきみに見せたいんだ」

「変わってなんかほしくない。今のままのあなたを愛しているわ」

デアはつないだ手をあげてジュリアンヌの指にキスを浴びせた。「もう一度言ってくれ、おれを愛していると」

「愛してるわ、デア。これからもずっと」

「何度聞いてもその言葉には飽きないだろう。そして、もう二度と、おれの愛を疑わせるようなことはしない。約束するよ」

デアは目を閉じて、ふたたび彼女を抱きしめた。ジュリアンヌは間違っている。おれは自分の気持ちを誤解なんかしていない。おれは、本当の愛の意味をちゃんと知っている。

本当の愛とは、ジュリアンヌそのものだ。彼女はおれの心、おれの人生、おれの希望、そしておれの夢だ。

ジュリアンヌはおれにとって大事な愛だ。これからの人生で、それを彼女に証明し続けるのだ。

ジュリアンヌを見つけた今、二度と彼女を放すつもりはなかった。

エピローグ

一八一四年七月　ケント州

七年前ふたりが愛の巣にしていた小屋は、昔とほとんど変わっていなかった。小屋も庭もきちんと手入れされており、あたたかい午後の空気に夏の薔薇の香りが漂っている。その香りのなか、デアはジュリアンヌを抱いて小屋のなかに入った。

ジュリアンヌを床におろすと、二度と彼女が自分から離れられなくなるような深いキスをする。

ふたりは結婚した。デアが結婚予告期間の三週間を待てなかったため、ふたりは特別許可をもらって結婚した。今朝ロンドンを発ってケントに来て、まずはウォルヴァートン・ホールへ行った。そしてジュリアンヌが旅の服から着替えるやいなや、小屋に来たのだ。

「やっとだ」息をつこうとしている彼女にデアは言った。「ここにきみとふたりで戻ってくることが、おれの長年の夢だった」

ジュリアンヌの笑みは魔法のようで、彼の鼓動は一気に速くなった。デアはふたたび唇を重ねた。ジュリアンヌがキスを返しながら彼の髪に指をからませる。そのあいだにキスはさらに深くなり、デアの心をとらえた。

やがてデアは体を離した。血が熱くたぎっている。ジュリアンヌへの欲望が、デアのなかで火のように燃えていた。

だが、急ぐことはない。そう自分に言い聞かせた。時間はおれたちの味方だ。おれたちには一生分の時間がある。そのすべての瞬間をじゅうぶん楽しみたかった。

「薔薇園のなかで愛しあいたい」デアはジュリアンヌの髪からピンを抜きながら言った。

「そう言ってくれないいんじゃないかと心配していたわ」

デアは妻の手をつかみ、小屋を出て裏にまわった。夕暮れの太陽が、塀に囲まれた薔薇園にあたたかい金色の光を投げかけ、繭のように包んでいる。片隅の桜の木の下に、彼が頼んでおいたバスケットと毛布が用意されていた。

「あなたが計画したのね」デアが赤い薔薇を一本抜いてジュリアンヌの髪にさすと、彼女は尋ねた。

「細かいところまでね。この瞬間をずっと待っていたと言っただろう？」

彼は毛布の上にひざまずいてバスケットのなかを探った。そしてジュリアンヌが見守るなか、冷えたシャンパンとクリスタルのグラス、いちごの入った大きなボウル、クリーム、そして最後に赤いリボンをかけた包みをとりだした。

立ったまま見つめている彼女を見あげながら、デアは愉快に思わずにはいられなかった。

「賭けはきみが勝ったから、おれはまたこうしてひざまずいている」

「これは賞品なの？」デアから包みを受けとりながらジュリアンヌが尋ねた。

「いいや、結婚のプレゼントだ」

デアはジュリアンヌを自分の隣に座らせ、片方の腕をやさしく彼女にまわした。「開けてごらん」

なかには、土地の譲渡証書をはじめとする書類が入っていた。譲渡証書を読むジュリアンヌの目に涙がたまるのが見える。デアは彼女の先祖伝来の家であるラングドックのフォルモン城を買い戻したのだ。

ジュリアンヌの震える笑みは、彼女が喜んでいることを物語っていた。

「ありがとう、デア」ジュリアンヌは熱っぽくささやいた。「わたしにはとても大事なことなの。母もとても喜んだと思うわ」

「いつか連れていってやろう。来年にでも」

「急ぐ必要はないわ。そうでしょう？」

「もちろん急ぐ必要はない」フランスでの体験が生々しすぎて、まだ戻る気になれないのだろうか？「だが、新婚旅行の行き先を決めないといけないな」

ふたりはイタリアからはじまり、遠くロシアまで行くことを話しあった。デアはジュリアンヌに世界を見せたかった。あるいは、ルシアンの申し出に応じてスコットランドにある彼の城を訪ねるのもいいかもしれない。夏のブリテン諸島は、ヨーロッパのほかの地域よりもはるかに涼しいからだ。それに、ブリンの兄のグレイソンがそこから姿を消し、ブリンが心配しはじめていた。

グレイソンを捜すと申しでるべきかもしれないが、自分はすでにじゅうぶんな働きをした。それに今は、新妻の相手をすることのほうが大事だ。

「イタリアは魅力的ね」ジュリアンヌが書類をたたんで大事にバスケットにしまいながら言った。

「おれの妻と同じくらい魅力的だ」デアは彼女の耳に鼻をすり寄せた。「ヴェニスとフィレンツェとローマの美しさを見せてやろう」

デアはシャンパンをグラスに注ぎ、ひとつのグラスからジュリアンヌと順に飲んだ。その合間に、彼女の口に、クリームをつけたいちごを入れる。

「秋には戻らなきゃならないわ」ジュリアンヌが言った。

「九月までにはね」

この秋は競馬のレースがめじろ押しだ。六月初旬のエプソム競馬場での〈ダービー・ステークス〉は、フランスへ行っていたため見逃してしまった。デアが出走させた二頭はどちらも勝つことができなかった。

「九月には〈セント・レジャー・ステークス〉がある。それに、一一月には議会が召集されるからな」

「それから、アーノルドが一〇月の終わりごろには稽古をはじめるって」

ジュリアンヌのドルリー・レーン劇場との契約は、月にふたつの演目に出演するという条件で更新された。女優の仕事はやめたくなかったし、ありがたいことにデアも彼女がやめるとは思っていなかった。

「うれしいわ。侯爵夫人になったんだから仕事をやめろなんて言われなくて」ジュリアンヌは言った。

デアの目が愉快そうに光る。「きみのファンをがっかりさせて命をねらわれるのはごめんだからな。それに、世界からきみのそのすばらしい才能を奪うのは忍びない」

「本当にそう思ってる？」彼の賞賛がうれしくてジュリアンヌは尋ねた。

「ああ。きみの演技力には敬意を抱いている。何しろ、その才能で反逆者を倒したんだから」

デアがクリームをつけたいちごを半分かじり、残りをジュリアンヌに食べさせる。

「もっとも……子どもができたらきみも引退を考えるかもしれないが」

ジュリアンヌは彼を真顔で見つめた。これまでその話題には触れたことがなかった。「子どもがほしいの？」

デアの目は真剣であると同時にいたずらっぽい光もたたえていた。「子どもがほしいだけじゃなくて、きみと子どもをつくる喜びを味わいたい」

「じゃあ、すぐにはじめましょうか？」

彼のけだるい笑みはどうしようもなく魅力的だ。「きみがいつまでも言いださないんじゃないかと心配していたよ」焼けつくような視線をジュリアンヌの体に走らせながらデアが言った。

ゆっくりと服を脱がせあいながら、途中で手をとめては互いの体を――太陽にあたためられた肌や、速い鼓動、体の曲線やくぼみを楽しんだ。

デアがあらわになったばかりの胸に唇をつけると、ジュリアンヌは身震いした。

「クリームを使うやり方もある」彼がささやいた。「だが、今はきみだけを味わいたい。おいで」

デアは毛布の上に男らしい体を横たえ、腕をのばして彼女を誘った。

だが、ジュリアンヌはためらった。この瞬間をいつまでもとっておきたかった。夢ではないのが信じられない。ついにデアが、本当にわたしの夫になったなんて。

ジュリアンヌは彼のしなやかで引きしまった体、そして官能的な笑みと熱く燃えているエメラルドの瞳をじっくりと見つめた。

デアのすべてがいとしかった。

彼はわたしの心であり、情熱であり、喜びだ。そして、わたしの運命の人。ずっとそうだった。それなのに、この瞬間が来るまでとても長かった。

欲望を体全体に覚えながら、ジュリアンヌはデアの上にかがみこんだ。手を彼の体の上に向かって這わせながら、指を広げて、しなやかで波打つ筋肉を感じる。唇を重ねると、デアの喉の奥からうめき声がもれた。

だが彼は、今回は主導権をジュリアンヌに握らせる気はないようだ。せっかちに位置を変え、彼女を自由にできるように自分が上になった。

デアの手は巧みで、やけどしそうなほど熱く官能的だった。彼の目は燃えているように見える。やさしく、だが性急に、彼はジュリアンヌを抱いた。口と手と体で愛撫し、高みへといざなう。

彼がなかに入ると、ジュリアンヌはそのなめらかさとかたさに至福のため息をついた。デアに脚を巻きつけ、彼の動きに合わせて動きながら、背中をそらし、彼の名前を叫ぶ。爆発の瞬間が訪れると、ふたりは一緒にとけるような気がした。ふたつの心臓が、まるで情熱の炎でとけてひとつになったようだ。

しばらくのち、ふたりは夢見心地で横になっていた。体がからみあったような幸せな感覚に身をゆだねる。デアは魂が震えるほどの満足感を味わっていた。

これこそが快楽だ。本物の愛だけがもたらすことができる心からの喜び。心が歌うような、最高の喜びだ。

デアの心が読めたかのごとく、ジュリアンヌが肩に唇をつけ、小さい声で言った。「〝快楽のプリンス〟のあだ名の由来がわかったわ。でも、あなたが放蕩生活から足を洗うことで大勢の女性たちがいくらがっかりしようと、わたしは気にしない」

デアは力をかき集めて、彼女の美しい顔が見られるよう片肘をついた。

「足を洗うわけじゃない」骨までとろけそうな笑みを見せながら言う。「ただ、すべての努力をひとりに注ぐだけだ」唇にキスをしてから、低くかすれた声で続けた。「魂の奥まで悦びを与えてあげよう、愛するジュエル」

ジュリアンヌは手をのばして、彼の唇を引き寄せた。「あなたはいつだってそうしているわよ」そうささやくと、ふたたび彼の愛撫に身をまかせた。

訳者あとがき

毎回好評をいただいているニコール・ジョーダンによる《危険な香りの男たち》シリーズ。いよいよ、その最終作をお届けすることとなりました。五人目にして最後の〝危険な香りの男〟となるのは、シリーズを通して圧倒的な存在感を放つデア・ノース。最初は伯爵だった彼も、シリーズ途中で祖父の称号を引き継いで、今や侯爵となっています。放蕩者の集まり、ヘルファイア・リーグの中心メンバーであるデアは、シリーズのこれまでの作品の中で、仲間たちの恋愛をときにはからかいつつも、その成就に協力してきました。しかし、自身はあくまで愛の存在を信じない放埒な男として描かれていました。本書は、彼がそうなるにいたった過去の出来事を明かし、ヴェールに包まれていたデアの全貌をあらわにしています。

物語は七年前の夏の日からはじまります。すでに放蕩生活につかっていた若き日のデアですが、滞在先の祖父の領地のそばで心から愛することのできる相手を見つけ、彼女、ジュリアンヌとの結婚を真剣に考えるようになります。ジュリアンヌは、フランスから亡命してきた貴族の娘。貴族とはいっても、父はフランス革命でギロチンにかけられ、そのためジュリアンヌと母は財産も土地も没収され、着の身着のままイングランドに逃げてきました。そして今、ジュリアンヌは病身の母を抱えながら帽子店を営んで糊口をしのいでいます。そんな素性の彼女をたったひとりの後継者である孫の妻に迎え入れることはできないと考えるデアの祖父は、ふたりの結婚に猛反対し、横やりを入れます。祖父に勘当されるのも覚悟でジュリアンヌとの愛を貫こうとするデアですが、その後、思いもかけない展開となり、結局ふたりは別れてしまいました。

それから七年。デアは〝快楽のプリンス〟の異名を得るほどの名うての放蕩者でありながら、外務省に勤める友人の依頼でひそかに国のために諜報員として働いています。一方のジュリアンヌは、地方で舞台女優としてのキャリアを積み、このたびロンドンの劇場に招かれてやってきました。七年ぶりに再会したふたりは、それぞれの思惑を胸に抱きながら、衆人環視のなかである賭けをします。いったいどんな賭けなのか。それぞれの思惑とはなんなのか。そして賭けの行方がどうなるかは、どうぞ本書をお読みになってご確認ください。さらに、物語が進むにつれ、過去に関する新たな、そして重大な事実も明らかになっていきます。

ふたりの心の動きがていねいに描かれている一方で、もうひとつ忘れてはならないのが、シリーズの前の作品から続く、キャリバンと名乗る反逆者との対決です。これまで謎だったキャリバンの正体は、果たして本作品で明らかになるのでしょうか？　そしてキャリバンとの戦いは、どのような決着を見るのでしょうか？　キャリバンは、シリーズ三作目の『とこしえの愛はカノン』でヒーロー、ヒロインの敵として大きな役割を果たしています。未読の方はそちらもあわせてお読みいただくと、さらにお楽しみいただけるかと思います。

本作では、ナポレオン失脚およびルイ一八世の王政復古について、史実をまじえて描いています。のちのウィーン会議で活躍した名前がいくつも登場しますし、ルイ一八世の戴冠式典の様子やパリの名所の当時の様子も出てきますので、歴史好きの方でしたら、ストーリー以外の部分でも興味を持っていただけるのではないでしょうか？

七年にわたるヒーロー、ヒロインの愛憎を、ヨーロッパの歴史の転換期とうまくからめた本書。そのスケールの大きさは、人気シリーズの最後を飾るにふさわしいと言えるでしょう。

二〇一四年三月